FRIEDERIKE SCHMÖE

Still und starr ruht der Tod

GENUSS UND TOD Simone freut sich auf die Vorweihnachtszeit in ihrer alten fränkischen Heimat, bei ihrer Freundin Rita. Doch schon am ersten Abend kommt es zum Konflikt: Die ehemalige Stimmungskanone Rita hat sich in Simones Augen verändert, ist intolerant und verbittert. Trotzdem bleibt Simone zunächst bei Rita in Bamberg. Sie möchte an den Treffen des Literatur-und-Fress-Zirkels teilnehmen, den Rita ins Leben gerufen hat. Man trifft sich wöchentlich reihum, um zu kochen und über Literatur zu plauschen. Vom ersten Treffen ist Simone enttäuscht: Die Teilnehmer kommen ihr spießig vor, die Gespräche über Bücher sind ein Witz. Sie überwirft sich mit Rita. Zum nächsten Treffen im Fichtelgebirge fährt Rita allein – und kommt nicht zurück …

© Frank Märzke

Geboren und aufgewachsen in Coburg, wurde Friederike Schmöe früh zur Büchernärrin – eine Leidenschaft, der die Universitätsdozentin heute beruflich frönt. In ihrer Schreibwerkstatt in der Weltkulturerbestadt Bamberg verfasst sie seit 2000 Kriminalromane und Kurzgeschichten; sie gibt Kreativitätskurse für Kinder und Erwachsene und veranstaltet Literaturevents, auf denen sie in Begleitung von Musikern aus ihren Werken liest. Ihr literarisches Universum umfasst u.a. die Krimireihe um die Bamberger Privatdetektivin Katinka Palfy und eine Krimiserie mit der Münchner Ghostwriterin Kea Laverde als Hauptfigur.

Weitere Veröffentlichungen im Gmeiner-Verlag:

Süßer der Punsch nie tötet (Neuauflage, 2017)
Falsche Versprechen (2017)
Dohlenhatz (2017)
Die viel zu lange Lüge, E-Book only (2016)
Von Zimtsternen und Zimtzicken (Hrsg) (2016)
Die Bernsteinburg, E-Book only (2016)
Stille Nacht, grausige Nacht (2015)
Kirchweihleichen (2015)
Zuträger (2015)
Oberfranken (3. überar. Auflage 2015)
Ein Toter, der nicht sterben darf (2014)
Wer mordet schon in Franken (2014)
Schaurige Weihnacht überall (2013)
Du bist fort und ich lebe (2013)
Rosenfolter (2012)
Wasdunkelbleibt (2011)
Wernievergibt (2011)
Wieweitdugehst (2010)
Bisduvergisst (2010)
Fliehganzleis (2009)
Schweigfeinstill (2009)
Spinnefeind (2008)
Pfeilgift (2008)
Januskopf (2007)
Schockstarre (2007)
Käfersterben (2006)
Fratzenmond (2006)
Kirchweihmord (2005)
Maskenspiel (2005)

FRIEDERIKE SCHMÖE

Still und starr ruht der Tod

Ein bitterböser Weihnachtskrimi

GMEINER SPANNUNG

Besuchen Sie uns im Internet:
www.gmeiner-verlag.de

Im Ehnried 5, 88605 Meßkirch
Telefon 07575/2095-0
info@gmeiner-verlag.de

1. Auflage 2017

Lektorat: Claudia Senghaas, Kirchardt
Herstellung: Julia Franze
Umschlaggestaltung: U.O.R.G. Lutz Eberle, Stuttgart
unter Verwendung eines Fotos von: © info@vnz-art.de / photocase.de;
© Lutz Eberle
Druck: CPI books GmbH, Leck
Printed in Germany
ISBN 978-3-8392-2182-2

Personen und Handlung sind frei erfunden.
Ähnlichkeiten mit lebenden oder toten Personen
sind rein zufällig und nicht beabsichtigt.

PROLOG

Es gibt Momente, in denen man einfach tut, was getan werden muss, in denen das Leben einem die Regieanweisung ganz deutlich gibt. Und so kam es, dass die drei im Wagen saßen und vergeblich versuchten, dem Tod, den ihnen der kalte oberfränkische Winter bringen würde, zu entkommen. Endlich keine Diskussionen mehr! Und getrauert hatte ich schon vorher genug.

Ich habe nichts anderes gemacht, als eine geniale Chance beim Schopf zu packen. Den Rest hat der Wagen gemacht. Die elektronische Türverriegelung, um genau zu sein. Du steigst aus, wirfst die Tür hinter dir zu, machst einmal ›klick‹, und man kriegt die Türen von innen nicht mehr auf, so sehr man auch rüttelt, an die Fenster trommelt und kreischt. Selbst die Fenster lassen sich nur elektronisch öffnen, daher ist hier genauso wenig ein Ausstieg zu erhoffen – nichts zu machen. Sobald die Karre steht und der Motor aus ist, schaut's mau aus. Ich sah Frau 1 rumschreien. Der Luftschwall aus ihrem Mund ließ die Scheiben von innen anlaufen. Frau 2 wandte sich dem Mann zu. Sie schlüpften in ihre üblichen Rollen. Füllten sie voll aus. Darin waren sie ganz groß.

Ich stapfte rasch davon. Der Hang war steil, eine gewundene Straße quer durch Fichten, die den Frankenwald im Winter noch finsterer machten, da half selbst der Schnee nichts. Im weißen Gestöber streckte ich meine Hand nach vorn, erkannte sie kaum noch. Weit bergabwärts konnte ich das gelbe Blinken des Schneepfluges sehen. Es würde eine Weile dauern, bis er die Serpentinen von Förtschendorf auf die Höhe heraufgebrummt kam. Die Flocken blieben in meinen Wimpern kleben. Ich zog die Mütze tief ins

Gesicht, ignorierte das stahlharte Hämmern meines Herzens. Entschlossen trat ich von der Straße ins Unterholz. Die Herrschaften im Wagen würden noch ein paar Minuten leben.

Das sind Momente, in denen du dir denkst, du könntest noch alles rückgängig machen. Nicht wie eine Hochzeit, eine Schwangerschaft oder eine Führerscheinprüfung. Wenn's damit losgeht, steckst du schon mittendrin im Schlamassel. Nein, ich weiß, ich hätte zurückgehen können, mich hinters Steuer klemmen und losfahren. Nichts wäre passiert. Aber die Chance, diese einmalige Chance … ich hatte sie alle beisammen: den Mann, Frau 1 und Frau 2. Keine Zeugen. Keine Warnblinkanlage, kein Abblendlicht, nicht mal Standlicht. Na gut, vielleicht kamen sie selbst auf die Idee, es anzuschalten. Wahrscheinlich blieb ihnen dazu keine Zeit, weil sie ja immer erst alles ausdiskutieren mussten. Und weil sie sich dabei meist übel in die Haare gerieten.

Niemand wusste, dass wir zusammen hier heraufgefahren waren. Dass wir eigentlich in Lauenstein Pralinen besorgen wollten, erst degustieren, dann kaufen. Ab Fabrik. Die jährliche Geschenkejagd für Weihnachten. Dass wir unerwarteterweise beinahe in den Verwehungen stecken geblieben, in Ludwigsstadt umgekehrt und zurückgefahren waren. Dass der spontane Plan vorsah, in Kronach in der Kaiserhofbräu einzukehren. Keiner war eingeweiht, niemand hatte uns zusammen gesehen.

Ich würde nichts rückgängig machen. Ich nicht. Ich ließ nicht alles mit mir anstellen. Irgendwann war mal Schluss. Auch ich hatte meinen Stolz.

Der Sturm schüttelte die Fichtenwipfel. Minus 15 Grad. Sturmtief Tanja. Der Wagen, so sah ich, als ich mich zwischen den massiven Stämmen ein letztes Mal umdrehte, war schon bis zu den Scheinwerfern zugeweht.

Ich schlitterte durch den Tiefschnee den Berg hinab. Der Ort unten im Tal lag an der Bahnlinie, auf der die ICEs von Berlin nach München durch die Berglandschaft rauschten. Ich würde irgendeinen Bummelzug nehmen und heimfahren. Niemand würde mich erkennen. Ich würde warten, ob jemand mit Mitleid im Blick mir die traurige Nachricht überbrachte. Wobei ich bezweifle, dass ich trauern würde. Hatte ich doch längst. Irgendwie war das alles jetzt einfach abgehakt.

DIENSTAG, 4.12.

1

Simone staunte nicht schlecht. So hatte sie Bamberg gar nicht in Erinnerung. So verschneit. Man hätte mit Skiern durch die Innenstadt gleiten können. Das hatte sie noch nie erlebt.

Aber sie war seit Jahren weg. Genauer gesagt, seit gut 20 Jahren. Seit der Magisterprüfung. Es hatte sie in wärmere Gefilde gezogen. Sie liebte die französische Sprache und zog nach Aix-en-Provence. Verliebte sich, wurde schwanger, heiratete, durchlebte 20 Jahre voller Hochs und Tiefs. Ein Durchschnittsleben, denn schließlich ging es allen so. Nur das Ende des knappen Vierteljahrhunderts war eine einzige Misere. Jean-Claude hatte ihr am 31. Oktober eröffnet, dass er ein Kind mit einer anderen bekam. Er war 45, und sie hätte ihn am liebsten umgebracht.

Noch mal ein Kind. Für Jean-Claude und seine Neue bedeutete es noch mal ein neues Leben, eine Zukunft, während der Lebensabschnitt, in dem man sich um Kinder kümmerte und sie aufwachsen sah, für Simone definitiv zu Ende war. Sie fühlte sich ausrangiert. Alt. Sie litt. Das Haar fiel ihr aus. Das dicke, honigblonde Haar, das zu tönen sie sich weigerte. Das ihr in vollen, geraden Strähnen bis knapp auf die Schulter reichte. Sie musste es abschneiden. Der Friseurbesuch war der eigentliche Einschnitt. Simone musste schmunzeln, als ihr das Wortspiel auffiel. Seit Jahren hatte sie nicht mehr auf Deutsch gedacht. Nur auf Kommando, auf Wunsch, um es zu probieren. Sie dachte auf Französisch, träumte auf Französisch und manchmal geschah es, dass ihr ein deutsches Wort nicht mehr einfiel.

»Das Haar wächst schon nach«, hatte Rocco sie getröstet. Als Friseur war er an ganz andere Dramen gewöhnt. Krebsglatzen, Brandwunden, er hatte in Erinnerungen geschwelgt. »Haarausfall aus Kummer, das passiert eben, Madame, das kommt in den besten Familien vor. Nach einem Jahr, Sie werden sehen, haben Sie den Kerl vergessen!«

Der Kerl. Er war 20 Jahre lang ihr Ehemann gewesen. Sie hatte viel investiert. Ihm hinterhergeräumt, seine arrogante Familie ertragen, seine wichtigtuerische Schwester, seinen dominanten Vater, mit dem Jean-Claude beinahe jeden Abend telefonierte. Seine Mutter Irène, na gut, die war ein bisschen durchgedreht. Im guten Sinn. Sie hätte perfekt in das Paris der 20er Jahre gepasst. Mit ihren langen Ohrhängern, den schmal geschnittenen Kleidern und dem Pagenkopf, einer Frisur, von der sie auch im Alter nicht abrückte. Simones Schwiegermutter war nie ein Familientier gewesen, hielt sich bei Treffen abseits, ein wenig spöttisch, ein wenig ironisch, immer mit einem Schmunzeln in den Mundwinkeln und einer Zigarette in der Hand, in einer Zigarettenspitze natürlich. Irène. Simone lächelte in Erinnerung an ihre Schwiegermutter. Irène war cooler, lässiger, entspannter als alle anderen in der Familie Mathieu. Cooler als Simone, das auf alle Fälle. Für Natalie war sie nie die typische Großmutter gewesen. Natalie hatte unter Irènes Aufsicht ihre erste Zigarette geraucht. Und ihren ersten Joint. Eine Großmutter brachte der Enkelin das Kiffen bei, das musste man sich mal vorstellen. Irène war der Meinung, es wäre besser, Natalie probierte es in ihrem Beisein als in Begleitung eines Kerls, in dem die Hormone brodelten.

Vor zwei Jahren war Irène gestorben. Ein Schlaganfall. Ganz plötzlich, als sie am Flughafen in Marseille den

Zubringerbus nach Aix besteigen wollte. Sie setzte ihren Fuß auf die unterste Stufe – und war tot.

Ein Ableben, wie es zu Irène passte. Danach musste die Familie Mathieu feststellen, dass Irène mit ihrer Nonchalance die Familie zusammengehalten hatte. Die einzelnen Familienmitglieder davor bewahrt hatte, einander an die Gurgel zu gehen. Obwohl sie immer betont hatte, wie wenig sie sich als Familienmensch sah. Simone stiegen die Tränen in die Augen, als sie an Irène dachte. Sie umfasste den Becher mit dem Glühwein fester. Ihr Blick kletterte die beleuchteten Fassaden der Häuser an der Oberen Brücke hinauf. Bamberg hatte sich gemausert. Es gab jetzt so etwas wie eine *Szene*. Ein paar buntere, kreativere Leute als damals, als sie mit dem Studium angefangen hatte. Simone kam gar nicht nach, die vielen neuen Cafés und kleinen Läden durchzutesten, die rund um das Alte Rathaus, in der Sandstraße und auf der Seite der früheren Bürgerstadt aus dem Boden gewachsen waren. Einzelne Straßen waren zu Kreativmeilen geworden. Sogar die Weihnachtsbeleuchtung in diesen Ecken und Winkeln wirkte witziger als die Behänge aus Glühbirnen mit Grünzeug, die traditionsgemäß im Auftrag der Stadt installiert wurden. Simone fragte sich, ob man in der Zeitung immer noch die aufregende Information lesen konnte, wie teuer jedes Weihnachten die Illumination der Innenstadt im Vergleich zum Vorjahr kam. Trotz aller Veränderung war eines gleich geblieben: Auf dem Weihnachtsmarkt konnte man 2012 das gleiche Kleinzeug kaufen wie seit Menschengedenken.

Vielleicht gar nicht dumm, dachte Simone. Derartig unwichtige Dinge vermittelten einem das Gefühl von Stabilität, die es im Leben in Wahrheit nicht gab. Nach dem Tod ihrer Schwiegermutter war alles aus dem Ruder gelaufen. Jean-Claude hatte eine Affäre angefangen, die neue Frau geschwängert und Simone verlassen.

Klar. Wenn man evolutionsbiologisch dachte, und das tat Jean-Claude als Biologe, dann hatte Simone ihren Nachwuchs großgezogen und brauchte keinen Mann mehr. Für Jean-Claude begann noch einmal alles von vorn. Freude und Leid. Simone stellte sich vor, wie Irène an ihrer Stelle reagiert hätte. Vermutlich mit einem Besuch im Schönheitssalon, der nicht vom Haarausfall diktiert war. Selbstverständlich hätte sie lässig mit einem Scheck ihres Mannes bezahlt.

Als Nächstes verschwand Natalie – nicht aus ihrem Leben, aber aus ihrem Alltag. Sie hatte schlicht keine Lust mehr, mit ihrer Mutter zusammenzuleben. Sie war 20. Alt genug. Simone selbst hatte schon mit 19 das Nest der Eltern verlassen. In einer WG gewohnt, aber immerhin in derselben Stadt. Natalie zog nach Paris, das war mit dem TGV nicht weit, es gab Leute, die berufsbedingt von Aix in die Hauptstadt pendelten. Paris erschien Simone wie ein anderer Stern. Im Apartment der Großmutter wollte Natalie wohnen. Sie wollte Freunde finden, Sachen ausprobieren. Ohne einen Plan. Für Natalie öffnete sich gerade die Welt.

»Schreib dich wenigstens für ein Studium ein!«, hatte Simone ihre Tochter angefleht. Auf dem Ohr war Natalie taub. Sie wollte rumgucken, testen, experimentieren. Am bittersten war das Gefühl, Natalie hätte nur auf den Moment gewartet, an dem ihr Vater auszog, um selbst ausbrechen zu können. Nichts wie weg aus dem freudlosen Haus in dem Dorf, das man von Aix mit dem Bus erreichte, aber nur bis halb sieben am Abend, nichts für ein junges Mädchen, das war Simone klar.

Ich hätte keine Kraft mehr, ein Kind aufzuziehen, dachte sie. Ein Baby vielleicht, aber die Schulzeit, die Kämpfe um Hausaufgaben und Noten. Die Pubertät, das Gerangel, die mühsam ausgefochtenen Kompromisse, die erste Liebe und die Tränenströme. Sie gab den Becher ab. Pfand war etwas Deutsches, in Frankreich unüblich. Pfand. Sie lächelte. Einfach über das Wort.

Es war schön, wieder zu Hause zu sein.

2

Rita saß über einen Stapel Unterlagen gebeugt, als Simone heimkam. Das Wohnzimmer quoll über vor Büchern, Notizen, Kladden, Ausdrucken, Schnellheftern, Sammelmappen. Auf dem Sofa, dem niedrigen Tisch, dem Parkettboden stapelten sich die Zeugen einer literaturvernarrten Arbeiterin.

»Hallo!«, rief Simone, während sie aus den Stiefeln schlüpfte und den Mantel an die Garderobe hängte. »Störe ich?«

»Du kannst nicht stören.« Ritas rauchige Stimme klang ein klein wenig gehetzt. Als ginge Rita nichts schnell genug. Weil so viel zu tun war und Ritas To-do-Liste nie kürzer wurde. Simone wollte nicht darauf achten.

»Arbeite ruhig weiter.« Sie streckte den Kopf ins Wohnzimmer. »Soll ich uns was kochen?«

Rita grinste. »Ich würde sagen, wir bestellen eine Pizza. Wie in alten Zeiten!«

Auch Simone lächelte. Sie und Rita hatten zusammen studiert. Sich am allerersten Tag in der Uni kennen gelernt.

Simone aus Bamberg und Rita aus der Oberpfalz. Simone schüchtern und arbeitsam, ein honigblondes Mädchen, das still dabeisaß, während ihre Kommilitonen rauchend und trinkend die Welt zurechtschnitzten. Rita vorlaut und ehrgeizig, deren Meinungen damals vom linken Mainstream abwichen, was Rita in eine Außenseiterposition bugsierte, die sie nicht einmal wahrnahm. Beide stürzten sich Seite an Seite in das Studium der Germanistik, wobei Simone als Nebenfächer Französisch und Volkskunde wählte, während Rita Kommunikationswissenschaften und Archäologie belegte. Sie spielten zusammen Volleyball in der Unimannschaft, Rita war ein echter Freak, sportlich bis unter die Haarspitzen. Im Studentenheim Obere Mühlbrücken bekamen sie zwei Zimmer nebeneinander, nachdem sie eine Mitarbeiterin des Studentenwerks geschmiert hatten. Ein paar Jahre lang lebte Simone wie im Himmel, untergetaucht in der Welt der Literatur, bis das Studium vorbei war und die wirkliche Welt rief. Für Simone, die frankophile, sollte es Frankreich sein. Zunächst für ein Jahr, ein Kunstkurs an der Côte d'Azur. Dort lernte sie ein paar Männer kennen und strandete schließlich bei Jean-Claude, nachdem sie mit Natalie schwanger geworden war. Und Rita, die weltgewandte, die in allen Semesterferien erst jobbte, um den Verdienst anschließend auf einer langen Reise zu verprassen, blieb in Bamberg hängen. Sie arbeitete freiberuflich beim BR als Journalistin, manchmal als Moderatorin, nahm einen Lehrauftrag an der Uni an und unterrichtete dort Literatur des 20. Jahrhunderts. Ihre Leidenschaft.

»In alten Zeiten haben wir die Pizza tiefgekühlt bei Aldi gekauft und mit Champignons aus der Dose aufgemotzt«, unkte Simone.

Rita schob ihre Papiere zusammen. »Die Ausprägungen

ändern sich, die Substanz bleibt.« Sie schnappte sich das Telefon und wählte die Nummer des Pizzadienstes.

Eine dreiviertel Stunde später saßen sie vor ihren dampfenden Tellern, eine Flasche Rotwein und eine Kerze zwischen sich.

»Auf den ersten Advent!« Simone hob ihr Glas.

»Zum Wohl!« Ritas Oberpfälzer Slang hatte sich mit den Jahren abgenutzt. »Schön, dass du hier bist.«

»Danke.« Simone wurde rot. Sie tastete nach ihren Strähnen, die jetzt ganz knapp unter ihren Ohrläppchen endeten. Beim Duschen fand sie nach wie vor viel zu viele Haare im Sieb, das sie über den Abfluss gelegt hatte. Aber sie kam sich nicht mehr so kahl vor.

»Deine Haare sind okay.«

»Kannst du immer noch Gedanken lesen?«

»Konnte ich nie.«

»Konntest du.« Simone kicherte.

»Wie du meinst.« Rita säbelte an ihrer Pizza herum. Ihre Bewegungen waren energiegeladen und robust, ob sie jemandem die Hand drückte oder eine Tür schloss. Hinter allem, was sie tat, lauerten Kraft, Tatendrang, Ungeduld. »Läufst du eigentlich immer so aufgedonnert herum?«

»Aufgedonnert?« Ehrlich erstaunt blickte Simone an sich herunter. Sie trug gestreifte Leggings, einen kurzen Jeansrock und ein langärmeliges Shirt unter ihrem Wollpulli.

»Ich meine ja nur. Geschminkt und so.«

»Geschminkt?« Verstohlen studierte Simone Ritas Gesicht. Die Züge ihrer Freundin waren scharf geschnitten, bei den Zähnen war eine Korrektur versäumt worden, und die steile Falte über ihrer Nasenwurzel zeugte von unterdrücktem Stress.

»Vergiss es«, schnappte Rita.

»Ein Lidstrich? Ein paar Tupfer Rouge?«

»Ich sagte, vergiss es.« Rita nahm ein Pizzastück in die Hand und biss hinein.

»In Frankreich«, begann Simone, »gehen die Frauen schicker auf die Straße als hier. Wenn ich in Jeans und Sweater zur Arbeit gekommen wäre ...«

»Arbeit?« Kritisch zog Rita die Augenbrauen hoch.

Okay, es war ein simpler Aushilfsjob in einem Architekturbüro. Simone hatte dort ab und zu Korrespondenzen und Verträge übersetzt, wenn Deutsch benötigt wurde. Das war selten der Fall. Ansonsten war sie Hausfrau und Mutter. Mit ein paar Ehrenämtern.

»Ich ...«

»Hör schon auf, dich zu verteidigen!« Rita grinste. »War nicht böse gemeint.« Sie schenkte Wein nach. Der Alkohol rötete ihr Gesicht.

Sie ist alt geworden, dachte Simone plötzlich. Warum macht sie nichts dagegen, hat sie keine Probleme mit dem Älterwerden?, fragte sich Simone, während sie ihr Weinglas nahm und einen Schluck trank.

»Morgen Abend trifft sich der Literatur- und Fresszirkel. Die Herrschaften freuen sich schon, dich kennenzulernen.«

»Ulkiger Name. Wie kam es dazu?«, fragte Simone, froh um ein neues Thema.

»Ein Haufen zusammengewürfelter Cracks, die gern lesen. Sie kommen aus ganz Nordbayern. Paare, Einzelgänger ... Eigentlich sind sie aus einem Volkshochschulkurs hervorgegangen, den ich vor Jahren geleitet habe. Kreatives Lesen. Literatur mal anders.«

»Klingt spannend.«

»Deswegen haben sich die Leute eingeschrieben. Sie

wollten was über Literatur erfahren, bloß ohne dieses snobistische Wissenschaftsgehabe. Die Feuilletons kannst du nicht lesen. Geschwafel hoch zehn. Die Kerle da schreiben für sich selbst und die Kollegen, nicht fürs Publikum.« Rita schnaubte.

»Ihr habt es anders gemacht?«

»Ich habe den Leuten beigebracht, wie man mit Literatur umgeht. Dass man einen Unterhaltungsroman eben nicht mit einer experimentellen Kurzgeschichte vergleichen kann.« Rita schob ihren Teller weg. Er krachte gegen den Kerzenständer.

Simone streckte die Hand aus und zog die Kerze ein paar Zentimeter weg.

»Nach dem Semester wollten die Teilnehmer einen Aufbaukurs. Der fiel einem Sparplan zum Opfer, also taten wir uns privat zusammen. Wir trafen uns anfangs bei mir zu Hause, nach jeder Sitzung steckten sie Geld in ein Sparschwein. Ich wollte eigentlich kein Honorar. Ich habe meine Jobs. Und so kam es, dass sich immer einer ums leibliche Wohl kümmerte.«

»Naturalien als Honorar!« Simone kicherte.

Rita warf ihr einen schnellen Blick zu. »Genau.« Sie schleuderte eine Packung Lucky Strike auf den Tisch. »Seitdem treffen wir uns reihum, und wer dran ist, kocht. Morgen sind wir bei Margot in Forchheim.«

Rita hielt Simone die Schachtel hin.

Weit nach Mitternacht löschten sie das Licht. Simone ging als Zweite ins Bad. Nachdenklich betrachtete sie ihr Gesicht im Spiegel. Sie waren gleich alt. Rita hatte im Mai Geburtstag, sie im Juni. Aber sie sah jünger aus. Ließ es einen altern, wenn man allein lebte? Simone hatte manchmal, wenn es mit Natalie Probleme gab und Jean-Claude sie alles allein hatte regeln lassen, darüber gegrübelt, ob es nicht stressfreier wäre, Single zu sein. Aber um nichts in der Welt hätte sie ihre Familie missen wollen. Bis …

Kein Geheule jetzt!

Sie tastete nach den Tempos in ihrem Kulturbeutel. Sie musste unbedingt eine Schachtel Kosmetiktücher kaufen. So was gab es bei Rita nicht. Während sie sich abschminkte und die wenigen Utensilien ihrer Freundin betrachtete – Zahnbürste und Zahnpasta, Seife, Nivea-Creme und eine Flasche Shampoo für Haut und Haar – grübelte sie, warum ihr Kosmetik plötzlich so wichtig schien. Weil sie in Frankreich gelebt hatte? Hoppla, du lebst weiterhin dort, schalt sie sich. Du bist nur auf Urlaub in Deutschland.

Das Haus gehörte Jean-Claude und ihr zusammen. Sie sollten bald eine Einigung finden, die Scheidung musste vorankommen. Ihre Anwältin würde sich bald melden. Wo sollte sie hinziehen? Simone wusch sich das Gesicht mit eiskaltem Wasser. Sie würde schon was finden. Das Haus verkaufen und mit dem Geld was Neues anfangen. Aber wo? Hier, in Bamberg? Ihre Eltern waren beide tot, vor zehn Jahren gestorben. Sie hatte keine Geschwister, nur eine Cousine in München, mit der sie nicht den geringsten Kontakt hatte. In den vergangenen Jahren hatte sie keine Verbindungen in die alte Heimat gebraucht. Sie hatte ihre Familie, einen Mann, eine Tochter, Hundertschaften befreundeter Familien, die mit Kind und Kegel an den Wochenenden bei ihnen im Dorf vorbeischauten, weil es so schön war, weil man so bald im Frühjahr auf der Terrasse sitzen konnte, weil der Blick über die Hügel einem das Herz aufgehen ließ. Mit den Jahren, mit der wachsenden Selbständigkeit der Kinder im Freundeskreis, ließen die Besuche nach, und Simone saß allein mit Jean-Claude im Wohnzimmer. Damit hatte die Entfremdung angefangen. Aus der Ferne schien Simone alles ganz einleuchtend. Kein Sex mehr, keine Unternehmungen, nur Arbeit, Ehrenämter, ihre zunehmende Unzufriedenheit, weil sie ihr Leben langweilig fand. Zweimal im Jahr fuhren sie nach Paris, wohnten ein paar Tage bei Irène, gingen in Ausstellungen und Konzerte. Genaugenommen haben wir das bloß zwei Mal miteinander gemacht, dachte Simone wütend. Danach bin ich allein gefahren.

Dann die Verwandtentreffen in Aix mit Schwägerin und Schwiegervater, Irène war meistens dabei, obwohl sie eine eher lockere Beziehung zu ihrem Mann pflegte, verdammt, jetzt flossen doch die Tränen.

Simone hatte so viel eingesteckt für Jean-Claude. Sein Vater hasste die Deutschen. Er war zu jung, um den Krieg miterlebt zu haben. Jahrgang 1943. Es war die nationale Arroganz, die den Mann im Griff hatte. So definierte er sich: Er war Franzose. Er war auf der Seite der Sieger.

Simone hockte sich auf den Badewannenrand und schluchzte leise in ihr Handtuch. Sie wollte Rita nicht wecken. Rita hätte sich diese Demütigungen nicht bieten lassen. Simone dagegen hatte die Zähne zusammengebissen und weggehört. Sie hatte nie widersprochen. Jean-Claude kam ihr nie zu Hilfe. Wenn sie über seinen Vater klagte, zuckte er lässig die Schultern und sagte: »Lass ihn, er ändert sich nicht mehr.«

Nur in einem hatte sie sich durchgesetzt. Sie sprach Deutsch mit Natalie.

Simone straffte die Schultern. Also doch keine so ganz miese Bilanz, dachte sie.

MITTWOCH, 5.12.

3

»Würdet ihr bitte eure Schuhe ausziehen?«, war das Erste, was Simone von Margot Scheinfelder zu hören bekam.

»Klar«, sagte Rita sofort. Mit lautem Poltern fielen ihre Wanderschuhe zu Boden. Es stapelten sich bereits haufenweise nasse Schuhe vor Margots Wohnungstür.

Simone schlüpfte aus ihren Stiefeln und stakte auf Zehenspitzen in die Wohnung, um nicht in die Lache aus geschmolzenem Schnee zu treten.

»Dicke Socken gefällig?«. Margot, die einen halben Kopf kleiner war als Simone, hielt ihnen resolut zwei Paar Wollsocken entgegen.

Reflexartig nahm Simone eines. Verdattert hielt sie es fest, während sie den anderen Literaturfreaks vorgestellt wurde. Da war Ivo, Single, ungefähr zehn Jahre älter als sie, der einen runden Bauch und bestimmt nicht das erste Glas Frankenwein des Abends vor sich hertrug. Horst, viel jünger, der einen Pullover mit Teddybärenaufdruck trug.

»Meine Lebensgefährtin Walli. Sie ist Künstlerin.«

Walli war lang und bleistiftdünn, trug ihr ebensolches Haar hochgesteckt und hatte den mageren Schopf mit einem grünen Glitzertuch umwickelt.

»Ja, und das sind Irmi und Günther aus Coburg«, beendete Margot die Vorstellungsrunde. »Die Glücklichen fahren demnächst in den Urlaub.«

Günther trug Ohrringe, die seine Ohrläppchen zu einem einzigen großen Loch dehnten, und grinste Simone an.

Simone reichte ihm und seiner Frau die Hand. Das Sockenpaar, das Margot ihr gegeben hatte, hielt sie immer noch fest. Die Wohnung war eng und viel zu klein für all die Leute. Es roch streng nach Zwiebeln. Auf dem Tisch stand ein ausladender Adventskranz, der nicht mehr viel Platz für andere Dinge ließ.

»Setzt euch. Susanne und Artur haben Probleme mit dem Wetter.« Margot wuselte herum und reichte kleine Teller, auf denen eine gebutterte Toastscheibe lag, die von vereinzelten Kressesprossen besprenkelt war. Simone legte kurzerhand die Socken auf den Boden und nahm einen Teller entgegen.

»Ja, die Bayreuther Autobahn ist ziemlich dicht«, sagte Horst. »Walli und ich sind grad so durchgekommen.«

Walli sank mit einem Seufzer neben Simone aufs Sofa.

»Keine Sorge«, raunte sie. »Das ist nur die Vorspeise.«

»Klar!« Simone nickte. Sie blickte auf Wallis Beine. Sie trug ein Wollkleid, blickdichte Strumpfhosen und an den Füßen Stricksocken in einem undefinierbaren Farbton. Irgendwas zwischen Braun, Grün und Grau. Zwei rechts, zwei links, zwei rechts, zwei links, spukte es durch Simones Kopf.

Alle bissen in ihre Toastscheiben. Es krachte reihum. Die Brösel spritzten in sämtliche Richtungen. Simone suchte Ritas Blick. Das hier ist ein Scherz, oder?, wollte sie ihrer Freundin signalisieren. Doch Rita diskutierte mit Ivo.

»Kommt ihr aus Bayreuth?«, fragte Simone die Künstlerin.

»Aus Hof!« Walli lachte. »Noch schlimmer. Und du? Rita hat angekündigt, sie bringt eine richtige Französin mit.«

»Ich lebe seit 20 Jahren in der Nähe von Aix-en-Provence.«

»Wieso in der Nähe?«

»Das liegt an den Preisen. Wir haben ein Haus auf dem Land gekauft.«

›Wir‹ ging ihr aus alter Gewohnheit leicht über die Lippen.

»Ich war einmal in der Provence. Ich habe als Kunsterzieherin gearbeitet. In den Ferien waren Horst und ich dort unterwegs. Auf den Spuren der Maler.«

»Klar.« Simone nickte.

»Ich habe früher nie so ganz verstanden, warum sie alle in die Provence wollten. Kaum kam ich aus dem Flughafengebäude raus, war's mir klar: dieses Licht!« Walli stellte ihren leergegessenen Teller auf den Boden. Genau neben Simones Sockenpaar.

»Arbeitest du an einem Gymnasium?«

»Das habe ich geschmissen. Es war unerträglich. Die Kinder begriffen Kunst als Freibrief für Krachmachen und Radiergummischmeißen.«

Margot legte Musik auf. Shakira. Sofort sprang Günther auf und begann zu tanzen. Perplex starrte Simone auf seine Füße. Er hatte sich anscheinend seine eigenen Hausschuhe mitgebracht. Ausgetretene Gesundheitssandalen, aus denen, während er tanzte, winzige Korkkrümel stoben.

»He, mach langsam, Babe«, sagte Irmi. »Erst die Arbeit, dann das Vergnügen.«

Walli geckerte laut los.

Simones Gedanken drifteten ab. Auf einem Tischchen hatte sie ein Buch entdeckt. Sollte darüber heute gesprochen werden? Sie stand auf und nahm den Band in die Hand. Die Reisereportage einer unbekannten Autorin. Simone las viel, auch auf Deutsch, und sie war ziemlich informiert über das, was gerade diskutiert wurde. Weder den Titel noch den Autorennamen hatte sie je gehört.

Margot brachte den Hauptgang. »Ungarisches Gulasch!«, verkündete sie lautstark.

Wieder bekam jeder einen Teller in die Hand gedrückt. Günther aß nicht, er tanzte. In Gesundheitslatschen auf Teppichboden. Irmi hockte im Schneidersitz auf dem Boden und spachtelte Günthers Gulasch gleich mit. Ivo belegte Rita mit Beschlag. Er redete ununterbrochen auf sie ein. Walli ließ sich von Margot das Gulaschrezept diktieren. Es blieb also nur ein Gesprächspartner übrig. Simone nahm das Buch und ging, vorsichtig ihren Teller vor sich her balancierend, zu Horst hinüber, der am Fenstersims lehnte und seine Portion löffelte.

»Sprecht ihr heute über dieses Buch?«

»Walli hat es vorgeschlagen.« Horst zeigte mit dem Löffel auf den Band. »Es geht um zwei Frauen, die durch Europa reisen. Dabei ändert sich ihr Leben.«

Na toll, dachte Simone.

»Eine von denen ist Künstlerin. Deswegen fand Walli die Sache interessant.«

»Sind Sie auch Künstler?«, fragte Simone, um überhaupt irgendwas zu sagen.

»Ich arbeite bei der Sparkasse. Kredite, Immobiliengeschäfte. Nicht so prickelnd, was?« Horst lachte. »Haben Sie das Gulasch noch nicht probiert? Ist prima.«

Simone legte das Buch weg und tunkte den Löffel in die rotbraune Pampe auf ihrem Teller.

»Scharf«, stieß sie hervor, als sie wieder Luft bekam.

»Margots Spezialität. Wenn sie einlädt, freuen wir uns immer besonders auf das Essen.« Zufrieden schaufelte Horst das Gulasch in sich hinein.

»Sie ist nicht zufällig hauptberuflich Köchin?« Nichts war unwahrscheinlicher, doch Simone wollte das Gespräch irgendwie in Gang halten.

»Quatsch! Margot arbeitet in der Tourist-Info. Führt Gäste durch den Forchheimer Kellerwald und so.«

Simone fand, dass das Gulasch scheußlich schmeckte. Die Schärfe konnte den Geschmack nach Fertigsuppe kaum überdecken. Da waren eindeutig zu viele Würfel Instant-Brühe in den Topf geraten. Neben den Fleischstücken schwammen dicke Zwiebelteile, grobe Paprikastücke, von denen sich die Haut ablöste, und ganze Tomaten, die kurz zuvor noch in einer Konservenbüchse eingesperrt gewesen waren. Simone dachte daran, wie sie mit ihrer Nachbarin Claudette ein paarmal im letzten Sommer in aller Herrgottsfrühe auf den Markt nach Saintes-Maries-de-la-Mer gefahren war, weil Claudette dort jemanden kannte, der die frischesten und besten Austern verkaufte.

Die Musik von Shakira mochte Simone eigentlich, aber der zuckende Günther in seinen Latschen verleidete ihr den Musikgenuss. Sie suchte einen freien Platz, um den halb vollen Teller abzustellen. Sie hatte Durst.

»Hättest du was zu trinken?«, fragte sie Margot, die gerade ein paar Bücher aus dem Regal nahm und an Irmi weiterreichte.

»Klar. Steht alles in der Küche.«

Simone war froh, aus dem Wohnzimmer wegzukommen. In der Küche stand das Fenster offen. Eiskalte Luft wehte herein. Auf der Fensterbank stand ein Fünf-Liter-Weinkarton im Schnee. Simone sah sich nach Gläsern um.

»Puh, frisch hier!« Ivo stolperte in die Küche. »Brauchst du ein Glas?« Er riss eine Schranktür auf. »Such dir was aus.«

»Danke.« Simone nahm einen Römer und pumpte Wein hinein. Vielleicht half ihr der Alkohol, um zu entspannen.

»Da schließe ich mich gleich an. Zum Wohl. Willkommen beim Literatur- und Fresszirkel.«

»Danke. Nett, euch kennenzulernen.«

»Rita hat erzählt, du lebst in Scheidung?«

»Hat sie das?« Verdutzt sah Simone den Mann an.

»Ja, hat sie. Sollte sie nicht?«

»Es ist kein Geheimnis. Ich habe nur keine Lust, im Urlaub an Unerfreuliches zu denken«, kriegte Simone die Kurve. Jahrzehnte der Auseinandersetzungen mit Jean-Claudes Familie hatten ihr Talent, sich nichts von dem, was in ihr vorging, anmerken zu lassen, perfektioniert. Diesen Triumph, in ihrem Gesicht lesen zu können, wie verletzt sie von den antideutschen Ansagen war, hätte Simone dem alten Mathieu und seiner blaustrümpfigen Tochter nicht gegönnt.

»Verstehe. Du gehst also nach Frankreich zurück?«

»Sicher.«

Warum sollte ich eigentlich zurückgehen, dachte Simone, während sie lässig eine Salzstange aus einem Bierkrug nahm, den Horst ihr hinhielt. Alles steht mir offen, oder nicht? In Deutschland zu bleiben, schien ihr plötzlich vollkommen unattraktiv. Natalie war in Frankreich. Ihr Haus stand in Frankreich. Ihre Ehrenämter, ihr … Simone fühlte einen Kloß im Hals und trank rasch einen Schluck Wein. »Kennen Sie die Provence?«

»Du. Kennst du. Wir duzen uns hier.«

»Pardon, ist mir kurz entfallen.«

»In Frankreich ist man wohl etwas steifer, was?« Ivo lachte. Sein Bauch schwabbelte dabei.

Wenn du wüsstest, dachte Simone.

»Erzähl mal was über das Buch, das wir heute Abend diskutieren«, gab sie cool zurück. »Ich hatte leider keine Chance, es vorher zu lesen.«

Ivo beugte sich vertraulich vor. »Ich hab's auch nicht gelesen. Ehrlich gesagt, die Literatur ist mir nicht mehr so wichtig. Ich nehme an den Treffen teil, weil ich gern esse.« Er lachte brüllend. »Savoir vivre, so nennt man das in Frankreich, oder?«

»Ganz genau!« Simone schüttelte es innerlich. Wegen diesem Gulasch wäre sie nicht einmal von einem Zimmer ins andere gegangen. Savoir vivre jedenfalls passte in dieser Wohnung so schlecht wie Arsch auf Eimer. Plötzlich tauchte Irènes Gesicht vor ihr auf. Mit dem ihr eigenen spöttischen Lächeln. Sie hätte sich ihren Teil über diese Party gedacht, aber dennoch formvollendet mitgefeiert. Danach hätte sie gelästert ... wie ein Waschweib. Die Sehnsucht nach Irène traf Simone mit solcher Wucht, dass sie sich gegen den Küchenschrank lehnte, um nicht zu schwanken. Sie fror in der kalten Küche. Zum Glück streckte Horst den Kopf zu ihnen herein.

»Hier steckt ihr! Wir wollen anfangen! Kommt ihr?«

Die anderen saßen auf dem Boden, auf dem Sofa, auf dem Fenstersims. Rita stellte die Musik leiser, und Margot knallte Teller mit Pfefferkuchen auf den Tisch.

Simone suchte sich einen Sessel, schob ihn an die Heizung und zog die Beine an. Wenigstens war der Wein gut. Schön trocken. Ein echter Franke eben.

4

»Das nächste Treffen ist am 12. bei Walli und Horst«, verkündete Rita, als sie heimfuhren. »Noch mal vor Weihnachten. Sozusagen ein Extra-Meeting.« Ausnahmsweise schneite es nicht. Ein runder Mond schien grell. Die rechte Spur war leidlich geräumt, die linke weiß. Kaum jemand war unterwegs.

»Hm«, machte Simone.

»Hat's dir gefallen?«

»Ehrlich gesagt, Rita: War das ernst gemeint?«

Rita wandte sich zu ihr um. »Was meinst du damit?«

»Literatur- und Fresszirkel. Darunter habe ich mir ein bisschen was anderes vorgestellt.«

»Ach so? Und was, bitteschön?« Ritas Stimme wurde grell. So grell wie das Mondlicht.

»Naja ...« Für einen Rückzieher war es zu spät. »Entschuldige, Rita, eigentlich dachte ich, wir würden was richtig Leckeres essen und dann gepflegt über ein Buch debattieren.«

»Haben wir doch.«

Simone lehnte den Kopf zurück und atmete tief durch.

»Haben wir nicht.«

»Hör zu: Die Typen, die du heute kennengelernt hast, das sind ganz normale Leute. Margot, Horst, Günther, die haben nicht mal studiert. Die sind damals aus Interesse in den Kurs gekommen und dabei geblieben. Die haben den ganzen Tag in einem öden Büro gearbeitet, abends sind die ausgelutscht. Was erwartest du?«

»Das Essen war grauenhaft!«, rutschte es Simone heraus.

»Der Toast war ein bisschen hart. Aber das Gulasch:

super!« Rita lachte. »He, das ist Franken. Nicht Frankreich. Kulinarisch wird bei euch sicher mehr geboten. Keine Frage.«

Vielleicht hat sie recht, dachte Simone.

»Ich habe mich ziemlich fremd gefühlt«, murmelte sie.

»Was hast du denn erwartet? Du hast 20 Jahre nicht hier gelebt. Die Mentalität, einfach alles ist für dich irgendwie neu.«

»Hm.«

»Ohne es zu merken, hast du französische Sichtweisen angenommen«, dozierte Rita. »Lass die Leute in Frieden. Die sind, wie sie sind. Die wirst du nicht ändern.«

»Das meinte ich nicht.«

»Was sonst? Hast du einen Kulturschock gekriegt?«

Simone war irritiert. Womöglich wirklich ein Kulturschock. Das Entsetzen über die Fremdheit in ihrer alten Heimat. Vielleicht die Enttäuschung. Wie banal und läppisch ihr alles vorgekommen war. Sie hatte sich auf den Abend gefreut. Auf eine inspirierte Unterhaltung über Literatur. Statt dessen Plattitüden, müde Witze, Alkohol und Pfefferkuchen. Wenn sie jetzt daran dachte, dass sie sogar ein schlechtes Gewissen gehabt hatte, das Buch vorher nicht gelesen zu haben …

»Du hast Ivo erzählt, dass ich in Scheidung lebe.«

»Und?«

»Mir wäre es lieber, das bliebe unter uns.«

»Himmel, Mone!«

Simone zuckte zusammen. Ihr alter Spitzname, die alte Vertrautheit … sie passten nicht mehr. Sie taten weh.

»Du *lebst* in Scheidung!« Rita unterstrich ihre Aussage, indem sie mit der rechten Hand wiederholt auf das Lenkrad schlug. »Sieh den Umständen ins Auge. Du hoffst doch nicht im Ernst, dass dein Noch-Ehegatte die junge schwangere Frau verlässt?«

»Nein.« Die Antwort kam tonlos. So klar hatte sie den Gedanken bisher nicht zugelassen. Vielleicht, weil sie immer noch hoffte, es wäre ein böser Traum, ein Irrtum. Vielleicht stimmte das mit der Schwangerschaft nicht. Vielleicht verlor die Frau das Baby und … Schluss!, schalt Simone sich. So was darfst du nicht mal denken.

»Männer sind von Natur aus Trottel«, kommentierte Rita knapp. »Schwanzgesteuerte Trottel.«

»Was ist mit dir eigentlich?« Simone sah ihre Freundin von der Seite an. Rita hatte während des Studiums keinen Freund gehabt.

»Was soll mit mir sein?«

»Keine Sehnsucht? Nach Liebe? Einem Zuhause?«

»Ich habe ein Zuhause. Meine Wohnung. Ich liebe die Literatur und meine Arbeit. Das ist eine stabile Beziehung. Nicht vom Wohlwollen und dem plötzlichen Auftauchen anderer Frauen abhängig.«

Das saß. »Aber …«

»Ich sage dir was, Simone: Ich lasse mich nicht erniedrigen. Generell nicht. Niemals. Null Toleranz gegenüber Idioten.«

Simone schwieg. Idioten. Das Wort kurvte durch ihr Gehirn. Idioten. Ivo mit dem pendelnden Schmerbauch. Walli, die gescheiterte Lehrerin. Günther, der Birkenstock-Tänzer. Ich bin ungerecht, dachte sie. Ich weiß nichts über diese Leute, über ihre Beweggründe, ihr Leben. Doch die Beklemmung, die Simone den ganzen Abend lang empfunden hatte, ließ sich nicht abschütteln. Sie schien zwischen Simone und Rita in dem kalten Auto zu sitzen, das mit konstanten 100 km/h über die Autobahn schnürte, während das Mondlicht die Schneeflächen rechts und links beschien.

Schweigend fuhren sie nach Hause.

5

Ivo half Margot, das Geschirr zusammenzustellen, bevor er seinen Anorak von der Garderobe nahm.

»Danke, Ivo«, sagte Margot. Ganz kurz legte sie eine Hand auf seinen Arm.

»Danke für den schönen Abend.« Ivo spulte die Floskel ab, weil er etwas auf Höflichkeit gab. Selbst bei seiner Arbeit, wenn er mit Leuten zu tun hatte, die er am liebsten gevierteilt hätte, blieb er stets höflich. Verbal wenigstens.

»Ich freue mich schon auf das nächste Treffen.« Margot lächelte. »Hoffentlich wird das Wetter nicht so schlecht. Ich fahre ungern bei Schneetreiben!«

»Ich auch.«

Sie lächelte ihn an. Ivo spürte, wie sie damit sagen wollte: Wir haben so viel gemeinsam. Er verkrampfte sich innerlich.

»Was hältst du von Ritas Freundin?«, erkundigte sich Margot.

Unauffällig warf Ivo einen Blick auf seine Uhr. Es stimmte, er fuhr ungern bei diesem Wetter, aber inzwischen hatte es endlich zu schneien aufgehört.

»Seltsame Frau. Aber ganz nett.«

Margot neben ihm zuckte zusammen.

»Ich fand sie unmöglich. Habe mich nicht wohlgefühlt in ihrer Gegenwart. Hoffentlich bringt Rita sie beim nächsten Mal nicht wieder mit. Aber wollen wir uns nicht noch ein paar Minuten setzen?«

»Entschuldige, Margot. Ich habe einen langen Weg vor mir.« Er war erleichtert, dass das keine Lüge war.

»Stimmt. Wie unaufmerksam von mir.« Margot nickte, doch er sah die Enttäuschung in ihrem Gesicht. »Kulmbach liegt ja nicht gerade um die Ecke.«

»Eine gute Stunde werde ich schon fahren«, bestätigte Ivo. Ihm war heiß in der engen Wohnung, neben Margot, die so nah neben ihm stand, dass er ihren Atem hörte. Die Nähe war ihm unangenehm. Er lechzte nach frischer Luft, öffnete die Wohnungstür und nickte Margot noch einmal zu. Ihr Gesicht kam nah, als erwarte sie, dass er sie auf die Wange küsste. Das hatte er noch nie gemacht, jedenfalls nicht bei Margot, und er konnte es sich bei Gott verkneifen, ausgerechnet jetzt damit anzufangen. Frauen wie Margot kriegte man selbst durch den Einsatz von Pestiziden nicht vom Hals.

»Mach's gut«, rief er durch das Treppenhaus, als er schon einen Treppenabsatz tiefer war. »Danke noch mal.«

Draußen stapfte er durch den frischen Schnee zu seinem Wagen. Er sog tief die eisige Nachtluft ein. Die Straße war zugeschneit. Der Mond stand hoch am Himmel und brachte die weiße Fläche zum Glänzen. Er hievte sein Gewicht auf den Fahrersitz. Hoffentlich kam Horst bald heim und fand eine Möglichkeit, ihn anzurufen, ohne dass Walli es mitbekam.

FREITAG, 14.12.

6

»Ihren Namen habe ich in den Gelben Seiten gefunden. Ich mache mir wahnsinnige Sorgen. Irgendwie kann ich mir keinen Reim auf Ritas Verschwinden machen«, sagte Simone mit bebender Stimme. »Und ich kann doch nicht nur in der Wohnung herumsitzen und darauf warten, dass sie vielleicht mal zurückkommt!« Nervös knibbelte sie an ihrer Nagelhaut. »Wenn ich gleich zur Polizei gehe, hat das Ganze so einen offiziellen Touch. Falls Rita … nun, ich glaube, das wäre ihr nicht recht.«

»Rita Weiß ist also vorgestern allein zu dem Treffen ihres Bücherklubs gefahren? Weil Sie sich gestritten haben?« Privatdetektivin Katinka Palfy betrachtete ihre neue Klientin. Sie hatte geweint. Ausgiebig. Die Spuren ließen sich auch mit Fond de Teint nicht übertünchen.

»*Gestritten* ist nicht das richtige Wort. Wir haben uns nur in den vergangenen zwei Wochen nicht mehr so gut verstanden. Ich habe festgestellt, dass wir tatsächlich in zwei verschiedenen Welten leben, und dass diese Welten nicht kompatibel sind.«

»Sie haben sich auseinandergelebt«, schlug Katinka einen Ausdruck vor, mit dem sie etwas anfangen konnte. »Zwei alte Freundinnen, die sich nach 20 Jahren zum ersten Mal für länger wiedersehen.« Und nichts mehr miteinander anfangen können, fügte sie im Stillen hinzu.

»Wir haben uns seit dem Studium geschrieben, gemailt, manchmal telefoniert. Vor zehn Jahren habe ich sie mal kurz besucht. Das war alles.«

»Hm.« Katinka betrachtete das Notizblatt vor sich. Rita

Weiß, Literaturdozentin, Freiberuflerin beim BR, seit dem 12.12. vermisst, als sie zu einem Treffen des Literatur- und Fresszirkels gefahren war.

»Eigentlich ein witziger Name.«

»Was?«

»Literatur- und Fresszirkel.«

»Dachte ich auch. Ich hoffte auf ein inspiriertes, geistvolles Zusammensein. Es war so was von trivial.«

»Warum?«, fragte Katinka neugierig.

»Ich dachte, ich könnte ein bisschen Anschluss finden in Deutschland. Über Themen diskutieren, die über Plätzchenrezepte hinausgehen.«

»Wurde denn nicht über ein Buch gesprochen?«

»Vordergründig schon. Im Grunde war es ein Witz. Margot, die Gastgeberin, sagte was über das Buch. Es ging um die Reisen von zwei Frauen. Die erste Station der einen war Oslo. Also sprachen alle über Skandinavienurlaub. Vorteile, Nachteile. Am Schluss tauschten sie Internetadressen aus. Mit dem Hausboot durch Schweden. Blabla.«

»Sie waren enttäuscht.«

»Spielt das eine Rolle?«, fuhr Simone auf. »Es hat nichts damit zu tun, dass Rita sich plötzlich aus dem Staub gemacht hat.«

»Das beurteile ich am Ende der Ermittlungen, nicht am Anfang«, gab Katinka zurück. »Könnte es sein, dass Rita sich einfach nur zurückgezogen hat, ohne Ihnen Bescheid zu geben?«

»Weshalb sollte sie das tun?« Simone schüttelte den Kopf. »Sie hat nicht mal was eingepackt. Klamotten oder so. Am frühen Nachmittag hat sie sich mir nichts, dir nichts die Autoschlüssel geschnappt und die Handtasche und ist in ihre Stiefel geschlüpft. Das Treffen fand in Hof statt, und bei dem Wetter wusste man nicht, wie es auf der Autobahn zugehen würde.«

»Rita ist nicht gerade die toleranteste Person, bei allem, was Sie mir erzählt haben.«

»*Intolerant* ist sie«, nickte Simone bereitwillig. »Genau. Das ist das Wort, das ich gesucht habe. Sie hat mich von oben bis unten kritisiert. Wie ich mich kleide. Dass ich mich schminke. Finden Sie mich aufgedonnert?« Simone kam in Fahrt.

Katinka schüttelte den Kopf. »Nein.«

»Wenn ich einen Rock anzog, Leggings und schicke Stiefel, fand sie das aufgebrezelt. Ich habe im Bad meine Schminksachen im Kulturbeutel gelassen. Was heißt Schminksachen: Grundierung, Mascara, Lippenstift. Du liebe Zeit, ich ... ich pflege mich eben gern. Solange es noch was bringt.«

»Warum hat Rita daran Anstoß genommen?«

»Sie fand, ich hätte mich verändert.« Simone dachte an die zermürbenden Unterhaltungen, die sie in der letzten Woche mit Rita geführt hatte. Sinnlose Streitgespräche, in denen sie sich immer weiter voneinander entfernten. »Ich würde auf alles herabsehen. Auf den Dialekt. Die Art der Leute, sich zu kleiden. Ich habe mich so auf Bamberg gefreut, verstehen Sie. Ich ...«

»Und jetzt sind Sie enttäuscht.«

Simone hob die Arme in einer hilflosen Geste. »Ich weiß nicht recht, ob ich in Bamberg bleiben will. Das treibt mich um.«

»Sie könnten abreisen.«

»Jetzt, wo Rita abgetaucht ist?«

Katinka hob die Achseln. »Das hat mit Ihnen doch nichts zu tun, oder?«

Simone zögerte. »Nein. Primär nicht. Nur … ich kann nicht einfach das Feld räumen. Vielleicht ist ihr was passiert!«

Katinka musste zugeben, dass diese These nicht von der Hand zu weisen war. Es schneite seit Ende November, oft nächtelang. Gerade im Fichtelgebirge und im Frankenwald waren Straßen vereist, von Schneewehen versperrt. Die Räumdienste kamen nicht mehr nach.

»Heute ist der 14.12. Ihre Freundin ist seit zwei Tagen nicht aufgetaucht, hat sich nicht gemeldet«, resümierte Katinka. »Sie besitzt ein Handy, aber sie hat es zu Hause liegen gelassen.«

»Das war auch so ein Streitpunkt. Dass ich mein Handy immer dabei habe. Natalie ruft ab und zu an. Warum sollte ich denn nicht mit meiner Tochter telefonieren?«

Katinka fand, dass sich bei beiden Frauen eine Menge Verbitterung angesammelt hatte. »Sie haben den gesamten Fresszirkel abtelefoniert? Und niemand weiß, wo Rita geblieben ist?«

»Genau. Ich habe in Ritas Unterlagen eine Liste mit den Teilnehmern gefunden. Rita ist nie bei Walli und Horst in Hof angekommen. Das haben mir alle bestätigt. Sie haben sich gewundert, wo sie bleibt.«

»Aber niemand hat auf ihrem Handy oder auf dem Festnetz angerufen?«, staunte Katinka. »Das würde ich tun, wenn eine Freundin in einer Schneenacht allein mit dem Auto unterwegs ist und nicht aufkreuzt.«

»Auf dem Handy hat sich niemand gemeldet. Und zum Festnetztelefon kann ich nichts sagen, weil ich an dem Abend ins Kino gegangen bin. Rita hat so ein altes Ding, da wird nie angezeigt, wer in Abwesenheit angerufen hat.«

Simone gab an, nach der Spätvorstellung gegen 0.30 Uhr

heimgekommen zu sein. Keine Spur von Rita. Sie hatte sich nichts dabei gedacht, war ins Bett gegangen, am Morgen war Rita immer noch nicht da. Sie hatte herumtelefoniert, sich Sorgen gemacht. Ihre Tochter angerufen, die versucht hatte, sie zu beruhigen. Anschließend hatte sie sich an die Polizei gewendet. Für eine Vermisstenanzeige schien es zu früh; es wurde in Krankenhäusern nachgefragt. Wenn Rita einen Unfall gehabt hatte, war sie zumindest nicht in eine Klinik eingeliefert worden. Sie wäre seit 36 Stunden in ihrem Auto. Oder in der freien Natur. Unwahrscheinlich in einem Land, das so dicht besiedelt war. Wobei das Fichtelgebirge ein anderes Kaliber darstellte als die Gegend am Main. Rau, windig, frostig. Katinka hatte keine richtige Idee, wie sie den Fall anpacken sollte.

»Ich fahre die Strecke ab«, sagte sie mit einem Blick auf die Adressenliste. »Den wahrscheinlichsten Weg von Bamberg nach Hof zu Walli und Horst. Ich teste Umwege, Abkürzungen, sehe mich um, schaue, was sich machen lässt. Dann melde ich mich bei Ihnen.«

7

Der Schnee fiel unaufhörlich. Katinka zockelte hinter zwei Schneepflügen her. Sie fuhren versetzt und blockierten beide Spuren. Streusalz prasselte auf die Windschutzscheibe. Am Rand der Autobahn türmten sich die von Salz und Abgasen geschwärzten Schneemassen.

Katinka drehte am Radio. Unaufhörlich brachten die Sendungen Ratschläge, wie man sich bei der arktischen Kälte verhalten sollte. Warm anziehen war einer davon.

Manchmal zweifelte Katinka am Verstand der Gattung Mensch.

»... in diesem Jahrhundertwinter«, kicherte die Stimme der Moderatorin.

»Jahrhundert!« Katinka schüttelte den Kopf. Im Jahr 2012 ging man allzu verschwenderisch mit Superlativen um. Sie konnte sich an Winter in ihrer Kindheit erinnern, als sie die Einkäufe mit dem Schlitten heimbrachten.

Der Schnee allerdings ging ihr auf den Geist, und noch mehr bedrückten sie der Mangel an Licht, vor allem aber die Weihnachtsparanoia um Dekoration, Rezepte und Geschenke. Wer seit Oktober in den Geschäften mit Nikoläusen zusammenstieß, hatte definitiv Mitte Dezember keine Lust mehr auf Weihnachten. Auf gar nichts. Sie drehte die Lautstärke auf null.

Rita könnte sich umgebracht haben, dachte sie. Auf der Autobahn war sie bestimmt nicht verunglückt. Man hätte sie binnen Minuten gefunden. Auf einer Bundesstraße oder einer kleineren Straße mochte es länger dauern, bis man ein Unfallopfer entdeckte, aber keine anderthalb Tage. Selbst im tiefsten Winter nicht. Es konnte also höchstens sein, dass Rita eine Abkürzung quer durch den Wald ausprobiert hatte. Vielleicht war sie spät dran gewesen. Oder vielleicht hatte sie sich absichtlich irgendwo in die Wildnis zwischen Bayreuth und Hof zurückgezogen. Nur – warum?

Suizid. Die Sehnsucht nach der eigenen Vernichtung. Die Selbstgerechtigkeit, anderen Schuldgefühle einzutrichtern. Tiefe Verzweiflung, Aussichtslosigkeit, Einsamkeit. Vielleicht gab es eine Leiche, die tiefgefroren an einer Frankenwaldfichte baumelte, während der Abschiedsbrief im Wagen darauf wartete, von den erschreckten und eingeschüchterten Freunden gelesen zu werden.

Es wäre müßig, die Nebenstraßen abzufahren. Ein Unfall war so gut wie auszuschließen. Katinka hatte Polizeiobermeisterin Sabine Kerschensteiner, mit der sie seit Jahren eng befreundet war, gebeten, noch einmal die infrage kommenden Kliniken zu überprüfen. Dabei war nichts herausgekommen. Unfallopfer gab es genug, zum Glück meist harmlose Geschichten nach Kollisionen und Rutschpartien auf vereisten Straßen. Keine Rita Weiß. Keine namenlose Frau im passenden Alter. Überhaupt niemand, den man nicht hätte identifizieren können.

Katinka hatte so ein merkwürdiges Gefühl. Von Simones Berichten her erschien ihr Rita reichlich unsympathisch. Depressiv. Frustriert. Bitter. Eine von den Frauen, die immer hart und auf sich allein gestellt gekämpft hatten und schließlich desillusioniert weiter ihre Schlachten schlugen. Aber passte Selbstmord zu so einer Persönlichkeitsstruktur?

Katinka bog am Kreuz Bayreuth/Kulmbach nach Hof ab. Die Schneepflüge war sie los. Es hörte auf zu schneien. Sie spürte, wie der Wind ihren Beetle von der Seite anfiel.

Sie musste vorsichtig sein, nichts überstürzen. Zum Thema Rita Weiß hatte sie bislang nur Simones Meinung.

Es war ja nichts Ungewöhnliches. Zwei Freundinnen, die sich nach 20 Jahren wiedersahen und bemerkten, dass sie nicht mehr miteinander konnten. Logisch, dass zunächst Frust und dann Schuldzuweisungen aufkamen. Himmel, was erwarteten die Damen eigentlich? Dass sie an eine vollkommen andere Lebenszeit anknüpften, dort weitermachten, wo es noch ein ›weiter‹, gegeben hatte? Anfang 20 nämlich? Katinka war Anfang 30, und das fühlte sich schon definitiv anders an. Simone und Rita hatten sich beide verändert, empfanden die Veränderung als nachteilig, ohne es sich einzugestehen, aber erst die Begegnung mit der anderen führte jeder von ihnen vor Augen, dass die Welt nicht stehen geblieben war. Dass Träume versandet, Pläne auf der Strecke geblieben und Hoffnungen ausgeblutet waren. Hardo hatte mal darüber gesprochen. Dass man sich damit abfinden musste, in jeder Dekade seines Lebens ein anderer Mensch zu sein. Katinka konnte lediglich ahnen, was das bedeutete, doch Hardo steckte in der sechsten Dekade und hatte insofern einen Erkenntnisvorsprung.

Hardo. Hauptkommissar bei der Bamberger Mordkommission und seit Längerem Katinkas Lebenspartner. Er arbeitete gerade an einem unappetitlichen Fall. Ein Mann hatte seine Frau jahrelang zu Hause mit Gewalt festgehalten, geschlagen und schließlich getötet. Das war Hardos Version. Der Knackpunkt war, herauszufinden, ob es tatsächlich fahrlässige Tötung war, oder ob es Hinweise auf einen geplanten Mord gab. Katinka fand die Unterscheidung vollkommen absurd. Die Frau war tot, und ein eigenes Leben hatte sie kaum gehabt. Warum banden sich Frauen an solche Männer? Warum kriegten sie nicht rechtzeitig die Kurve?

Im Schritttempo lenkte sie den Wagen durch die Ausfahrtschleife auf die B 15.

Die Höhen des Fichtelgebirges waren verweht, die Straßen aber passierbar. Stellenweise sah Katinka nichts als die verschneite Straße, die orange-schwarzen Pflöcke, die rechts und links aus dem Schnee ragten, die weiten Hügel und von Schneemassen gebeugten Fichten. Einmal riss die Wolkendecke kurz auf. Ein Sonnenstrahl brachte für Sekunden die weiße Welt zum Glitzern. Katinka stellte das Radio wieder laut. Sie brauchte einen Beweis für die Existenz einer Außenwelt. Ab und zu entdeckte sie Abzweigungen, die in den Wald führten, probierte zwei aus, stellte schnell fest, dass sie so gut wie unpassierbar waren, und stieß zurück auf die Hauptstrecke.

»Wie«, murmelte sie vor sich hin, »bringt man sich im Winter am besten um?«

Rita könnte sich aufgehängt haben. Irgendwo im Wald. Aber das ließ sich einfacher haben. Warum ins Gebirge fahren, wenn es rund um Bamberg auch Bäume gab? Und wer setzte sich stur in sein Auto und wartete darauf, zu erfrieren? Abgase einleiten ginge schneller.

Das macht alles keinen Sinn, dachte Katinka. Außerdem war nicht jeder Frustrierte automatisch bereit, sich umzubringen. Simone war übel enttäuscht und interpretierte vermutlich deswegen alles Mögliche in Ritas Verhalten hinein.

Als Katinka endlich in Hof vor dem Haus hielt, in dem Walli und Horst wohnten, wurde es bereits dunkel. Sie stellte den Motor ab und wartete eine Weile.

Kein schöner Wohnblock, dachte sie, als sie schließlich ausstieg. Ein viereckiges Ding, mit den jahreszeitbedingten blinkenden Lichterketten, den illuminierten Sternen und anderem Equipment in allen möglichen Farben, das Katinka immer an die Fassade eines Puffs erinnerte.

›Broicher/Reichert‹ stand auf dem Namensschild neben der Klingel. Katinka drückte drauf.

»Ja?«, kam eine Frauenstimme blechern aus dem Lautsprecher.

»Katinka Palfy hier. Privatdetektivin. Ich komme wegen Rita Weiß.«

»Wegen Rita?« Pause. »Ist sie wieder … aufgetaucht?«

»Besser, wir besprechen das bei Ihnen in der Wohnung«, schlug Katinka mit Blick auf die vielen Klingelknöpfe vor.

Niemand wusste, wer an seiner Gegensprechanlage hing und lauschte.

Der Türsummer ging. Katinka trat ein.

Im zweiten Stock wartete Walli Reichert an der Tür. Sie trug Jeans und einen Pulli voller Farbflecken, darüber eine Schürze, deren Ende sie zweimal um ihren mageren Körper gewickelt hatte.

»Macht es Ihnen was aus, die Schuhe auszuziehen?«

Menschen haben selten so viel Angst vor Schmutz wie im Winter, dachte Katinka amüsiert, während sie sich an die Wand lehnte und ihre Boots wegkickte. Und am wenigsten regen sie sich darüber auf, dass andere mit ihren dreckigen Füßen durch ihre Gedanken latschen.

»Nein. Keinesfalls. Arbeiten Sie von zu Hause aus?«

»Ja.« Walli strich sich das dünne Haar zurück und steckte es mit einem Pinsel fest. »Kommen Sie rein. Ich war Kunsterzieherin an einem Gymnasium. Wer mit einem normalen Nervenkostüm ausgestattet ist, hält das nicht lange aus.«

»Mit welchen Nervenkostümen sind die Lehrer ausgestattet, die durchhalten?«

»Mit gar keinem. Sie geben es an der Garderobe ab. Ich arbeite jetzt als freiberufliche Künstlerin. Gebe einen Aquarellkurs an der VHS.«

»Aquarell? Habe ich auch schon versucht«, flunkerte Katinka, »leider mit wenig Erfolg.«

»Ja, das liegt nicht jedem. Mir auch nicht. Ich mag lieber Acrylfarben. Die riechen richtig nach Farbe und hinterlassen schöne Flecken.« Sie lachte und sah mit einem Mal nicht mehr so verhärmt aus. »Kommen Sie mit in die Küche. Was ist mit Rita? Ist sie endlich wieder aufgekreuzt?«

»Eben nicht. Da Sie sie an dem Abend erwartet haben, dachte ich, ich frage mal nach.«

»Sie sind Privatdetektivin«, stellte Walli fest. »Ist was passiert?« Ein angsterfüllter Ausdruck war in ihre Augen getreten. Sie wirkte sehr verwundbar.

»Vermutlich nicht, aber ich habe den Auftrag, Rita Weiß aufzustöbern.«

»Ja, bei uns sollte der Literatur- und Fresszirkel zusammentreten. Noch mal vor Weihnachten.«

Weil gleich nach Weihnachten die Welt untergeht, dachte Katinka, während sie lächelnd sagte: »Interessant, dieser Zirkel. Worum geht's da?«

»Kaffee?« Walli machte sich an einer Maschine zu schaffen. »Wir alle haben an einem VHS-Kurs teilgenommen. Bei Rita. Wie man mit Literatur umgeht. Wir haben uns gut verstanden und sind als Clique zusammengeblieben.«

Katinka sah sich in der Küche um. Eigentlich nur eine Küchenecke. Die frühere Wand zum Wohnzimmer war herausgebrochen. In der guten Stube stand eine Staffelei, auf dem Teppich war großzügig Zeitungspapier ausgelegt. Walli hatte begonnen, mit Weidenholz auf der Leinwand Konturen vorzuzeichnen.

»Schön haben Sie es hier.«

»Zum Wohnen ist es okay. Allerdings … ich träume von einem Atelier. Wo ich meine Sachen stehen lassen kann.«

»Ist Ihr Lebensgefährte auch Künstler?«

»Horst?« Walli lachte laut auf. »Der arbeitet bei der Sparkasse. Das glatte Gegenteil.«

»Gegensätze ziehen sich an.«

»Sagt man, ja.« Walli stellte mit Nachdruck zwei Becher auf den Tisch. »Milch? Zucker?«

»Milch, sonst nichts.«

Walli nahm die Milchtüte aus dem Kühlschrank. »Horst nimmt am Literaturkreis teil, weil … na ja, mir zuliebe. Ansonsten wäre er längst weggeblieben.«

»Ist nicht die schlechteste Motivation, etwas aus Liebe zu tun.«

»Nee.«

»Ist das bei den anderen genauso?«

»Es sind ja nicht ausschließlich Paare dabei. Auch Singles. Margot, Ivo … Eigentlich kommen die meisten, um zu quatschen. Manchmal reden wir gar nicht über das Buch, das Rita ausgesucht hat.«

»Ach – allein Rita sucht die Lektüre aus?«

»Sie kennt sich aus. Wir anderen schlagen ab und zu was vor. Aber wir schätzen Ritas Geschmack.«

»Warum ist sie vorgestern Abend nicht gekommen?«, fragte Katinka.

»Keinen Schimmer. Das Wetter war saumäßig, ich hätte es verstanden, wenn sie abgesagt hätte. Margot ist auch gar nicht erst losgefahren.«

Die Wohnungstür ging auf.

»Horst?«, rief Walli.

Horst Broicher steckte den Kopf herein. »Walli – oh, guten Abend.«

»Katinka Palfy«, stellte Katinka sich vor.

»Sie ist hier wegen Rita«, erläuterte Walli.

»Sind Sie von der Polizei?«

»Warum sollte ich von der Polizei sein?«, fragte Katinka zurück.

»Ich … ich meine nur. Was ist mit Rita?«

»Horst, zieh dir die Stiefel aus«, mäkelte Walli.

Horst stapfte in Socken ins Wohnzimmer und klaubte eine Fernbedienung vom Sofa. »Walli …«

»Ich räume gleich alles weg.« Walli hörte sich ziemlich genervt an. Sie goss die Becher mit Kaffee voll. »Der Fernseher steht hinter der Leinwand. Es ist verdammt eng bei uns«, murmelte sie in Katinkas Richtung.

»Hatte sie einen Unfall? Rita, meine ich?« Horst kam zurück. Er nahm eine Scheibe Brot aus dem Brotkasten und biss hungrig hinein.

»Unwahrscheinlich.«

Horst wurde blass. »Wieso …«

»Kaffee, Horst?«, ging Walli dazwischen.

»Nein. Was …«

»Ich bin Privatdetektivin. Simone Mathieu, eine Freundin von Rita, hat mich beauftragt, nach Rita zu suchen.« Katinka nahm einen Schluck Kaffee. »Haben Sie eine Vorstellung, was ihr passiert sein könnte?«

Er schüttelte stumm den Kopf.

»Einen Unfall hatte sie definitiv nicht. Die Polizei hat sämtliche Kliniken im Umkreis gecheckt. Keine Rita Weiß, auch kein unbekanntes Unfallopfer.«

Horst lehnte sich gegen den Kühlschrank. »Wie kann das sein?«

»Was haben Sie gemacht, als Rita nicht kam?«, fragte Katinka.

»Wir …«, Horst sah Hilfe suchend zu Walli, »wir haben bei ihr zu Hause angerufen.«

»Und?«

»Niemand ging dran.«

»Haben Sie es auf dem Handy versucht?«

»Nein.« Walli schüttelte den Kopf.

»Warum nicht? Es ist schließlich naheliegender, dass sie auf ihrem Handy antwortet. Schließlich mussten Sie damit rechnen, dass sie längst im Auto saß.«

Horst bekam einen Hustenanfall. »Sorry. Trocken Brot«, würgte er hervor.

»Sehen Sie«, half Walli aus, »Rita hat zwar ein Handy, aber keiner von uns weiß die Nummer. Sie sagt immer, dass ihr das Handy ohnehin nicht so recht ist, weil man nachverfolgen kann, wo sie sich gerade aufhält. Außerdem lädt sie es nie auf. Sie mag Technik nicht besonders. Ich übrigens auch nicht.«

»Im tiefsten Winter kann es ganz nützlich sein, wenn man ein Telefon dabei hat«, wandte Katinka ein.

»Wir machen immer gern Witze darüber, dass Rita im Winter mit Schlafsack, Kerzen und Streichhölzern, Taschenlampen, Gaskocher und Kraftriegeln im Auto unterwegs ist!« Horst schien dem Erstickungstod knapp entronnen. »Bloß: Wo sollte sie sein?«

»Sie beide gefallen mir!«, drückte Katinka aufs Gas. »Ihre Freundin hat seit 48 Stunden kein Lebenszeichen von sich gegeben, und Sie gehen Ihren Beschäftigungen nach, als ob nichts wäre!«

»Aber Horst hat sogar bei der Polizei angerufen«, wehrte sich Walli. »Die haben gesagt, wenn sie was hören, melden sie sich bei uns.«

»Damit war der Käse für Sie gegessen?«

»Was wollen Sie denn eigentlich?« Horst wurde wütend. »Sollen wir zu Hause sitzen und die ganze Zeit heulen? Das geht Sie doch alles gar nichts an!«

»Das Problem ist nur«, murmelte Walli, die inzwischen das Zeitungspapier vom Boden aufklaubte und feinsäuberlich faltete, »dass Ivo auch nicht gekommen ist.«

8

Susanne und Artur Schweigau wohnten in Bayreuth, gleich neben dem Stadtfriedhof.

»Sie sind Privatdetektivin?«, fragte Susanne. Ihr langes blondes Haar war zu einem Pferdeschwanz gebunden. Hinter ihr stand ihr Mann. Ein groß gewachsener, früh ergrauter Hüne mit Freibeuterblick. Er legte Susanne eine Hand auf die Schulter, was ihn nicht daran hinderte, Katinka von oben bis unten ausführlich zu mustern. Sie fühlte sich unwohl unter seinem Blick.

»Ja. Ich komme im Auftrag von Simone Mathieu.«

»Wegen Rita!«, platzte Susanne heraus. »Ist sie wieder aufgetaucht?«

»Darf ich reinkommen?«

»Bitte!« Artur zog Susanne ein Stück weg. »Lassen Sie die Schuhe ruhig an.«

Katinka verbarg ihr Grinsen.

»Ein Glas Wein?« Er führte sie in die Wohnküche. Eine Flasche Rotwein stand halb geleert auf dem Tisch, zwei Gläser, Reste einer Brotzeit, die vorwiegend aus Käse zu bestehen schien. Eine Duftlampe schickte fruchtige Dampfschwaden in die überheizte Luft.

»Danke, sehr nett, aber ich fahre.«

»Na, eins geht meistens.« Artur wandte sich an seine Frau. »Schatz, holst du uns ein Mineralwasser aus dem Keller?«

Kaum war Susanne zur Wohnungstür draußen, beugte er sich zu Katinka: »Meine Frau regt sich sehr über Ritas Verschwinden auf. Die beiden mochten sich gern.«

»Mochten? Rechnen Sie damit, dass Rita nicht mehr wiederkommt?«

»Nein, das nicht … nur … irgendwie ist der Literatur- und Fresszirkel am Zerbrechen.«

»Meinungsverschiedenheiten?«

»Überhaupt nicht. Die Fahrerei! Einmal im Monat quer durch Oberfranken! Manchmal sogar zweimal! Wir wohnen nicht so weit vom Schuss, aber von Horst weiß ich, dass ihm der Termin auch mehr oder weniger auf den Geist geht. Walli zuliebe kommt er mit.«

»Auch?«

»Was?«

»Sie sagten ›auch auf den Geist geht‹«, insistierte Katinka.

»Ja. Weil ich genauso wenig wie Horst der große Fan von Literatur bin.« Er errötete unter seinem Dreitagebart. »Sehen Sie, Susanne hat nicht studiert. Dabei hat sie Abitur und sie hätte das Zeug dazu, aber sie wollte möglichst schnell arbeiten, Geld verdienen, was Soziales machen. Also wurde sie Ergotherapeutin. Intellektuell füllt sie das nicht aus.« Er senkte die Stimme. »Sie wissen, was ich meine.« Seine Augen glitzerten. Irgendetwas Undefinierbares schien ihn zu amüsieren.

Susanne kam zurück und stellte zwei Flaschen Frankenbrunnen auf den Tisch.

»Möchten Sie was essen?« Scheppernd landete ein Teller vor Katinka.

»Danke, wirklich nicht. Was haben Sie gemacht, als Rita vor zwei Tagen nicht bei Walli und Horst erschien?«

»Wir haben bei ihr zu Hause angerufen«, sagte Susanne sofort. »Weil sie nämlich nie ihr Handy mitnimmt.« Sie goss Katinka ein Glas mit Mineralwasser voll. »Bitte!«

»Ja, das war die einzige Möglichkeit«, stimmte ihr Mann zu.

»Wäre es nicht naheliegend, es trotzdem auf dem Handy zu probieren?«, fragte Katinka. »Denken Sie an das Wetter!«

»Rita ist allergisch gegen Handys.« Susanne nickte, dass ihr Pferdeschwanz wippte. »Außerdem haben wir die Nummer gar nicht.«

»Horst hat die Polizei in Hof benachrichtigt. Von dort kam aber keine brauchbare Rückmeldung.«

»Eine Freundin ist in einer eiskalten Winternacht verloren gegangen«, wandte Katinka sich an Susanne. »Im Radio laufen nur miese Meldungen über blockierte Straßen, Eisglätte und Unfälle. Hat Sie das nicht beunruhigt?«

»Was sollten wir sonst tun?« Artur legte eine Hand auf den Arm seiner Frau.

»Rita ist kein ganz einfacher Mensch«, erläuterte Susanne. »Sie bockt von Zeit zu Zeit und zieht sich in ihr Schneckenhaus zurück. Vielleicht ist sie nie nach Hof gefahren! Vielleicht hatte sie keinen Nerv auf uns alle. Immerhin genügen wir ihren hohen Ansprüchen an die Literatur nur sehr bedingt. Ich arbeite in einem Altenheim und falte Schiffchen mit den Senioren. Nicht der Hit, aber für mich ganz okay. Rita ist Literatin.«

»Gab es etwas im Zusammenspiel des Literatur- und Fresszirkels, irgendwelche Disharmonien, Konflikte, die untermauern können, dass Rita nicht zur Verabredung vorgestern kommen wollte?«

»Nein!« Susanne schüttelte energisch ihren Pferdeschwanz. »Wir haben uns immer gut verstanden.«

»Am letzten Treffen in Forchheim konnten wir nicht teilnehmen. Wegen des Wetters.« Artur lehnte sich in seinem Stuhl zurück und schnitt mit großer Geste ein Stück Brie ab.

»Rita ist vorgestern Abend von Bamberg Richtung Hof aufgebrochen«, sagte Katinka ruhig. »Das bestätigt Simone Mathieu.«

»Ach, diese Französin?« Artur blinzelte. »Na, dann ist Rita halt woanders hingefahren.«

»Haben Sie eine Ahnung, wohin?«

»Nö.« Er grinste ein unverschämtes Grinsen.

»Sie wollen andeuten, dass ich die Hosen ein bisschen weiter runterlassen soll, damit Sie mit interessanteren Details rausrücken?« Katinka kniff die Augen zusammen. Typen wie Artur Schweigau kriegte sie noch jedes Mal klein.

Er wurde rot.

Susanne scharrte mit den Füßen. »Also, ich meine, die anderen ... also Walli hat erzählt, dass diese Simone eine ziemlich eingebildete Tante wäre. Hielt sich für was Besseres. Hat bei Margot über alles gemeckert. Über das Essen, das Buch, das besprochen wurde, über uns ...«

»Sie waren an dem Abend in Forchheim doch gar nicht anwesend!«

»Nein, aber vorgestern bei Walli und Horst ... da unterhielten wir uns darüber.«

»Ich selbst traue nur meinem eigenen Urteil.« Katinka trank einen Schluck Wasser.

»Ja, nun, das ist Ihr gutes Recht.« Artur leckte sich über die Lippen.

»Diese Simone, meinte Horst, die passte so gar nicht zu Rita. Mit Rita kann man Pferde stehlen.« Susannes Augen leuchteten. »Simone hingegen, die scheint so eine elegante Trine zu sein. Aufgedonnert. Und ...« Sie brach ab.

»Mit ihr kann man nicht Pferde stehlen?« Katinka lächelte Susanne an. »Weil sie sich die Wimpern tuscht? Deswegen?«

»Wie auch immer, ich habe sie ja nicht persönlich kennengelernt.«

»Was haben Sie jetzt weiter vor?«, erkundigte sich Katinka, während sie schon aufstand und den Schal um ihren Hals wickelte.

»*Vor*?«, echote Susanne.

»Rita steht früher oder später wieder vor der Tür. Keine Panik! Rita hat noch nie einer untergekriegt«, warf Artur sich in die Brust.

Katinka legte die Hand auf die Klinke.

»Ich habe gehört, dass Ivo Leistner auch nicht aufgekreuzt ist, vorgestern Abend«, sagte sie munter. »Haben Sie bei ihm zu Hause angerufen?«

»Ivo?« Susanne wurde feuerrot.

Katinka sah von einem zum anderen. »Wo ist Ivo?«

»Er«, Artur rieb sich die Bartstoppeln, »wohnt in Kulmbach.«

»Also hätte er es nicht weit nach Hof. Jedenfalls nicht so weit wie Rita.« Katinka öffnete die Eingangstür einen Spalt. Eisige Luft strömte in die Wohnung.

»Ivo hatte gar nicht zugesagt!« Susanne schlang die Arme um ihren Oberkörper. »Also, er hat eigentlich gesagt, dass er aller Wahrscheinlichkeit nach nicht kommt.«

»Wegen des Wetters«, bestätigte ihr Mann. »Ivo fährt nicht gern Autobahn. Zurzeit über die Landstraßen zu kriechen, macht genauso wenig Spaß!«

»Hat irgendjemand aus Ihrer Clique Ivo in den letzten 48 Stunden gesehen oder mit ihm telefoniert?«, fragte Katinka.

»Nein. Nein, haben wir nicht. Mit Ivo sind wir nicht so gut befreundet«, erläuterte Artur. Die Verunsicherung war aus seinem Blick gewichen. Er hatte sich wieder voll und ganz im Griff.

9

Katinka saß im Luitpold und trank Latte macchiato mit einem Schuss Kahlua. Ihre Augen brannten. In der trockenen Heizungsluft kam sie mit den Kontaktlinsen nicht gut zurecht. Sie nahm sie raus, versenkte sie in den Döschen mit der Aufbewahrungsflüssigkeit und kramte in ihrem Rucksack nach ihrer Brille.

»Hi!«, sagte eine sehr bekannte Stimme. Eine männliche Stimme. Eine Stimme, die zu hören sie so schnell nicht erwartet hatte.

»Wischnewski!«, rief sie und blinzelte den Mann an, der sich vor ihr aufbaute. Ein Kerl, nicht größer als sie, mit einer Ohrenklappenmütze, gestrickten Fäustlingen und roter Nase. »Spinne ich? Sind Sie nicht in Sunny California?«

Dante Wischnewski, einst Redaktionsmitglied beim Fränkischen Tag, sank auf einen Stuhl Katinka gegenüber.

»Alles Mist mit den Amis!«

»Hat man Sie rausgeschmissen aus den USA?« Katinka beugte sich vor. »Terrorverdacht?«

»Bei denen ist jeder verdächtig, der am Flughafen an der Sicherheitskontrolle eine Apfelsine im Rucksack hat.« Dante riss sich die Mütze vom Kopf. Seine Haarpracht war noch dünner geworden. Blonder Flaum. Wie ein Baby, dachte Katinka. »Im Ernst. Hat es Ihnen nicht gefallen?«

Dante Wischnewski hatte sich für ein Masterstudium in Wissenschaftsjournalismus beworben und den begehrten Studienplatz bekommen – an der University of California. Er war erst Ende August aufgebrochen, und Katinka war es ein Rätsel, weshalb er ausgerechnet im tiefsten Winter den

Rückweg nach Deutschland angetreten hatte. Dante sah ziemlich erledigt aus. Zermürbt konnte man auch sagen.

»Die Story ist länger als alle Bamberger Klopapierrollen zusammen!« Er winkte der Bedienung. »Einen Gin Tonic.«

»So schlimm?«

»Beschissen ist noch geprahlt.« Er legte den Kopf auf die Tischplatte. »Mir kann niemand mehr helfen.«

»Im Fall der Fälle helfen Sie sich einfach selbst!« Katinka hatte Dantes Jammertiraden nie besonders ernst genommen. Er war ein Meister der Selbstironie. Diesmal allerdings schien alles anders. »Jetzt erzählen Sie schon. Stehen Sie auf einer internationalen Fahndungsliste?«

»Sehr witzig.« Er hob den Kopf, als die Bedienung ihm den Gin Tonic servierte, und stürzte den Inhalt des Glases in einem Zug hinunter. »Noch einen, bitte.«

»He, Wischnewski, maßhalten!«

Er rieb sich die Ohren. »Und wenn ich mir die Kante gegeben habe, muss ich was Gescheites essen. In Kalifornien ernähren sie sich hauptsächlich von Sprossensalat.«

»Bringen Sie dem Herrn einen *Huber Sepp*«, bat Katinka die Bedienung. »Leberkäse mit Spiegelei und Bratkartoffeln bringt Sie wieder auf die Beine.«

»Das düstere Geheimnis behalte ich lieber für mich«, wehrte Dante ab. »Aber Leberkäse klingt himmlisch.«

Katinka lehnte sich zurück. Mitten im Lokal stand ein Weihnachtsbaum, golden und rot geschmückt. Er passte perfekt in den mindestens fünf Meter hohen Raum. Allerdings waren seine unteren Äste komplett gestutzt, damit die Gäste nicht von den Nadeln behelligt wurden. Irgendwie störte das die Ästhetik.

»Na, wenn Sie nicht auspacken wollen, ich habe eine

Menge zu erzählen.« Sie berichtete von Simone, Rita und dem Literatur- und Fresszirkel.

»Wie ist Ihr Eindruck?«, fragte Dante, nachdem er konzentriert zugehört hatte, und nuckelte an seinem zweiten Gin Tonic.

»Mir fehlen vier weitere Mitglieder. Margot Scheinfelder aus Forchheim und Ivo Leistner aus Kulmbach. Außerdem Irmi und Günther aus Coburg. Die knöpfe ich mir später vor. Aber wenn Sie mich fragen ... die haben sich abgesprochen.«

»Abgesprochen?«

»Zu lügen.«

»Wie kommen Sie drauf?« Abgelenkt von seiner eigenen Misere fingen Dantes Augen zu leuchten an.

»Weil sie Details nennen und gleich auf die Knackpunkte zu sprechen kommen. Das ist ein Hinweis darauf, dass Aussagen vorher abgesprochen sind. Und die Sache mit dem Handy ...«

Dante zuckte die Achseln. »Also? Sie haben Rita umgebracht und im Wald verscharrt?«

»Nicht unbedingt. Obwohl man nie wissen kann. Horst Broicher war sichtlich nervös. Er füttert seine Lebensgefährtin durch, die einen auf Burn-out und große Künstlerin macht und in der engen Wohnung nicht mal Platz für eine Staffelei hat. Während sie malt, kann er nicht fernsehen.«

Dante lachte wiehernd.

»Na also, geht doch«, grinste Katinka aufmunternd. »Dann Susanne und Artur. Sie ist ein Mädelchen mit Piepsstimme und er ein Macho. ›Schatz, holst du uns ein Mineralwasser aus dem Keller?‹ Sie ist wahrscheinlich dankbar, dass sie einen so tollen Mann hat. Die Ehe wird nicht halten, es sei denn, sie ist extrem leidensfähig.«

»Weil Arturchen bald am nächsten Rock nestelt?«

»Oder längst genestelt hat.«

»Sie fantasieren, Frau Detektivin!«, wandte Dante ein.

»Ich achte nur auf die Dynamik.« Katinka verfiel ins Grübeln. »Simone, meine Klientin, hielt die Gespräche über Literatur für einen Witz. Sie ist nicht die Überkandideltste, aber ein solches Ausmaß von Plattheiten hat sie schließlich doch überrascht.«

Dante zuckte die Achseln. »Ich finde, die meisten Menschen müssen ihre Erwartungen runterschrauben.«

»Sie auch?«

»Kein Kommentar zu meiner eigenen Person!« Dante hob beide Hände. »Reicht es nicht, wenn man sich ab und zu unter Kumpels trifft und ein Bier trinkt? So viele Freundeskreise zerfallen, weil man es nicht schafft, in Kontakt zu bleiben. Am Ende schreibt man sich Massen-E-Mails mit blöden Karikaturen als Anhang, und das war's. Da ist es besser, ein Buch als Vorwand zu haben, um sich einmal im Monat zu treffen.«

»Die haben ein Extra-Meeting anberaumt. Am 12. Dezember. Um sich vor Weihnachten noch mal zu sehen.«

»Das kennen wir zur Genüge.« Theatralisch warf Dante die Arme in die Luft. »Wir müssen uns vor Weihnachten unbedingt noch mal sehen«, flötete er. »Nach Weihnachten gibt es kein Leben mehr. Schnell! Bevor es auf ewig zu spät ist!«

Katinka blies sich die Ponyfransen aus dem Gesicht. »Stimmt. Das Ganze nennt man die Weihnachts-Neurose.«

»Sag ich doch.« Dante bekam seinen *Huber Sepp* und machte sich über den Leberkäse her, als hätte er seit Wochen tatsächlich nur von Sprossen gelebt.

»Wo steckt Rita Weiß?« Katinka ließ den Blick durch das Restaurant schweifen. Am Abend wurde es schnell voll. Aus Büros und Uni stürmten die Leute das Luitpold zum Chill-out. Die Musik wurde lauter gedreht. Das Licht gedimmt. Sie beugte sich zu Dante. »Es lässt sich nicht leugnen, dass sie verschwunden ist.«

»Möglicherweise hatte sie genug von ihrer französischen Freundin.«

»Und reist ab? Ohne ein Wort zu sagen, ohne eine Zahnbürste mitzunehmen, ohne …«

Dante kaute mit vollen Backen. »Vielleicht hat sie dieses Treffen mit den Literaturcracks vorgeschoben«, mümmelte er. »Ihrer Freundin gegenüber, meine ich.«

»Um als Nächstes … was zu tun?«

»Kann sein, dass sie das zu dem Zeitpunkt selbst noch nicht wusste. Wollte einfach fahren, einfach raus … ist anderswo verunglückt, hatte keine Papiere dabei … oder sie ist nach Tschechien, weiter nach Polen, weg, raus, warum nicht!«

Katinka wiegte den Kopf. »Immerhin möglich.«

»Ich sage Ihnen«, Dante zeigte mit der Gabel auf sie, »es hat alles eine ganz natürliche Erklärung.«

»Das wollen wir hoffen.«

»Und vergessen Sie nicht: Rita ist vermutlich genauso enttäuscht von Simone wie Simone von Rita.«

»Das mag sein. Aber«, Katinka bemerkte mit Erstaunen, dass Dante das erste Stück Leberkäse bereits vertilgt hatte, »es ist ein zweites Mitglied abgängig. Ivo Leistner. Ich habe alle Hebel in Bewegung gesetzt, aber der Mann ist nicht zu erreichen.«

10

Simones Kopf brummte. Sie konnte nicht einschlafen. Ohnehin fand sie, seit Jean-Claude die Neue hatte, nur noch dann Schlaf, wenn sie am Abend zwei Gläser Rotwein trank. Sie saß in Ritas Wohnzimmer, musterte die lieblose Einrichtung und machte sich zum x-ten Mal Gedanken, wo Rita sein konnte. Sie wusste selbst, wie albern es war, immer wieder die gleichen Argumente zu wälzen. Die Grübelei hielt sie beschäftigt, aber sie führte sie nirgendwo hin. Es gab keine Erklärung, keine plötzliche Eingebung. Rita war weg. Sie hatte entweder einen Unfall gehabt, obwohl die Detektivin das für unwahrscheinlich hielt, oder sie war freiwillig verschwunden und legte keinen Wert darauf, gefunden zu werden. Wenn Ersteres zutraf, war das tragisch. Wenn Letzteres stimmte … Simone kam nicht weiter. Natalie sagte ihr immer wieder, sie solle sich mit den Tatsachen abfinden; sie bezog das auf die neue Freundin ihres Vaters. Natalie in ihrer Jugend schien den Bruch ihrer Eltern nicht allzu schwer zu nehmen. An dem, was geschehen war, konnte niemand mehr etwas ändern, fand das Mädchen. Simone fiel solche Indifferenz schwer.

Natalie. Ihre Tochter verbrachte den Freitagabend in Paris. Wehmütig stellte Simone sich vor, wie sie gemeinsam irgendwo hingehen würden. In eines der vielen Theater oder Kinos. Wie sie zuvor irgendwo eine Crêpe oder einen Salat essen würden. Wie sie nach der Vorstellung Arm in Arm durch die Stadt spazieren würden, vielleicht an der Seine entlang. Simone hatte nie in Paris gelebt, sie hatte das menschlichere, sonnigere Südfrankreich instinktiv vorgezogen. Aber jetzt tat ihr die verpasste Chance mit einem Mal leid.

Natalie jedenfalls machte keine Anstalten, ihre Mutter auf ihren Erkundungsgängen durch Paris dabeihaben zu wollen. Vielleicht ergab sich das noch. Wenn Natalie nicht denselben Fehler macht, wie ich, dachte Simone hart. Sich zu früh an einen Mann zu binden und für ein Kleinkind sorgen zu müssen.

Sie stand auf und trat ans Fenster. Draußen fiel Schnee. Sie presste ihre schmerzende Stirn an die kühle Scheibe.

Sie könnte Natalie anrufen. Gleich jetzt. Entschlossen stellte Simone ihr Glas ab und griff nach ihrem Handy. Sie hatte es immer in Reichweite. Entweder in der Handtasche oder hier auf dem Tisch. Sie sah Ritas spöttisch verzogene Lippen vor sich. Rita verstand das eben nicht. Wie es war, eine enge Bindung zu einem anderen Menschen zu haben. Eine Bindung, die immer da war, immer zugegen, immer spürbar. Simone hatte eine solche Verbindung auch zu Jean-Claude gespürt, seit Beginn ihrer Beziehung. Die Art, wie er diesen Faden mit seiner Affäre abrupt durchschnitten hatte, hatte das Gefühl von Zusammengehörigkeit mit einem einzigen Satz erschüttert. ›Ich liebe eine andere.‹ Doch selbst dieser Vertrauensbruch vermochte die bestehende Bindung nicht sofort zu trennen. Sie kannte Jean-Claude viel zu gut und er kannte sie. Sie hatten einander in ihren finstersten und glücklichsten Stunden begleitet.

Die Vergangenheit ist nicht auslöschbar, dachte Simone, während sie Natalies Nummer wählte. Das war beruhigend. Und auch beängstigend. Was einmal gewesen war, stellte einen Bestandteil des eigenen Lebens dar. Es stimmte, jeder Mensch musste die Tatsachen hinnehmen.

Natalie nahm nicht ab. Es schaltete sich auch keine Mailbox an. Seufzend legte Simone das Handy weg. Sie würde ihrer Tochter eine Mail schreiben. Das war weniger aufdringlich als ein Telefonanruf. Simone spürte das dringende Bedürfnis, Natalie von Ritas Verschwinden zu berichten. Sie brauchte einfach die Meinung einer Vertrauten.

Sie klemmte sich hinter Ritas Laptop, der auf dem kleinen Sekretär stand, und schaltete ihn ein. Das Passwort hatte Rita selbst ihr verraten, als Simone gleich zu Beginn ihres Aufenthaltes ihre Mails lesen wollte. Der Rechner baute die Internetverbindung auf. Simone loggte sich bei Caramail ein und begann, ihre Mail zu schreiben.

Aber sie hing fest. Schriftlich zu formulieren, dass Rita weg war, führte ihr erst vor Augen, wie dramatisch ihre eigene Situation war. Würde man sie am Ende verdächtigen, irgendetwas mit Ritas Abtauchen zu tun zu haben? Was, wenn man Rita tot irgendwo fand und nicht eindeutig von einem Unfall die Rede war?

Die Kopfschmerzen verstärkten sich. Simone ließ die Hände auf die Tastatur sinken. Schließlich klickte sie auf ›Logout‹. Bevor sie den Rechner herunterfahren konnte, sah sie einen Ordner auf dem Desktop liegen, der beim letzten Mal, als sie Ritas Laptop benutzt hatte, nicht dagewesen war. Eindeutig nicht. Nur ein paar Programmicons hatten da gelegen.

Der Ordner trug den Namen LFZ.

SAMSTAG, 15.12.

11

Als Simone Mathieu am nächsten Tag gegen 15 Uhr zu Katinka in die Detektei kam, schneite es wieder.

»Haben Sie etwas herausgefunden?« Simone wischte Schneeflocken von ihrem Mantel, bevor sie ihn über den einen Besuchersessel warf und sich in dem anderen niederließ.

»Ich war heute Morgen bei Margot Scheinfelder.« Katinka erinnerte sich ungern an das Gespräch. Wahrscheinlich, weil sie bisher niemanden kennengelernt hatte, der so wenig Selbstbewusstsein besaß. »Margots Kernaussage war: Der ganze Kurs hätte Rita immer bewundert. Für ihre Art, der Gruppe Literatur nahezubringen.«

Simone schnäuzte sich. »Ich bin schon nahe an einem Nervenzusammenbruch. Seit drei Tagen ist sie weg, und es kommt kein Lebenszeichen. Das kann einfach nicht wahr sein!«

Katinka rief sich das Gespräch heute Morgen in Forchheim in Erinnerung. ›Wir alle haben Rita immer bewundert.‹ Ob sie denn die Dozentin inzwischen nicht mehr bewunderten, hatte Katinka gefragt, Margots erschrockenem Blick mit einem Lächeln begegnend. ›Doch, sicher‹, beeilte sich Margot zu versichern. ›Wir alle bewundern sie.‹

»In dem Literatur- und Fresszirkel brodeln eine Menge Konflikte«, fasste Katinka zusammen. »Das ist mein Eindruck. Irmi und Günther habe ich noch nicht erreicht. Aber es ist immer dasselbe Muster. Man *bewundert* Rita. Aber *mag* man sie auch?«

Simone sah Katinka erstaunt an. »Das habe ich mich noch gar nicht gefragt.«

»Sie dachten, die sind alle die besten Freunde?«

»Ich hatte den Eindruck, dass Rita seit Jahr und Tag auf der anderen Seite steht.«

»Auf der anderen Seite?«

»Sie ist die Lehrerin, die anderen die Schüler. Zu einem Lehrer schaut man auf, man hat Respekt vor ihm. Wenn alles gut läuft, meine ich. Der Lehrer ist nie Teil der Schülergruppe. Er steht immer außerhalb. Hier.« Simone reichte Katinka ein paar Blatt Papier. »Das habe ich gestern in ihrem Laptop gefunden. Unter dem Kürzel LFZ.«

»Literatur- und Fresszirkel?« Katinka griff nach den Blättern. Simone hatte dankenswerterweise das Datum in die Kopfzeile eingefügt. Der älteste Text stammte vom Dezember 2009. Der neueste vom August 2012.

»Ich verstehe die Daten so«, interpretierte Simone drauflos. »Seit 2009 bis zum vergangenen Sommer hat Rita in ihrem Laptop genau Buch geführt, welche Texte sie im Literatur- und Fresszirkel gelesen haben. Für jedes Buch gibt es eine Datei. Sehen Sie?« Sie tippte auf das oberste Blatt. »Hier. August 2012: Robert Harris, Ghost. Es steht eine Kurzzusammenfassung dabei und dann Ritas Ideen, wie sie das Gespräch über das Buch aufziehen kann.«

Katinka gab Simone recht. Es war eine Art Lehrplan, vielleicht auch nur ein Steinbruch für Rita selbst, um die Diskussion in der Gruppe führen zu können. »Sie hat sich ja akribisch vorbereitet!«, stellte Katinka fest.

»Allerdings. Ob es die Sache wert war, wage ich zu bezweifeln«, bestätigte Simone trocken. Sie legte ein weiteres Blatt auf Katinkas Schreibtisch. »Eine Liste der Bücher, die seit 2009 gelesen wurden. Jeden Monat ein anderes.«

»Meinen Sie, die Gruppe hat das Pensum durchgehalten?«

»Kann ich mir kaum vorstellen. Wahrscheinlich war die Liste eher eine Sammlung von Vorschlägen, aus denen die Leute dann was auswählten.«

»Sie haben mit Sten Nadolnys *Entdeckung der Langsamkeit* angefangen. Monika Maron, Heinrich Böll, Elfriede Jelinek – ein anspruchsvolles Programm.«

»Und sie endeten bei Robert Harris!« Simone schüttelte den Kopf.

Katinka konnte ihre Empörung nicht nachvollziehen. Sie selbst griff lieber zu einem guten Thriller als zu den Auswüchsen hochgepriesener und mit Auszeichnungen überhäufter Autoren. Ausgenommen Heinrich Böll. Den mochte sie.

»Das Lesen ist frei«, lachte Katinka. »Wie die Gedanken auch.«

Simone zuckte die Achseln.

»Haben Sie sonst was auf dem Rechner gefunden, das uns helfen könnte, zu rekonstruieren, wo Rita steckt?«

»Nein. Nichts.«

Katinka ließ ihren Blick für ein paar Sekunden auf Simones erschöpftem Gesicht ruhen.

»Ich habe die Polizei informell gebeten, deutschlandweit sowie in Tschechien in den Krankenhäusern anzufragen«, sagte sie schließlich. »Für den Fall, dass Rita ganz woanders hingefahren ist.«

»Warum hätte sie das tun sollen?«

»Das wissen wir nicht. Noch nicht. Sie könnten eine Vermisstenanzeige aufgeben. Haben Sie eine Ahnung, was Rita in den Tagen vor Ihrer Ankunft gemacht hat?« Katinka legte die Papiere weg.

»Sie schrieb ein Feature für den BR. Das Manuskript hat sie am Morgen, als ich in Bamberg ankam, eingereicht. Es passte alles so gut mit meinem Besuch zusammen. Sie recherchierte zwar für ein paar andere Projekte, aber ganz ohne Zeitdruck.«

»Hat sie ihren Pass dabei?«

»Ich habe ihn gesucht. Und gefunden. Also nein.«

»Keine Flugreise in die Wärme«, murmelte Katinka. »Wussten Sie, dass Ivo Leistner ebenfalls seit dem 12. Dezember nicht mehr von seinen Freunden gesehen wurde?«

»Ivo?«

»Läuft was zwischen Ivo und Rita?«

»Ach, das ist doch absurd!« Simone schüttelte energisch den Kopf. »Das kann ich mir beim besten Willen nicht vorstellen, und Rita hat … na, sie hat durchblicken lassen, dass sie keinen Bedarf an Männern hat.« Simone holte tief Luft. »Rita hat keinen Unfall gehabt und liegt nicht in einem Krankenhaus. Zu 99 Prozent, wenn ich Sie richtig verstanden habe. Folglich muss sie freiwillig in der Versenkung verschwunden sein. Dann brauche ich sie wohl nicht vermisst zu melden. Wahrscheinlich will sie nicht gefunden werden. Aus Frankreich weiß ich, dass die Polizei bei Erwachsenen in solchen Fällen nie besonders aktiv wird. Es sei denn, sie haben knallharte Hinweise auf eine Straftat.«

Womit sie zweifelsohne recht hat, überlegte Katinka. Rita Weiß war eine erwachsene Frau, die gehen konnte, wohin immer sie wollte, ohne jemandem Rechenschaft ablegen zu müssen.

»Ich fahre heute Nachmittag zu Irmi und Günther. Außerdem sehe ich zu, dass ich diesen Ivo auftreibe. Damit hätte ich den ganzen Klub abgegrast. Ich rufe Sie heute noch an und berichte.«

»Sie denken, die Lösung liegt im Literatur- und Fresszirkel?«

»Hat Rita andere Freunde?«

»Sie hat nichts erzählt.«

»Dann sind die Bücherwürmer unsere erste Anlaufstelle.« Katinka musterte Simones zweifelndes Gesicht. »Ich melde mich.«

12

Katinka ging zu Fuß nach Hause. Mit dem Fahrrad weiter als drei Meter zu kommen, konnte man momentan vergessen. Besser wären Langlaufski.

Seit November wohnte sie nicht mehr in ihrer alten Gegend. Sondern in ihrem eigenen Haus. Ihrem halbwegs renovierten Haus im Herzen von Bambergs verwinkelter Altstadt. Am Fuß des Stefansberges, ganz nah an der Regnitz und nur wenige Minuten von Bambergs ältester Brauerei entfernt.

Sie hatte das marode Haus im vergangenen Juni gekauft. Gegen den Willen von Hardo und gegen den guten Rat fast aller ihrer Freunde. Mittlerweile jedoch hatten sämtliche Orakelpriesterinnen ihre Unkenrufe aufgegeben und zeigten sich äußerst angetan von Katinkas neuem Zuhause.

Als Katinka den Innenhof betrat, schnappte sie sich erstmal die Schneeschaufel und schippte einen Weg zu ihrer Haustür frei. Das Schaufelblatt schrappte über das Pflaster. Alles hier war alt. Baufällig, zerfleddert, vergilbt. Aber es hatte sich gelohnt, den ganzen Sommer über zu renovieren. Parkett zu verlegen, die Elektroleitungen zu erneuern, den Keller trocken zu legen, die Tapeten wegzureißen und die Wände zu streichen. Von sechs Wohnungen waren vier hergerichtet. Gleich unten wohnte Eva Bohnstett, eine freiberufliche Hebamme, mit der Katinka in ihrem letzten Fall kurzfristig zu tun gehabt hatte. Sie war frisch geschieden und hatte ihren Mädchennamen wieder angenommen, nachdem ihr Ehemann sich nach einem Jahr Ehe abgesetzt hatte. Die zweite Wohnung war erst am Abend vorher bezogen worden. Drei Studenten lebten hier zusammen: Mark, Giulio und Lon. Die Multikulti-WG, hatte Hardo geunkt. Seit er die drei jungen Männer, Gaststudenten aus den USA, Italien und Indien, etwas näher kennengelernt hatte, war er allerdings ziemlich angetan von ihnen.

In dem großen Raum mit dem Kachelofen in der Mitte brannte Licht, und Katinka hörte harte Bässe aus dem gekippten Fenster wummern. Die Heizungsabrechnung würde ein Albtraum werden. Nicht für sie, für die Jungs.

Katinka schloss die Haustür auf. Der Renovierungsstand des Treppenhauses ließ freilich zu wünschen übrig: Die Treppe, deren Stufen wahrscheinlich seit mehr als 100 Jahren nicht hergerichtet worden waren, war ausgetreten, der Lack splitterte ab, und es gab etliche wurmstichige Stellen. Um das Holz mit Öl einzulassen oder komplett zu sanieren, hatte es nicht mehr gereicht. Weder finanziell noch nervlich. Katinka wollte in den nächsten drei Monaten weder Pinsel noch Eimer noch Tapetenrollen noch Schleifmaschinen sehen. Also achtete sie nicht auf das Knarren und Federn der alten Stufen, sondern lief rasch in den ersten Stock hinauf, wo sich zwei Wohnungen befanden.

Hinter der rechten Tür wohnte sie selbst: drei Zimmer, Wohnküche und Bad. Eigentlich viel zu groß für sie. Das dritte Zimmer benutzte sie bislang als Abstellraum. Und auf demselben Treppenabsatz gab es eine zweite Wohnungstür: Hier war Hardo eingezogen. Tatsächlich hatte Hauptkommissar Harduin Uttenreuhter die Sicherheit seiner Wunderburger Wohnung aufgegeben, um sich in unmittelbarer Nähe seiner Lebensgefährtin einzunisten. Wobei Hardo natürlich nie das Wort ›Lebensgefährtin‹ in den Mund genommen hätte. Dazu war er viel zu konservativ. Aber Worte spielten keine Rolle. Sie hatten zwei Wohnungen auf demselben Stockwerk, nahe beieinander, dennoch mit dem nötigen Freiraum; so, wie sie es sich schon lange erträumt hatte. Türen durften geschlossen bleiben. Es gab zwei Fernseher. Und zwei Kühlschränke. Katinka bediente sich üblicherweise an Hardos Kühlschrank, denn ihrer war stets schlecht ausgestattet.

Sie klingelte probeweise an Hardos Tür. Er war zu Hause.

»Katinka!« Überrascht nahm er sie in die Arme.

»Hast du Zeit?«

»Ich telefoniere gerade mit einem Hofer Kollegen. Komm rein.«

»Ich will nicht stören.« Wie umsichtig ich bin, dachte Katinka selbstironisch, während sie Hardo folgte und erst in der Küche merkte, dass ihre Stiefel graue Spuren aus Schneematsch auf dem frisch verlegten Parkett hinterließen.

Sie schnappte sich einen Putzlappen, schlüpfte aus den Boots und wischte den Dreck weg. Nebenan im Wohnzimmer hörte sie Hardo telefonieren.

Hungrig öffnete sie die Kühlschranktür. Eier, Schinken, Bratheringe, Bier, ein Salatkopf. Ihr knurrte der Magen.

»Appetit?« Hardo war hereingekommen.

»Telefoniere ruhig weiter!«

»Hat sich erledigt. Georg Motsch war das, ein alter Bekannter von mir. Lebt seit zehn Jahren in Hof und schuftet dort bei den Kollegen von der Verkehrspolizei.«

»Das sind die, die mit ihren Blitzern hart arbeitende Bürger abzocken, ja?«, grinste Katinka und nahm die Eierpackung aus dem Kühlschrank.

»Du hast es erfasst. Genau die. Momentan haben sie bloß viel unappetitlichere Dinge zu tun. Sie sammeln Leichen auf.«

»Bitte?«

Hardo nahm ihr den Karton ab. »Spiegelei? Rührei?«

»Du mauserst dich, was das Kochen anbelangt. Es gibt schon eine Wahlmöglichkeit.«

»Unfälle«, erzählte Hardo ungerührt weiter. »Ständig starker Schneefall, schwankende Temperaturen, Glatteis, die ganze Chose.«

»Haben deine Kollegen ...«

»Nein, ich habe nach der Frau gefragt, die du suchst. Frauen fahren vorsichtiger. Vorausschauender. Also: Rühr oder Spiegel?«

»Spiegel.« Katinka machte sich daran, den Salat zu waschen. »Irgendwas Grünes will ich aber auch.«

»Allerdings haben sie heute Morgen einen Mann aus seinem Wagen ausgraben müssen. Er ist einen Hang runtergerutscht, unter Umständen wegen überhöhter Geschwindigkeit. Weit außerhalb einer Ortschaft.«

»Autsch.« Ein Mann, keine Frau, dachte Katinka.

»Motsch sagt, der Wagen hat sich überschlagen und ist in einer Schneewehe gelandet.«

»Motsch hat dich aber nicht deswegen angerufen!«

»Nein. Er will morgen vorbeikommen. Die Wohnung ansehen.«

»Mich hoffentlich nicht auch.«

»Doch. Er will sämtliche Sofakissen kennenlernen.«

Katinka warf Hardo ein Salatblatt an den Kopf. Es blieb an seiner Glatze hängen. »Lästermaul! Was macht dein Fall? Kriegst du den Brutalo-Ehemann wegen Mord dran?«

»Sieht so aus, als könnte der Anwalt von dem Mistkerl den Mordvorwurf glatt abschmettern. Wir finden nichts, was auf Vorsätzlichkeit hindeutet.« Hardo sah finster vor sich hin. »Anderes Thema, bitte.«

Zum Glück hatte Katinka eines parat. »Dante ist wieder im Lande.«

»Der rasende Reporter?«

»Er ist mir im Luitpold über den Weg gelaufen. Aus Amerika zurück und völlig verstört.«

Hardo verzog das Gesicht. Katinkas hervorragende Kooperation mit der Presse in Person von Dante Wischnewski schien ein archaisches Eifersuchtsprogramm in seinem Hirn loszutreten. Katinka ahnte, dass Dantes Abreise nach Amerika Hardo irgendwie beruhigt hatte. Jetzt musste er erst mit dem Schock zurechtkommen, dass Dante wieder durch Bamberg geisterte.

»Manche Menschen haben einfach Heimweh. Die sind für die Sesshaftigkeit gemacht«, murmelte Hardo.

»Sesshaft?« Katinka sah sich um. »Das bin ich jetzt auch.«

»Wann packen wir die beiden Wohnungen im zweiten Stock an?«

»Schön, dass du ›wir‹ sagst. Sobald der Winter vorbei ist.«

Hardo lachte, während er vier Eier aufschlug. »Gut. Also haben wir eine gute Weile Renovierungspause. Wie läuft deine Vermisstensache?«

»Die Lady, die ich suche, ist vermutlich im Fichtelgebirge untergetaucht. Und dein Kollege bietet einen toten Mann.« Katinka mixte Öl, Essig und Joghurt zu einem Dressing. »Hör mal, Hardo …« Sie lief ins Wohnzimmer, schnappte sich das Telefon und drückte auf ›Rückruf‹, während sie in die Küche zurückging. Schnell reichte sie Hardo das Gerät. »Frag ihn, ob er einen Ivo Sonstwie gefunden hat. Der Nachname fällt mir jetzt nicht ein.«

»Georg?« Hardos eisgraue Augen ruhten fragend auf Katinka, während er mit seinem Kollegen sprach. »So? Ivo Leistner?«

Katinka stellte den Salzstreuer weg. Ivo Leistner. Genau das war sein Name. Sie nahm Hardo das Telefon aus der Hand.

»Guten Abend. Katinka Palfy hier. Wann ist Ivo Leistner gestorben? Und wie?«

Ein trockenes Lachen kam aus der Leitung. »Hardo hat recht. Ich beneide ihn.«

»Worum?«, fragte Katinka begriffsstutzig.

»Um die offensichtlich ziemlich draufgängerische und intelligente Frau, die er sich geangelt hat.«

»Nein, das haben Sie ganz falsch verstanden. *Ich* habe *ihn* geangelt.«

Hardo verdrehte die Augen und wendete die Spiegeleier.

»Ivo Leistner ist mit seinem Kraftfahrzeug an einer Landstraße kurz vor Hof einen Hang hinuntergerutscht. Er lag schon eine Weile in seinem Wagen, als er gefunden wurde. Vielleicht 36 Stunden. Möglicherweise länger. Er ist erfroren.«

»Warum ist er nicht aus dem Auto gekrabbelt?«

»Schwer zu sagen. Der rechtsmedizinische Befund liegt

noch nicht vor. Womöglich hatte er so einen schweren Schock, dass er die Realität nicht mehr wahrnahm und einfach im Wagen sitzen blieb. Bis er erfror. Wir gehen davon aus, dass er, selbst wenn er gewollt hätte, die Tür gar nicht mehr aufgekriegt hätte. Er steckte ziemlich tief in einer Schneewehe.«

»Hm.«

»Kein Anlass, an Fremdverschulden zu denken. Sie können sich ja selbst vorstellen, dass mit Spuren bei dieser Witterung nicht mehr viel zu wollen ist.«

»Kann jemand so dusselig fahren, dass er einen Hang runterrutscht?«, staunte Katinka laut.

Motsch seufzte auf. »Also, da muss ich Sie jetzt belehren. Sie haben gar keine Vorstellung davon, wie oft Menschen sich überschätzen, vor allem, wenn sie am Steuer eines Wagens sitzen. Sie kennen Ivo Leistner?«

»Nicht persönlich. Über eine Bekannte. Wurde er einwandfrei identifiziert?«

»Ja. Von einer Arbeitskollegin.«

»Ich nehme an, die Ermittlungen sind schon eingeleitet?«

»Selbstverständlich. Sie kennen das ja: Bei Unfällen mit Todesfolge tritt unverzüglich der Staatsanwalt auf den Plan.«

»Würden Sie mir einen riesengroßen Gefallen tun?«

»Der wäre?«

»Schicken Sie mir ein Foto von diesem Ivo auf mein Handy?« Sie nannte die Nummer.

Motsch schwieg einen Moment. »Na gut.«

»Danke.« Katinka räusperte sich: »Ja dann, schönen Abend!« Sie legte das Telefon weg.

Hardo stellte Teller, Besteck, Salatschüssel und zwei Flaschen Lagerbier auf den Tisch. »Also?«

»Da kommt was zusammen, Hardo. Ivo Leistner, der Typ, den Motsch aus dem Schnee gebuddelt hat, gehört auch in den Literatur- und Fresszirkel von Rita Weiß.«

Hardo hob die Augenbrauen. »Oha.«

Sie legte die Ausdrucke, die sie von Simone bekommen hatte, auf den Tisch.

»Was sagst du dazu? Als Kenner?« Sie spielte auf Hardos erste Karriere als Germanist an, die er jedoch nach der Zwischenprüfung beendet hatte, um bei der Polizei einzusteigen. Seiner Auffassung nach befanden sich an der Uni zu viele Melancholiker und Wichtigtuer.

Er nahm die Zettel.

»Das ist das Pensum des Literatur- und Fresszirkels, dessen Leiterin sich aus dem Staub gemacht hat.«

»Ehrgeizig!« Hardo lachte. »Zumindest am Anfang. Dann immer weniger ehrgeizig. Nichts gegen Robert Harris. Ich lese seine Thrillers gerne.«

»Ich auch. Ich habe auch nichts gegen Heinrich Böll.«

»Du drückst dich vorsichtig aus.«

»Immer, wenn ich mich zu Literatur äußern muss.«

»Ja, da kann man böse reinfallen.« Hardo legte die Blätter weg. »Die Bildungsbürgerpolizei lauert überall. Sogar im eigenen Kopf.«

»Der Literaturkurs gründete sich ja schon früher als 2009«, berichtete Katinka. »Ich nehme an, dass Rita die älteren Aufzeichnungen irgendwo anders abgelegt hat. Simone Mathieu, meine Klientin, fand nur diese Dateien. Aber sie signalisieren, was mit dem Klub der Büchercracks passiert ist. Sie wurden immer weniger literarisch.«

»Muss nichts heißen.«

»Nein. Heißt wahrscheinlich nichts. Nur ein Feuilletonist würde sich mit seinen Reißzähnen darauf stürzen.«

Katinka grub die Finger in ihren Haarschopf. »Allerdings schon seltsam, dass die Einträge im Sommer enden. Als hätte es keine Bücher mehr gegeben.«

SONNTAG, 16.12.

13

Detektivarbeit konnte einen manchmal zur Verzweiflung treiben. Insbesondere, wenn man zu perfektionistisch an alles heranging. Katinka war von Haus aus eher ungeduldig und versuchte – logischerweise vergeblich – alles gleichzeitig zu erledigen. Mittlerweile hatte sie akzeptiert, dass jedes Ermittlungsergebnis bis zum Abschluss eines Falles ein Zwischenstadium war, welches jederzeit bei Vorliegen einer weiteren Erkenntnis revidiert werden konnte.

Daran musste sie denken, als sie am nächsten Vormittag in Coburg in der Alexandrinenstraße auf eine Klingel drückte und jemand den Kopf aus einem Fenster im ersten Stock rausstreckte.

»Zu wem wollen Sie?«, krähte die Frau. Sie trug ein Kopftuch und einen dicken Schal um den Hals.

»Zu Irmi oder Günther Theissen!«

»Da haben Sie Pech. Die sind seit Kurzem im Urlaub! Und außerdem haben Sie meine Klingel erwischt.«

»Das tut mir leid!«, entschuldigte sich Katinka. »Theissens sind im Urlaub?« Das war jetzt aber ganz ungünstig.

»Ja, wegen Weihnachten, wissen Sie«, erklärte die Bekopftuchte, als müsse sie Katinka erklären, was Weihnachten war. »Der Günther nimmt absichtlich vor Weihnachten Urlaub. Sie kommen am 30. Dezember heim, und ab 2. Januar arbeitet er wieder.«

Mit einer Urlaubsreise hatte Katinka nicht gerechnet. Entweder die Literaturfreunde wussten nichts von den Ferien der Theissens oder sie wollten Katinka nichts davon sagen.

»Entschuldigung, bei mir müssen die Plätzchen aus dem Herd«, rief die Frau. »Tschüss.« Mit einem Knall wurde das Fenster zugestoßen.

Plätzchen, dachte Katinka. Die können mir gestohlen bleiben. Sie war vor Jahren dem Klub der Weihnachtshasser beigetreten und freute sich in diesem Jahr vor allem darauf, an den Feiertagen in ihrem neuen Zuhause die Beine hochzulegen und nichts zu tun, außer Musik zu hören und es sich mit Hardo gemütlich zu machen.

Sie drückte auf den Klingelknopf, der direkt neben dem der Theissens lag. ›Meier‹ stand darauf. Wieder zeigte sich das Kopftuch im Fenster. »Was ist noch?«

»Wohin sind die Theissens gefahren?«

»Karibik!«

»Haben Sie eine Handy-Nummer von den beiden?« Katinka bekam langsam Genickstarre vom Hochgucken.

»Oi, ob ich die rausgeben darf …«

»Kann ich reinkommen?«

»Na gut.« Wieder knallte das Fenster zu, und der Türsummer ging.

»Es wäre wirklich wichtig«, begann Katinka, als sie die letzten Stufen durch ein herrschaftliches Treppenhaus nahm. »Ein Freund von Irmi und Günther ist gestorben.«

»Wer denn?« Frau Meiers Augen leuchteten. Sie lehnte in ihrer Tür. Süßer, zimtiger Geruch trieb aus der Wohnung.

»Das riecht ja herrlich bei Ihnen!« Katinka schloss die Augen und sog tief den süßen Duft ein. Der Trick funktionierte.

»Ja. Gerade fertig geworden. Zimtsterne nach Omas Art. Ich gebe Ihnen ein Tütchen mit.« Frau Meier winkte Katinka in die Wohnung.

»Tja, ich müsste wirklich bei Irmi oder Günther anrufen«, nahm Katinka den Faden wieder auf. »Selbst wenn sie Urlaub haben, sollten sie Bescheid wissen!«

Frau Meier wühlte in einer Kommodenschublade herum. »Hier ist die Nummer! Schreiben Sie sie ab, ich packe Ihnen inzwischen ein paar Zimtsterne ein.«

Eine Minute später kam sie aus der Küche mit einer MacDonald's-Schachtel in der Hand. »Die Schachtel ist nur Tarnung. Sind Zimtsterne. Gruß an die Theissens. Tut mir leid wegen dem Freund.«

14

»Ivo ist tot?« Simone Mathieu sah Katinka entsetzt an. Sie saßen einander im Café Cador auf der Oberen Rathausbrücke gegenüber. Draußen trampelten die Fans der Glühweinbuden den Schnee platt. Einige zogen ihre Kinder und Hunde auf Schlitten hinter sich her. Ausnahmezustand in Weiß.

Sie zeigte Simone das Foto von Ivo Leistner, das Motsch ihr geschickt hatte.

»Ja! Das ist er!« Simones Hände wanderten in Zeitlupe zu ihrem Hals, wo sie sich am Revers ihres Blazers festhielten.

»Die Nachricht ist überprüft«, sagte Katinka. »Ich habe sie von der Hofer Verkehrspolizei.«

»Was heißt das? Er hatte einen Unfall, als er zum Literaturtreffen fuhr?«

»Vermutlich. Bei Horst und Walli ist er jedenfalls nie angekommen. Angeblich wollte er gar nicht hinfahren, wegen des Wetters. Wissen Sie, ob er Verwandte hat?«

»Keine Ahnung. Irgendwie hatte ich den Eindruck, er macht Rita den Hof. Die Mühe hätte er sich aber sparen können.«

»Will heißen?« Katinka umklammerte ihren Latte macchiato mit beiden Händen. Es war kalt im Café. Von der Tür zog es.

»Rita ist …«

»… lesbisch?«

»Nein, gar nicht!« Simone lachte auf. »Sie ist halt sehr selbstständig. Möchte sich auf niemanden einlassen. Das würde bedeuten, dass sie Kompromisse schließen muss.«

»Was sie nicht kann.«

»Nein. Konnte sie noch nie. Zu unseren Studienzeiten fiel mir das nur nicht so auf. Rita hatte nie einen Freund oder Lebenspartner. Ich glaube, ein Mann würde mit ihr kaum zurechtkommen. Sie pocht sehr auf ihre persönliche Freiheit.«

Katinka nickte. Das musste nicht unbedingt negativ sein. In einer Partnerschaft zu leben, war eine von vielen Optionen, und um diese zu gestalten, gab es wiederum Tausende von Alternativen.

»Ich habe so viele widersprüchliche Gefühle«, sagte Simone. »Jetzt, da Rita sich in Luft aufgelöst hat … ich mache mir Sorgen, ich bin bereit, ihr alles zu verzeihen. Gleichzeitig …«

»Müssen Sie ihr etwas verzeihen?« Katinka trank ihren Becher aus. »Gibt es da etwas?«

»Sie hat mich so runtergemacht.« Simone zog den Kopf ein.

»Sie hat Ihre Gefühle verletzt. Sie hat ihre eigene Art zu leben über die Variante gestellt, die Sie gewählt haben.«

Simone sah Katinka dankbar an. »Ich hätte es selbst nicht treffender ausdrücken können.«

»Sie haben bloß nicht weitergedacht, Frau Mathieu!«

»Was meinen Sie damit? Rita hat im Grunde genommen recht: Sehen Sie, was aus meiner Familie geworden ist!«

»In meiner Laufbahn als Privatermittlerin habe ich mehr als eine betrogene Ehefrau kennengelernt.«

Simone wagte ein trauriges Lächeln. »Ja, wir sind viele. Also ist es besser, allein zu bleiben – wie Rita? Dann kann man nicht betrogen werden.«

»Eben. Wer nicht lebt, stirbt auch nicht. Sehr praktisch.«

Katinkas Handy klingelte. »Einen Augenblick«, sagte sie zu Simone. »Palfy?«

»Hier ist Walli. Walli Reichert.«

»Hallo. Was gibt's?«

Für ein paar Sekunden hörte Katinka nichts als Wallis schnellen Atem in der Leitung.

»Jemand ist hinter uns her!«, kam es flüsternd.

»Was meinen Sie?« Alarmiert stand Katinka auf und trat vor das Café. Der Wind fegte durch ihren Pulli, aber sie hatte das Gefühl, dieses Gespräch nicht vor Simone führen zu können.

»Als ich heute heimkam, lag eine tote Ratte auf unserem Fußabtreter. Direkt vor der Wohnung. Hier im Haus gibt es keine Ratten. Die muss jemand hingelegt haben.«

»Uff«, machte Katinka halblaut.

»Ich bin kaum in der Wohnung, mein Herz klopft wie verrückt, da ruft jemand an. Ich gehe ans Telefon. Eine Stimme sagt: ›Hübsches Tierchen, nicht?‹«

»Das war alles?« Katinka trat von einem Fuß auf den anderen. Ein Junge warf einen Schneeball nach ihr. Sie wich aus, und der Schneeball zerplatzte an der Fensterscheibe des Cafés. Drinnen machte Simone ein erschrockenes Gesicht.

»Ich wusste nicht, was ich antworten sollte. Bevor ich ein Wort rausbekam, sagte die Stimme: ›Haltet euch von jetzt an zurück!‹ Himmel, ich brauchte eine halbe Stunde, um mich einigermaßen zu beruhigen.«

Katinka blies in ihre eiskalten Hände. »War die Nummer des Anrufers sichtbar?«

»Nein.«

»Frau oder Mann?«

»Undefinierbar. Irgendwie verstellt.«

»Haben Sie eine Ahnung, wer das gewesen sein könnte?«

»Nein. Das ist es ja!« Wallis Stimme schraubte sich eine Oktav höher.

»Haben Sie schon mit Ihrem Lebensgefährten darüber gesprochen?«

»Heute ist Sonntag, da hockt er bei seiner Mutter auf dem Sofa … ich störe ihn ungern, wenn er dort ist«, murmelte Walli.

»Könnte der Anruf mit der Arbeit Ihres Lebensgefährten in der Sparkasse zu tun haben?«

»Wie meinen Sie das?« Walli hörte sich komplett hysterisch an.

»In welcher Abteilung arbeitet er denn?«

»Kreditabteilung. Sein Spezialgebiet sind Kredite für Immobilienfinanzierungen.«

»Na, sehen Sie«, sagte Katinka. »Genug Chancen, sich Feinde zu machen.« Sie glaubte es selbst nicht. Aber während sie nachdachte, kam ihr eine Idee. »Tut mir leid, Frau Reichert, im Moment kann ich mich damit nicht befassen. Ich melde mich wieder.« Sie legte auf und ging zurück ins Café.

»Sie müssen völlig durchgefroren sein«, rief Simone.

Katinka wischte die Schneeflocken aus ihrem kurzen Haar. »Halb so schlimm.« Sie winkte der Bedienung und bestellte noch einen Kaffee. Jetzt stand ihre Strategie wunderbar deutlich vor ihrem inneren Auge.

»Frau Mathieu«, fing sie an, während Simone sie mit aufgerissenen Augen betrachtete. »Ich würde Sie darum bitten, mir etwas Zeit zu geben. Ich melde mich später bei Ihnen. Heute Nacht oder morgen. In Ordnung?«

»Also …«

»Alles, was ich von Ihnen verlange, ist, keinen Kontakt zu einem der Mitglieder aus dem Literaturzirkel aufzunehmen. Kann ich mich darauf verlassen?«

Simone guckte verwirrt drein. »Okay. Wenn es weiter nichts ist …«

»Nein.« Katinka nahm einen großen Schluck aus ihrem Becher. »Sonst nichts.« Sie wählte Dantes Nummer. Inständig hoffte sie, dass er sein deutsches Handy behalten hatte. Wo er momentan wohnte, wusste sie nicht.

»Frau Palfy, wie schön, Sie haben Sehnsucht nach mir!«, gluckste Dante.

»Zweifelsohne kommt einst der Tag, an dem Sie mir einmal aus dem Herzen sprechen werden. Heute bin ich auf Ihre physische Kooperation angewiesen.«

»Nämlich?«

»Könnten Sie in einer halben Stunde in der Hasengasse sein?«

»In Ihrem Büröchen hinter dem öffentlichen Pissoir?«, neckte Dante. Er spielte auf die Tatsache an, dass aufgrund einer Baustelle an einem Gebäude gleich bei Katinka um die Ecke eine Menge Holzverschalungen und Abstützbalken aufgebaut worden waren. Die dazugehörigen Winkel dienten nicht nur Vierbeinern als Toilette.

»Genau dort.«

»Mit Vergnügen!«, flötete Dante. »Ich bin immer gern zu Diensten! Sogar an Sonn- und Feiertagen.«

Das stimmt wahrscheinlich, überlegte Katinka, als sie auflegte. Dantes Misere besteht einfach in seinem Drang, geliebt zu werden, sich die Anerkennung anderer durch nie enden wollende Hilfsbereitschaft zu verdienen.

15

»Also: Alles klar?«, erkundigte Katinka sich eine Stunde später. Sie saß in ihrer Detektei hinter dem Schreibtisch, Dante davor. Beide hatten die Stiefel ausgezogen und die Füße auf den Heizkörper gelegt.

»Jep. Ich fahre zu Walli und tische ihr eine Geschichte auf, wie nebenbei erwähne ich Ivos Unfall …«

»Wir müssen unbedingt rauskriegen, ob Walli oder Horst wissen, dass Ivo tot ist. Wie sie auf die Nachricht reagieren!« Katinka sah Dante eindringlich an. »Ich nehme die Schweigaus in die Mangel.«

»Ich sehe, was sich machen lässt. Und nachher vergleichen wir!« Aufgeregt hüpfte Dante vom Sessel. »Ich habe nur ein Problem: Ich bin autolos.«

»Das habe ich geklärt: Sie kriegen Hardos Golf.«

»Hoppala! Ob der Herr Hauptkommissar sich mit dem Gedanken anfreunden kann …«

»Es bleibt ihm nichts anderes übrig.« Katinka sah auf die Uhr. »Vier Uhr vorbei. Machen wir uns auf die Socken.«

Die Schweigaus schienen hauptsächlich von Käse und Rotwein zu leben, denn genau das stand wieder auf dem Tisch, als Katinka bei ihnen hereinschneite. Diesmal allerdings brannten zwei rote Kerzen auf einem frisch und unversehrt aussehenden Adventskranz. Von einer Duftlampe keine Spur.

»Noch mehr Fragen?«, staunte Artur Schweigau. Sein Dreitagebart hatte sich um ein paar Millimeter verlängert und wirkte jetzt struppig. Das Freibeuter-Image schien ein wenig angekratzt. Der giftgrüne Pulli, den er trug, ließ ihn blass aussehen.

Katinka hatte ihre Strategie mit Dante abgesprochen. Sie wollten herausfinden, ob es weitere Absprachen zwischen Walli und Horst aus Hof und Susanne und Artur gab. Ob Walli bei dem Paar aus Bayreuth angerufen hatte, um von der Ratte zu berichten. Ob Ivos Tod den beiden bekannt war.

»Wussten Sie, dass Irmi und Günther im Urlaub sind?«, flötete Katinka und schüttelte den Kopf, als Artur fragend die Weinflasche hochhielt.

»Urlaub?«

»Sie sind nicht gekommen zum letzten Treffen«, sinnierte Susanne.

Artur machte sich an einem CD-Spieler zu schaffen. Die Ouvertüre von *La Traviata* erklang. Die einzige Opernouvertüre, die Katinka sofort identifizieren konnte.

»Dann waren aber wirklich nur wenige bei dem Treffen. Rita fehlte …«

»Ja. Und Ivo«, sagte Susanne eifrig.

La Traviata. Die vom Weg Abgekommene.

»Margot kam nicht, wegen des Wetters. Blieben Walli und Horst.«

»Na, ich beneide die Theissens. Um diese Jahreszeit Urlaub zu nehmen, ist die perfekte Idee.« Katinka lehnte sich zurück. Sie sehnte sich nach einem starken Kaffee.

»Genau, dann hat man mit dem ganzen Weihnachtsstress nichts zu tun!« Susanne nickte eifrig. Sie war ein wenig rot im Gesicht. Erhitzt vom Wein.

»Außerdem ist das Wetter in der Karibik um einiges erträglicher«, bestätigte Artur. »Möchten Sie einen Kaffee?«

»Sie können Gedanken lesen«, lächelte Katinka und nickte. Der Typ war cleverer, als er nach außen zeigte. Allerdings hatte er ein bisschen viel getrunken. Höchstwahrscheinlich war er nicht so konzentriert wie beim letzten Mal. So leicht würde Dante es bei Walli und Horst nicht haben.

»Ivo ist tot.« Sie ließ den Satz mal eben so fallen.

Verdattert sahen die beiden Katinka an. Sie erwiderte ihre Blicke. Artur verschanzte sich nach dem ersten heftigen Schrecken sofort wieder hinter seiner Maske aus Selbstsicherheit. Seine Frau hielt es eher mit Unbedarftheit.

»Ivo ist … was?«, fragte sie gedehnt.

»Er kam mit seinem Wagen von der Straße ab. Irgendwo in der Nähe von Hof. Es hat wie verrückt geschneit, und er ist so tief in einer Schneewehe gelandet, dass man ihn erst nach anderthalb Tagen fand.«

»Aber … das … woher …?«

Sie wussten es nicht, dachte Katinka. So eine Verblüffung kann man nicht spielen. Nicht mit einer halben Flasche Rotwein im Blut. Mindestens. Sie sah den Korb mit dem Altglas. Voll mit Weinflaschen. Immer dieselbe Sorte.

»Sie sind mir ja welche«, neckte Katinka schließlich. »Zu Ihrem Treffen kommen zwei Personen nicht, obwohl sie eigentlich immer dabei sind. Aber Sie interessieren sich nicht besonders dafür. Die Typen sind halt nicht da. Wird schon alles seine Ordnung haben. Selbst wenn draußen die Arktis tobt.«

»Wobei …«, begann Susanne.

Artur legte blitzschnell eine Hand auf ihren Ellenbogen, und sie verstummte. Katinka machte der Anblick aggressiv. Sie wünschte der Frau, dass sie schnell lernte.

»Hören Sie«, er räusperte sich und sah angelegentlich aus dem Fenster, als stünde dort draußen unter der Straßenlaterne ein Teleprompter, der ihm den Text lieferte. Stattdessen fiel Schnee vom Himmel, in dicken, taumelnden Flocken.

»Ja?«, machte Katinka.

»Rita hatte zugesagt, zum Treffen zu kommen. Sie wurde erwartet, deshalb haben wir herumtelefoniert, um herauszufinden, wo sie steckte. Aber bei Ivo … Er hatte angedeutet, dass er eigentlich keine Zeit hatte. Er hatte wohl Stress, im Amt und so weiter …«

»Amt?«

»Er ist – war – beim Sozialamt beschäftigt.«

»Ivo sagte also ausdrücklich, er würde nicht kommen?«

Artur und Susanne blickten einander an.

»So hatte ich es verstanden«, flüsterte Susanne.

»Standen Sie einander nahe?«, fragte Katinka. Sie hoffte, dass der Schrecken das Ehepaar gesprächig machte, bevor sie sich fragten, warum sie eigentlich all diese Fragen gestellt bekamen. »Sie – und Ivo?«

»Nein, wir standen einander nicht nahe«, Artur schüttelte den Kopf. »Ach, Sie wollten ja einen Kaffee. Entschuldigung. Ich bin ganz durcheinander.« Er machte sich an einer mit vielen Raffinessen ausgestatteten Maschine zu schaffen.

»Wir kamen über Irmi und Günther zum Literatur- und Fresszirkel. Also erstmal zu Ritas Kurs. Irmi und Günther kommen eigentlich hier aus der Gegend. Irmi und ich kennen uns vom Gymnasium«, erklärte Susanne. Ihre Stimme klang blechern. Als spräche ein Automat. »Als Günther den Job bei Brose bekam, zogen sie nach Coburg.«

»Wie stieß Ivo dazu?«

»Er ist ein … Er …« Susanne warf ihrem Mann einen hilflosen Blick zu. »Artur, ich glaube das nicht!«

»Er arbeitete beim Sozialamt. Er mochte Literatur. Er aß gern. Richtig?«, fragte Katinka.

Beide nickten.

»Und er hatte für den Abend eigentlich abgesagt?«

»Ja«, hauchte Susanne.

»Das stinkt wie Sauermilch!«, drehte Katinka auf. »Die Leiterin des Kurses, Rita, geht verlustig, Sie machen sich Sorgen, rufen sogar die Polizei an. Fragen nach. Aber ein Zweiter, der nicht kommt, um den kümmern Sie sich gar nicht?«

»Wir sind davon ausgegangen, dass er gar nicht kommen wollte.«

»Warum haben Sie ihn nicht angerufen, um ihn zu fragen, wo Rita steckt? Vielleicht hätte er es gewusst!«

Susanne sah ihren Mann an. Der werkelte an der Kaffeemaschine. Seine Wangenmuskeln traten überdeutlich hervor.

»Die Ratte heute Morgen …« Katinka blickte Susanne ins Gesicht. Die Worte waren ihrem Mund entschlüpft, bevor ihr Kopf sie festhalten konnte.

»Was?« Artur drehte sich um. Seine Augen funkelten zornig. Seine Frau war totenblass geworden.

Mitten ins Schwarze, dachte Katinka.

Mittlerweile trällerte die Traviata das weltberühmte Trinklied. Die temperamentvolle Melodie ließ die Atmosphäre in der Küche noch trostloser erscheinen.

»Da war eine Ratte auf unserem Fußabstreifer«, flüsterte Susanne.

»Da war *was*?«, fuhr Artur seine Frau an.

Sieh an, dachte Katinka. Die Mädels haben Probleme, ihren Männern von den Kadavern zu erzählen. Warum wohl?

»Eine Ratte«, half sie aus. »Ein Nager. Wie ein Hamster, nur schlechter beleumundet.«

»Tot. Sie war tot. Sah total eklig aus.« Susanne schüttelte sich bei der Erinnerung daran.

»Davon hast du mir nichts erzählt!« Artur behielt sich unter Kontrolle, aber Katinka entdeckte die pulsierende Ader an seiner Schläfe. Als er ihr den Cappuccino hinstellte, schwappte der Kaffee über. Sie kramte ein Tempo aus ihrem Rucksack.

»Wir hatten heute Adventsfeier im Seniorenheim«, murmelte Susanne tonlos. »Ich war ein paar Stunden dort. Als ich heimkam, warst du noch nicht vom Skilaufen zurück. Ich legte mich hin. Mit einem Buch. Ich wollte mir einen gemütlichen Tag machen. Einmal hatte ich das Gefühl, irgendjemand ist auf unserem Treppenabsatz. Das kommt öfter vor. Jemand, der sich nicht auskennt. Irgendein Paketdienst, der nach einem Namen an der Klingel sucht.« Sie atmete tief durch. »Ich hatte so ein komisches Gefühl. Ich ging raus, nachschauen. Und trat fast auf die Ratte.«

Artur legte seiner Frau eine Hand auf die Schulter.

»Danach haben Sie einen Anruf bekommen. Kann das sein?«

Susanne starrte Katinka mit offenem Mund an. »Ja!«

Sie hält die Anspannung nicht mehr lang aus, dachte Katinka. Ihr Körper muss dem Stress irgendwann nachgeben.

Arturs Hand lag schwer auf Susannes Schulter. Sie schüttelte sie ab und rief: »Ein ganz komischer Anruf. ›Hört auf, euch einzumischen.‹ Eine sonderbare Stimme. So kalt. Ich habe sie nicht erkannt, und es leuchtete keine Nummer auf.«

»Sie waren skilaufen?«, sagte Katinka mit Blick auf Artur. »Allein?«

»Mit einem Freund. Am Ochsenkopf.«

Katinka trank einen Schluck Cappuccino, erhob sich und sagte:

»Sie wissen, wo Sie mich finden.«

»Ivo hat öfter …«, begann Susanne. Ein eiskalter Blick ihres Mannes brachte sie zum Schweigen.

»Ja? Ivo hat was?«, fragte Katinka.

»Ihr habt doch ziemlich oft …« Susannes Blick irrte von Artur zu Katinka und zurück. »Du und Horst und Ivo …«

»Ja«, nickte Artur. »Wir Männer haben öfter gelästert über den Literatur- und Fresszirkel. Ich gebe es zu. Wir hatten daran eben nicht so viel Spaß wie ihr Frauen. Aber dennoch – wir hatten doch immer eine schöne Zeit, alle miteinander, oder?«

16

»Die haben wir gehörig unter Stress gesetzt«, freute sich Dante. Sie saßen im Mahr's, jeder mit einem Bier vor sich, und berichteten von ihren Erlebnissen.

Katinka mochte die Brauereiwirtschaft, vor allem die schummrige, niedrige Gaststube mit dem Kachelofen, in der sich seit gefühlten 100 Jahren nicht viel verändert hatte. Die Brauerei lag gleich hinter der Kirche Maria Hilf im Stadtteil Wunderburg, wo Hardo früher gewohnt hatte. Sie konnte gar nicht mehr zählen, wie viele Male sie hier mit einem Biersiphon ein Frischgezapftes zu Hardo in die Wohnung getragen hatte. Diese liebgewonnene und sehr Bambergerische Tradition war nun Vergangenheit.

»Also, anders als die liebe Susanne hat Walli ihrem Horst von der Ratte erzählt, sobald er daheim aufschlug. Sowohl Walli als auch Horst waren total aufgebracht. ›So eine Unverschämtheit, so eine Unverfrorenheit, eine tote Ratte auf den Fußabtreter zu legen‹!« Dante schnitt Grimassen. »Ziemlich frustrierte Kuh, diese Walli. Und Inspiration wird sie bei Horst Broicher nicht finden, soviel steht fest. Der Knabe kam pünktlich zur Tagesschau von seiner Mutter nach Hause.«

Katinka grinste. »Was hatten sie zu Ivo zu sagen?«

»Sie hatten keine Ahnung. Nicht die geringste. Dass er tot ist, hat beide erschüttert.«

»Die Polizei hat Ivos Arbeitsstelle benachrichtigt. Eine Kollegin musste ihn identifizieren.«

»Ivo scheint keine Verwandten zu haben«, überlegte Dante und nahm einen großen Schluck Bier. »Fährt sich übrigens gar nicht so schlecht, der Golf von Ihrem Liebsten.«

»Bleibt die Frage, warum die Literaten ihrer Rita zumindest halbherzig übers Festnetz hinterhertelefonieren, aber keiner an Ivo denkt.«

»Na, wenn er nicht kommen wollte …«

»Allerbester Herr Wischnewski, wenn ich Gäste erwarte, und zwei kommen nicht, suche ich doch nicht nur den einen. Vor allem, wenn es um eine Clique geht, die sich meistens vollzählig trifft. Ich würde bei allen anklingeln, um herauszufinden, was los ist!« Katinka zückte ihr Handy. »Ich rufe jetzt die Theissens an.«

»Ja?«, meldete sich eine ferne Stimme.

»Herr Theissen?«

Es knackte in der Leitung.

»Ja! Wer spricht denn da?«, rief Günther Theissen.

Katinka schrie gegen das Stimmengewirr in der Wirtsstube an. »Mein Name ist Palfy, ich bin Privatdetektivin.«

Neugierige Biertrinker sahen zu ihr herüber. Dante verdrehte die Augen.

Katinka stand auf und ging hinaus in den Biergarten. Da lag knietief der Schnee. Nur ein schmaler Pfad zur Straße hin war freigeschaufelt.

»Was wollen Sie? Und woher haben Sie unsere Nummer?«

»Frau Meier, Ihre Nachbarin, war so freundlich, sie mir zu geben. Es hat einen Todesfall gegeben: Ivo Leistner ist gestorben.«

In der Leitung war es still.

»Hören Sie mich?« Er nuckelt an einem Cocktail, dachte Katinka. Coconut Dream, serviert in einer halben Kokosnuss mit einer Sternfrucht als Verzierung. Dabei fläzt er in einem Liegestuhl am Strand und glotzt in den Sonnenuntergang. Falls in der Karibik die Sonne schon zum Untergehen bereit ist.

»Das ... das ist unmöglich!«

»Leider ist jeder Irrtum ausgeschlossen. Eine Arbeitskollegin hat ihn identifiziert.«

»Um Himmels willen!«

»Herr Theissen, ich brauche eine schnelle Antwort: Wussten Sie, dass Ivo Leistner am 12. Dezember nicht zu dem Treffen des Literatur- und Fresszirkels nach Hof kam?«

Günther Theissen schien es die Sprache verschlagen zu haben. Schließlich stotterte er: »Keine Ahnung. Irmi und ich hatten sowieso abgesagt. Wir mussten packen und am nächsten Tag früh zum Flughafen.«

»Und Rita?«

»Was ist mit Rita? Ist sie ... auch tot?«

»Verschwunden.«

Wieder eine Pause. Die lag gewiss an der großen Distanz zwischen den beiden Kontinenten.

»Das gibt's doch nicht!« Günther Theissens Stimme klang vollkommen ausdruckslos.

Katinka hüpfte von einem Bein auf das andere. Ihr war kalt bis in die Knochen. »Es ist, wie es ist. Haben Sie eine Meinung dazu?«

Günther Theissen setzte mehrmals zu sprechen an, brabbelte aber nur unverständliche Silben.

»Ich habe gehört, die Männer hätten den Literatur- und Fresszirkel nicht so geschätzt wie die Frauen. Stimmt das?«

»Kennen Sie einen Mann, der Lust hat, über Literatur zu reden?«

Ich kenne einen, dachte Katinka. Hardo.

»Sie hatten also nicht so viel Lust auf die Buchdiskussionen. Aber Sie sind trotzdem immer mitgekommen?«

»Es ging ja mehr ums Essen als um die Bücher. Warum sollten wir den Frauen außerdem den Gefallen nicht tun? Wenn Männer sich alleine treffen, gibt es ja keine Themen. Außer Job. Und Frauen. Auch nicht prickelnd auf Dauer.«

»Haben sich die Männer denn mal außer der Reihe getroffen?«, hakte Katinka sofort nach.

»Ich glaube schon. Ivo, Horst und Artur. Ich habe da nie mitgezogen, denn von Coburg war mir die Fahrerei zu weit. Deswegen haben sie mich wahrscheinlich auch gar nicht gefragt.«

»Wenn Ihnen was einfällt, Sie sehen meine Nummer angezeigt. Rufen Sie mich an!«

Katinka legte auf. Genau in dieser Sekunde fiel ihr siedend heiß ein, dass Hardo Besuch von seinem Verkehrspolizeikollegen Motsch hatte. Wollte Hardo sie im Ernst als Sofakissen präsentieren? Als Deko seiner neuen Wohnung? Sie grinste in sich hinein. Hatte sie vor einem Jahr damit gerechnet, dass Hardo ihr Mieter werden würde? Leben war wandelbar.

»Was Brauchbares?«, fragte Dante, als sie sich wieder zu ihm setzte.

»Nicht wirklich.« Katinka seufzte. »Vorhin, bei den Schweigaus, da hatte ich den Eindruck, Susanne wollte etwas Wichtiges sagen. Aber ihr Mann hat sie abgebügelt. Sie sagte, Ivo, Horst und Artur hätten öfter mal …«

»Öfter mal was?«

»Das ist es ja. Sie kam nicht dazu, den Satz zu beenden. Artur fuhr ihr übers Maul. Er drehte die Aussage so hin, als hätten er, Horst und Ivo öfters über den Literatur- und

Fresszirkel gelästert. Aber ich werde das Gefühl nicht los, als hätte Susanne etwas ganz anderes sagen wollen.«

»Ivo, Horst, Artur?« Dante sah Katinka konzentriert an.

»Wobei Günther gerade bestätigte, es könnte schon sein, dass die drei sich auch mal ohne die Frauen getroffen hätten. Aber er wollte nicht mitmachen. Der Weg von Coburg ins Fichtelgebirge wäre ihm zu weit gewesen.«

Zwei Stunden später lag sie an Hardo gekuschelt in seinem Bett. Den Verkehrspolizisten Motsch hatte sie verpasst.

»Hast du was von den Studenten mitgekriegt?«, fragte sie. »Die Wohnung lag stockdunkel.«

»Studenten feiern nachts in Klubs und kommen vor sechs Uhr nicht nach Hause. Vorher besorgen sie sich am Bahnhof einen Coffee to go. Wenn sie hernach in ihre Wohnung zurückkehren, rumpeln sie im Suff gegen die Möbel und legen Heavy Metal auf, um einschlafen zu können.«

»Schwarzseher!« Katinka gähnte. »Wir müssen einen Fußabtreter anschaffen. Genauer gesagt zwei. Einen für dich, einen für mich.«

»Eine gewaltige Investition. Soviel zum Thema gemeinsame Zukunft. Ein Fußabtreter.«

Gemeinsame Zukunft?

»Ja. Sehr wichtig. Alle Menschen besitzen Fußabtreter. Nur wir nicht.«

Hardo lachte. »Was ist mit deinem Fall?«

»Ich stecke fest.« Sie erzählte.

»Ganz klar«, bestätigte Hardo. »Wenn sie diesen Ivo nicht angerufen haben, gibt es da irgendwo einen Konflikt. Und zwar zwischen der Gruppe und Ivo.«

»Oder zwischen Rita und der Gruppe«, murmelte

Katinka schläfrig. »Denn Rita ist weiterhin unauffindbar. Und jemand hat den Buchfreaks tote Ratten vor die Tür gelegt.«

»Bei den Theissens lag keine?«

»Ich glaube nicht. Aber ich rufe morgen die Nachbarin an und frage.«

»Jetzt verstehe ich überhaupt, wie du auf das Thema Fußabtreter kommst«, lachte Hardo. »Du möchtest es der toten Ratte bequem machen.«

»Nonsens.« Katinka schwieg eine Weile und lauschte Hardos Herzschlägen. Schließlich murmelte sie: »Aber Hof, Bayreuth und Coburg liegen nicht gerade nah beieinander. Und vielleicht wusste der Rattenverteiler, dass die Theissens in Urlaub sind.«

»Falls die Ratte mit dem Leseklub zu tun hat«, warf Hardo ein.

»Ja.« Katinka glitt langsam in den Schlaf. »Falls.«

MONTAG, 17.12.

17

Hardo war schon weg, als Katinka aufwachte. Sie gähnte herzhaft und schälte sich aus den warmen Decken. Das alte Haus kühlte schnell aus. Ich muss die Heizung anders einstellen lassen, dachte Katinka. Sie muss nachts weiterlaufen. Sonst ist es einfach zu kalt.

Sie schlüpfte in ihre Klamotten, schnappte sich eine Milchtüte aus Hardos Kühlschrank und trat hinaus auf den Treppenabsatz. Genau das hatte sie sich immer gewünscht. Zwei Wohnungen, nebeneinander, aber mit zwei Türen dazwischen. Ihr Leben lief im Augenblick genau nach Plan.

Womöglich ist das ein schlechtes Zeichen, dachte Katinka, während sie an ihrem Schlüsselbund ihren Wohnungsschlüssel zu identifizieren versuchte. Zweckpessimismus gehörte zu ihren jämmerlichsten Eigenschaften.

»Frau Palfy?«, meldete sich eine Stimme von unten.

»Ja?« Sie beugte sich über das Geländer. Ihr war kalt, sie wollte in ihre Wohnung. »Was gibt's?«

Mark, der Austauschstudent aus Washington, guckte verschmitzt zu ihr hinauf. »Sorry. Wo kann man Holz kaufen?«

»Holz?«

»Für den Ofen.«

»Gute Frage.« Katinka beneidete die Studenten um den Kachelofen. Ich brauche dringend auch einen, dachte sie. Kamine sind genug da. »Ich habe die Adresse irgendwo bei mir im Notizbuch. Ich reiche sie nachher runter.«

»Okay. Übrigens«, Mark zögerte. Er trug nur ein T-Shirt.

Offensichtlich fror er. »Gestern, die Frau, die hatte sich wohl in der Wohnung geirrt?«

Katinka runzelte die Stirn. »Welche Frau?«

»Na, die hier bei uns an der Tür mit einem Schlüssel …« Er suchte das passende Wort.

»Moment!« Katinka lief die Stufen ins Erdgeschoss hinunter. »Was war da los?«

»Gestern Nacht.« Mark zuckte die Achseln. »Lon geht immer früh ins Bett, aber ich war mit Giulio im Morph Club. Und als wir heimkamen, war da eine Frau und steckte einen Schlüssel in unser Türschloss.«

Katinka schob den jungen Mann beiseite und besah sich das Schloss. Tatsächlich. Kratzer. Das Schloss war brandneu. Sie hatte es erst letzte Woche einbauen lassen. Das alte war eine Katastrophe gewesen.

»Haben Sie die Frau erkannt?«

»Nein. Ich dachte, die wollte zu Ihnen. Sie sah uns kommen, sagte ›Entschuldigung!‹ und ging einen Stock höher.«

Katinka runzelte die Stirn. »Wie sah sie aus? Und wann war das?«

»Oh, ungefähr um zwei. Ich kann Giulio fragen.«

»Aber Sie haben sie doch selbst gesehen?«

»Sie hatte eine schwarze Jacke an. Von Jack Wolfskin.«

»Haare?«

»Eine schwarze Mütze.«

»Fuck!«

»Also, Sie können ja fluchen …«, staunte Mark.

»Das ist wirklich wichtig. Beschreiben Sie sie mir.«

»Kommen Sie mit rein?«

Katinka folgte Mark in die Wohnung. Sie kam ihr so vertraut vor wie ihre eigene. Wochenlang hatte sie Parkett verlegt, Wände getüncht und Handwerker beaufsichtigt. Diese Wohnung war die größte im Haus, mit drei Schlafzimmern und dem riesigen Wohnzimmer zum Innenhof hin, in dessen Mitte der Kachelofen thronte.

Mark zog die Schultern hoch. »Kalt. Deswegen wollen wir Holz kaufen.«

Katinka nickte. Der Architekt hatte sie gewarnt, dass die Heizung die großen Räume nicht ausreichend mit Wärme versorgen würde. Zudem war der Keller unter ihnen feucht und könnte mit konstanten acht Grad einen Kühlschrank ersetzen.

»Möchten Sie Kaffee?«

»Gute Idee. Ich kann die Milch beisteuern.« Sie hielt die Tüte hoch. »Noch mal, Mark: Beschreiben Sie mir die Frau so ausführlich wie möglich. Jedes Detail.«

Mark säuberte eine Mokkakanne, füllte Wasser und Kaffee hinein und fing konzentriert an: »Also, sie trug eine schwarze Jacke. Auf dem Ärmel stand gelb ›Jack Wolfskin‹. Eine schwarze Mütze. Dunkle Hosen. Sie sah ziemlich dünn aus.«

»Trug sie Handschuhe?«

»Ich kann mich nicht erinnern. Aber dicke Schuhe. Keine Stiefel. Outdoor-Sachen.«

Der Kaffee begann zu brodeln.

»Und Sie sagen, sie ging in den ersten Stock hoch?«

Mark nickte. Er goss den Kaffee in große Tassen. »Wer war das?«

Katinka probierte den Kaffee. Genau die richtige Stärke und Konsistenz. Bei der Auswahl der Mieter hatte sie zumindest in dieser Hinsicht das richtige Händchen bewiesen. »Ich habe keinen Schimmer.«

Fünf Minuten später stieg sie die Stufen zu ihrer Wohnung hoch. Das Schloss war zerkratzt. Sie steckte ihren Schlüssel hinein, drehte ihn behutsam um und stieß die Tür auf.

Die Wohnung schien leer. Katinka trat in die Diele. In einer Ecke türmten sich Jacken und Schuhe. Sie hatte bis heute keine Zeit gefunden, für einen Garderobenschrank zu sorgen. Geradeaus ging es in die Küche, von dort in die anderen Zimmer. Nichts sah verändert aus. Was auch immer die nächtliche Besucherin gesucht hatte, sie hatte sich längst in Luft aufgelöst.

Katinka trat wieder auf den Treppenabsatz und besah sich Hardos Schloss. Das glänzte neu und unversehrt.

Zurück in ihrer Wohnung ging sie ihre persönlichen Sachen durch. In dem Schreibtisch im kleinen Zimmer bewahrte sie Papiere und Geld auf. Das Fach war abgeschlossen, niemand schien es angerührt zu haben. Alle Sachen lagen an Ort und Stelle.

Jemand hat mich gesucht, schoss es Katinka durch den Kopf. Sie nahm das Telefon. Aber wen sollte sie anrufen?

Sie hatte keinen Plan. Schließlich wählte sie die Nummer von Frau Meier in Coburg. Auf dem Fußabtreter der Theissens hatte keine tote Ratte gelegen. Frau Meier schien Katinkas Nachfrage nicht besonders sonderbar zu finden.

18

Eine Stunde später traf Gustl Reimer ein. ›Schließ- und Schlössertechnik zu Ihrer Sicherheit‹ stand auf seinem Multivan, den er mitten im Innenhof abstellte.

»Servus, Katinka!«, rief er in seinem knackigen Bairisch.

Ein Oberbayer in Franken, der es bereits gut 20 Jahre hier aushielt.

»Hi.« Sie stand in Stiefeln und Anorak im Innenhof. »Hier muss was passieren.«

»Ärger gehabt?«

Katinka wiegte den Kopf.

»Also richtig viel Ärger gehabt. Ich sehe es dir an der Nasenspitze an.«

»Versuchter Einbruch. Zum Glück sind die Studenten im Erdgeschoss auf Zack.« Katinka deutete zum Tordurchgang, durch den man den Innenhof, von der Concordiastraße aus kommend, betrat. »Ich will eine Videoüberwachung für Tor, Innenhof und Haustür.«

»Das braucht mindestens drei Kameras. Bei den Ecken und Winkeln …«

»Egal, was es kostet.«

»Und die Monitore?«

»Zu mir in die Wohnung, am besten in die Diele. Schaffst du das vor Weihnachten?«

Gustl lachte. »Spinnst du? Bis heute Abend ist alles fertig.«

Katinka grinste. »Damit bist du die absolute Ausnahme unter den Dienstleistern. Zurzeit drehen alle durch.«

»Ist saisonal bedingt. Ich mache mich an die Arbeit.«

Vergebliche Liebesmühe, dachte Katinka. Die Tante kommt wahrscheinlich nie wieder. Mag sein, dass sie in meiner Wohnung war. Und was, wenn ich heute Nacht nicht bei Hardo geschlafen hätte?

Sie stieg zurück in den ersten Stock und setzte sich in ihre Küche. Hier drin war bis dato nichts so, wie es sein sollte. Sie war im Oktober eingezogen, hatte sich nichtsdestotrotz mehr um die Wohnungen der Mieter bemüht als um ihre eigene. Kein Bild an der Wand, kein Rollo. Gerade mal Handtuchhalter hatte sie im Bad an die Wand gedübelt. Es spielte keine Rolle. Sie fühlte sich gerade so wohl. Im Unfertigen. Es gab Gestaltungsmöglichkeiten. Nichts war richtig entschieden. Sie hatte Zeit.

Ihr Handy klingelte. Immer noch in Gedanken versunken, nahm sie den Anruf entgegen. »Palfy?«

»Frau Palfy, Sie müssen mir helfen. Walli ist hier. Macht eine Szene!«, kreischte Simone ins Telefon.

»Walli?«, fragte Katinka begriffsstutzig.

»Kommen Sie vorbei? Augustenstraße.« Sie nannte die Nummer. »Im zweiten Stock.«

»Okay.« Alarmiert schnappte Katinka ihren Rucksack. Im Hof warf sie Gustl ihren Zweitschlüssel zu. »Ich muss los. Gib den Schlüssel bei den Studenten ab, wenn du gehst.«

Gustl reckte den Daumen nach oben.

Katinka sprang auf ihr Rad. Es hatte über Nacht nur wenig geschneit. Sie vertraute auf ihre innere Balance, als sie über das rutschige Kopfsteinpflaster eierte, die Molitorgasse hinuntersteuerte und dabei die Füße zum Ausgleichen rechts und links neben die Pedale hielt. Am Ufer der Regnitz hatten sich dicke Eisränder gebildet, auf denen die Lachmöwen saßen und neugierig in den kalten Tag blickten. Katinka schlitterte über die Brücken beim Hotel Nepomuk. Die ersten Touristen streckten die Nasen zur Tür hinaus und blinzelten in den eiskalten Morgen.

Simone wohnte bei Rita, und die war in Katinkas alter Gegend heimisch. In der Augustenstraße in einer von den Altbauwohnungen, die zu finden einen echten Glücksfall bedeutete.

Katinka schob die Haustür auf und sprintete die Treppen

hoch. Ritas Wohnungstür stand offen. Drinnen herrschte ein heilloses Chaos. Walli, die abgebrochene Künstlerin, ging richtig zur Sache. Sie warf mit Sachen und schrie herum. Die reinste Gewitterziege, dachte Katinka.

»He, he, langsam!« Sie nahm Walli in den Polizeigriff.

»Sind Sie nicht dicht?«, plärrte Walli. Ihr langes Haar hing wild um ihren Kopf. Allerdings brach ihre Gegenwehr flott zusammen.

»Kommen Sie mit einem Waffenstillstand klar, oder soll ich die Kabelbinder auspacken?«, fragte Katinka.

»Komme klar!«, presste Walli hervor.

»Schön. Dann erklären Sie mir, was das alles bedeuten soll.« Katinka ließ die Frau los, blieb aber in Habachtstellung.

»Sie ist hier eingedrungen und hat mich bedroht«, stöhnte Simone. Sie trug dunkle Jeans, einen ausgeleierten Pulli und war ungeschminkt. Erleichtert ließ sie sich auf das Sofa fallen. »Himmel, bin ich froh, dass Sie da sind.«

»Frau Reichert, was ist der Anlass Ihres Besuchs?«, erkundigte sich Katinka.

Walli fauchte irgendwas. Sie sah völlig zerzaust aus. Das lange, viel zu dünne Haar hatte längst einen frischen Schnitt nötig. Um ihren mageren Hals trug sie einen dicken Schal, und ihre Füße steckten in klobigen Stiefeln.

Katinka trat in die Diele hinaus und betrachtete die Jacken an der Garderobe. Ein Wollmantel, den Simone bei ihren bisherigen Zusammentreffen getragen hatte. Ein Parka, gefüttert. Ein kariertes Cape. Keine Outdoor-Jacke.

Katinka ging ins Wohnzimmer zurück.

»Was führt Sie hierher?«, fragte sie Walli. Die saß inzwischen in einem Sessel, das Kinn in die Hände gestützt.

»Diese dumme Nuss!« Sie funkelte Simone wütend an. »Ruft uns an und macht Terror. Ich bin sicher, sie hat die Ratte bei uns vor die Tür gelegt. Und die bei Susanne und Artur auch.«

»Das hat ja schnell die Runde gemacht«, warf Katinka ein, während Simone sich empört aufplusterte:

»Ich habe nirgendwo eine Ratte abgelegt. Und ich kenne niemanden, der so krank wäre, solche Sachen zu machen.«

»Was nicht gerade von Kreativität zeugt«, brummte Walli.

»Wie kommen Sie denn darauf, dass Simone den Kadaver vorbeigebracht hat?«, fragte Katinka.

»Okay. Da muss ich ein bisschen weiter ausholen. Ich habe heute Morgen unseren Computer angeschaltet. Habe ich schon lange nicht mehr gemacht. Ich bin nicht viel im Internet und seit ich in der Schule aufgehört habe, brauche ich auch keine Textverarbeitung mehr! Und Horst hat nach der Arbeit genug vom PC. Deswegen war der Computer also eine ganze Weile nicht eingeschaltet. Und offline.«

Katinka wartete geduldig. Aus den Augenwinkeln sah sie den verächtlichen Ausdruck auf Simones Gesicht.

»Wir haben eine gemeinsame Dropbox«, fuhr Walli fort. »Wir, der Literatur- und Fresszirkel.«

»Eine was?«, fragte Katinka.

»Eine nützliche Software. Man legt als Gruppe einen gemeinsamen Ordner an, zu dem die entsprechenden Leute via Internet Zugang haben. Dann hat jeder den Ordner auf seiner Festplatte und kann Dateien reinlegen, die für alle interessant sind. Die Dateien aktualisieren sich bei allen angemeldeten Nutzern, sobald jemand was Neues hinzufügt.«

»Verstanden. Der Zirkel hat also so einen gemeinsamen Ordner«, rekapitulierte Katinka. »Für Texte?«

»Texte über Bücher insbesondere«, erklärte Walli. »Wenn jemand zum Beispiel eine Kritik im Internet oder in der Zeitung findet, wird die entsprechende Datei reingelegt. Außerdem sammeln wir gemeinsame Fotos von unseren Treffen und Aktivitäten. In letzter Zeit haben wir vor allem Rezepte reingelegt.«

Simone verdrehte die Augen.

»Ja, du kannst ruhig gehässig gucken!«, schoss Walli sofort in ihre Richtung. Wütend schaute sie zu Katinka. »Sie verachtet uns. Das habe ich gleich bei dem Treffen gemerkt, als Rita Simone mitbrachte. Der Dame waren wir nicht elitär genug.«

Simone holte tief Luft, um zu einer Antwort anzusetzen. Katinka schnitt ihr mit einer Handbewegung das Wort ab. »Was meinen Sie damit?«

»Sie wollte was Besseres. Akademisches. Keine Ahnung, was sie sich erwartet hat. Ihr war das Gulasch nicht recht, der Wein nicht …«

»Moment, der Wein war sehr gut!« In Simones Gesicht bildeten sich rote Flecken.

»Also du gibst zu, dass du den Rest scheiße gefunden hast! Was hast du denn erwartet? Ein wissenschaftliches Kolloquium?«

»Ich habe … ach, ist auch egal.« Simone schüttelte den Kopf. Sie sah ehrlich erschüttert aus. Und traurig.

»Ist nicht egal. Weil diese Lady«, Walli zeigte auf Simone, »bei Rita total verächtlich über uns hergezogen hat.«

»Aber …«

Walli stand kurz vor dem Überkochen. »Rita hat ein Dokument in die Dropbox gelegt. Wahrscheinlich aus

Versehen. Denn das wird ihr garantiert unangenehm sein, sobald sie merkt, dass wir es alle gelesen haben!« Sie nestelte an ihren Klamotten und zog ein paar Papiere aus dem Hosenbund. »Hier!«

Katinka war schneller als Simone. Sie griff nach den Blättern.

Margot: Kriegt nichts gebacken, gibt aber den anderen die Schuld daran. »Hätte ich was Anständiges gelernt …« ist ihr Lieblingsspruch, um zu erklären, warum sie steht, wo sie steht. Sie schiebt die Verantwortung für ihr eigenes Leben stets den anderen zu. Zum Heulen. Was würde sie davon abhalten, ihr Abitur nachzuholen und ein Abendstudium zu beginnen? Ihre eigene Faulheit. Sie ist bequem, phlegmatisch und hofft auf die Trauben, die ihr in den Schoß fallen mögen, ohne dass sie etwas dafür tut. Erbärmlich. Tendiert zu simplen Frauenbüchern, weiß aber, dass sie die im Literatur- und Fresszirkel gar nicht erst anzuschleppen braucht.

Katinka sah auf.

»Lesen Sie nur weiter«, ermunterte Walli sie in sarkastischem Tonfall. »Wird noch lustig.«

Walli: Heulendes Elend. Kann nichts durchziehen. Die Schüler tanzten ihr auf der Nase herum. Sie konnte einfach keine Disziplin halten. Wusste nicht, wie man durchgreift. Das bringen sie den zarten Künstlerseelen wohl nicht mehr bei heutzutage. Trotzdem hat sie mehr auf dem Kasten als Horst. Ansonsten hätte sie als Kunsterzieherin doch einen super Job gehabt, ein regelmäßiges Einkommen und alle paar Wochen Schulferien. Davon kann unsereins nur träumen. Walli erinnert mich an Simone. Winseln kann jeder. Man muss halt was ändern. Gewisses Verständnis für Literatur, aber mit wenig Talent für Abstraktion.

Katinka spürte Simones Blick.

»Öffnen Sie doch mal Ritas Laptop«, schlug sie vor.

Simone stand auf. »Ich habe beim letzten Mal, als ich an ihrem Rechner saß, so ein kleines Icon gesehen, am unteren Bildschirmrand.«

»Das ist die Dropbox«, bestätigte Walli. »Ich zeige es Ihnen.«

Froh, dass die beiden eine Weile beschäftigt waren, las Katinka weiter.

Susanne: Könnte mehr. Nimmt den Zirkel ernst. Liest die Bücher. Macht Vorschläge. Hat Empathie. Versteht es, unter die Oberfläche vorzudringen. Leider ihrem Typen verfallen, der es nicht wert ist, dass Susanne sich mit ihm abgibt. Empathie macht sie aber auch zu einer nervigen Tussi: Wo Susanne einmal andockt, muss man Gewalt anwenden, um sie wieder loszuwerden.

Irmi: Ein sanftes Seelchen. Leider völlig unbrauchbar, wenn es um harte Fakten geht. Anfällig für esoterischen Schwachsinn.

Horst: Schluffi. Idiot.

Artur: Kanaille.

Günther: Gute Ansätze. Sagt, er hat keine Zeit zum Lesen. Er würde gern, aber er hat keine Zeit. Dass ich nicht lache.

Er und Irmi halten in letzter Zeit einen gewissen Abstand zu den anderen. Aus gutem Grund.

Ivo: Pappnase. Minderbemittelt. Macht sich lächerlich. Er sollte den Mund nicht aufmachen, wenn es um Literatur geht. Säuft und frisst. Denkt, er hätte was Anziehendes. Wie blöd kann man sein.

Katinka ließ die Blätter sinken.

»Ihre clevere Klientin«, fauchte Walli, »ruft heute früh um sechs bei uns an und macht Terror. Sie wüsste, dass wir Rita auf dem Gewissen haben. Was für ein abgefuckter Quatsch ist das denn!«

»Seit wann liegt das Dokument in diesem gemeinsamen Ordner?«, fragte Katinka.

»Das kann man rausfinden«, sagte Walli. »Zumindest, wenn es eine ältere Version gibt.« Sie schob Simone vom Rechner weg und drückte ein paar Tasten. »Hm. Nichts zu machen. Es gibt nur diese Version, und die wurde am 11.12. abgespeichert.«

»Einen Tag, bevor Rita verschwand!«, rief Simone aufgeregt.

Katinka fragte rasch die wichtigsten Daten aus den Dokumenteneigenschaften ab. Erstellt am 11.12., letzte Änderung am 11.12.

»Frau Reichert, Sie sagen, dass jeder aus dem Literatur- und Fresszirkel diesen Ordner teilt?«

»Klar!«

»Aber Sie sind die einzige, die den Text bislang bemerkt hat, obwohl er schon sechs Tage drin liegt.«

»Ich habe jedenfalls von niemandem gehört, der oder die diesen Quatsch schon gelesen hätte. Die Dropbox meldet zwar beim Hochfahren des Computers, wenn neue Dateien hinzugefügt wurden, aber ich achte selten darauf.«

Das mochte allen anderen genauso gehen. Solche Online-Dienste waren nützlich, führten aber auch dazu, dass die Aktualisierungen inflationär wurden und keiner die Updates mehr zur Kenntnis nahm. Katinka studierte den Ordner, den die Bücherfreunde teilten. Es lagen mindestens 50 Dateien drin, meist Texte und Fotos.

»Was glauben Sie«, fragte sie Walli, »warum Rita dieses Dokument in den Ordner gelegt hat?«

»Pff, da bin ich überfragt!«, schnappte Walli. Ihr dünnes Haar züngelte um ihren Kopf. »Aber vielleicht hat Madame, die Französin, ein Ahnung? Immerhin muss sie doch nach unserem letzten gemeinsamen Treffen mit Rita über uns diskutiert haben. Schließlich hat Rita auch eine kurze Bemerkung über die Dame eingefügt.«

»Deinen psychologischen Scharfblick in Ehren. Aber wie kann es sein«, jetzt kochten Simones Emotionen über, »dass eure Gang in ein und derselben Nacht zwei Mitglieder verliert, aber niemanden schert das groß? Wisst ihr überhaupt, wie respektvoll Rita immer von euch spricht? Wie sehr sie den Bücher-Zirkel schätzt? Wie über alle Maßen es ihr am Herzen liegt, dass die Literatur unter die Leute kommt?«

Walli lächelte höhnisch. »Findest du diese Texte hier«, sie wies auf die Blätter, die Katinka inzwischen wieder in die Hand genommen hatte, »respektvoll?«

»Davon wusste ich bis eben nichts!«, rief Simone. »Ehrlich.«

»Tja, so kann man sich täuschen«, nickte Walli.

Katinka nagte an ihrer Unterlippe. Warum zum Teufel hatte Rita diese Psychogramme verfasst? Hatte sie sie nur für ihr eigenes Vergnügen geschrieben und versehentlich in den gemeinsamen Ordner kopiert? Machte jemand wie Rita solche Fehler? Man mochte ihr vieles vorwerfen können, aber ein schusseliger Charakter schien sie nicht zu sein.

»Shit happens«, murmelte Katinka.

»Meiner Meinung nach ist der literarische Anspruch in eurem Club ziemlich gesunken«, ließ Simone sich vernehmen. »Ich habe mir Ritas Aufzeichnungen angesehen. Ihr habt Monika Maron gelesen. Und Sten Nadolny. Und Christa Wolf. Und jetzt …«

»Ja, damals waren wir jünger und ambitionierter«, giftete Walli. »Mittlerweile haben wir alle anspruchsvolle Jobs. Da ist nicht mehr viel mit richtig hoher Literatur. Ein bisschen Unterhaltung am Abend darf wohl sein, wie?«

»Anspruchsvoller Job?« Simone schüttelte den Kopf und servierte Walli eine gepfefferte Gegenrede, in der es um vorgetäuschte Erschöpfungszustände, berufliche Ödnis und andere Gemeinheiten ging. Katinka wohnte dem Schlagabtausch bei wie einer Comedy-Serie im Fernsehen. Es war unbeabsichtigt witzig, was die beiden da ablieferten. Witzig und tragisch zugleich.

»Stopp jetzt!«, fuhr sie dazwischen. »Wo könnte Rita sein, Frau Reichert?«

»Und wie ist Ivo gestorben?«, hängte Simone sich an.

»Walli, Sie sind jetzt von Hof nach Bamberg gefahren, um mit Frau Mathieu so richtig Tacheles zu reden?«, erkundigte Katinka sich.

»Ich bin gekommen, um das hier loszuwerden!« Sie wies auf die Zettel. »Weil es wehtut. Verdammt wehtut. Wir sind eine Clique. Wir vertrauen einander. Vielleicht finden Sie beide unsere Gespräche über Bücher beknackt, aber wir gehören zusammen. Seit Jahren.« Verbittert schwieg sie.

»Die Männer«, suchte Katinka nach den passenden Worten, um Walli zum Weiterreden zu verleiten, »die haben aber schon mal gelästert? Über den Literatur- und Fresszirkel?«

»Die Männer!« Walli warf die Arme in die Höhe. »Horst und Artur, naja, so viel haben die auch nicht gemeinsam. Mit Ivo schon gar nicht.«

»Manche Männer sind schon froh, wenn sie überhaupt mal rauskommen«, musste Simone noch loswerden. »Die Qualität der Treffen interessiert sie dann nicht weiter.«

Walli warf einen hasserfüllten Blick von Simone zu Katinka, drehte sich auf dem Absatz um und verließ die Wohnung. Die Tür krachte ins Schloss.

»Himmelschimmel!« Katinka sank in einen Sessel.

»Ich habe die ganze Nacht kein Auge zugetan!« Simone schüttelte sich. »Vielleicht glauben Sie mir nicht, aber ich mache mir wirklich Sorgen um Rita. Wenn ich denke, dass sie Ivo erst nach einer halben Ewigkeit gefunden haben! Womöglich liegt sie hilflos irgendwo in der Kälte, und man könnte sie retten, wenn ...«

Katinka rieb sich das Gesicht. Die Psychogramme aus Ritas Feder kamen ihr völlig irre vor.

»Besitzen Sie Outdoor-Kleidung?«, erkundigte sie sich.

»Ich? Also ... nein. Aber Rita hat massenweise Trekkingzeug. Wieso?«

»Eine Jack Wolfskin-Jacke, zum Beispiel?«

»Ach, die Marken kann ich nie auseinanderhalten.«

Katinka winkte ab. Jeder Zweite lief zu dieser Jahreszeit mit Outdoorjacke und passenden Schuhen durch die Stadt. Das hatte nichts zu bedeuten.

»Und Sie lagen die ganze Nacht schlaflos in Ihrem Bett?«

Simone traten jetzt tatsächlich Tränen in die Augen. »Ich möchte am liebsten nach Hause fahren. Womit ich Aix meine. Mein Haus. Das ich verkaufen muss. Ich laufe den ganzen Tag durch Bamberg und frage mich, wo ich hingehöre. Was ich eigentlich hier will. Ich kenne keine Menschenseele mehr in Deutschland. Heute Morgen hatte ich das drängende Gefühl, ich muss mit jemandem reden.«

»Da haben Sie ausgerechnet Walli angerufen?« Die Sie insgeheim verachten, fuhr Katinka im Stillen fort.

»Ja. Vielleicht können Sie das nicht verstehen. Ich hatte ... nachts ... Sie wissen doch ... also, wenn man wachliegt, dann dreht und wendet man alle Probleme, die man hat, und sie steigern sich ins Unermessliche, bis man gar nicht mehr schlafen kann. Ich wollte mit jemandem reden. Und gleichzeitig hatte ich dieses schreckliche Gefühl, dass die Bücherclique Rita in den Tod getrieben hat! Das hat sich in mir aufgestaut wie ... ich kann es nicht beschreiben.«

»Und Walli hat von der toten Ratte angefangen?«

»Sie fiel mit der Tür ins Haus ... ich verstand zuerst gar nicht, was sie hier wollte. Bei dem Wetter! Im Radio melden sie ständig, dass es auf den Autobahnen eng wird wegen des Schnees und des dichten Verkehrs vor Weihnachten. Aber seit ich diese Texte gelesen habe ...« Verzweifelt rieb Simone sich die Wangen. »Das ist doch einfach seltsam. Warum hat Rita das geschrieben und an alle verteilt? Man schreibt solche Texte nicht versehentlich. Rita weiß doch genau: Was einmal in einem Rechner gespeichert war, ist nie mehr zu löschen. Nicht wirklich. Es bleiben immer Spuren.«

»Ich schlage vor, wir löschen den Text aus der Dropbox«, sagte Katinka.

»Nein. Das machen wir ganz sicher nicht«, widersprach Simone.

19

Horst Broicher war am Durchdrehen. So hatte er sich das nicht vorgestellt. Eigentlich sollte es anders herum sein. Aber nun hing er am Haken.

Er rief Artur auf der Arbeit an.

»Spinnst du? Nicht hier!«, blaffte der.

»Aber es gibt Veränderungen …«, begann Horst.

»Ruf später an!«

»Bei euch zu Hause? Das passt dir doch auch nicht. Weil Susanne was mitkriegen könnte.«

»Willst du etwa, dass deine Tussi was merkt?«, gab Artur grob zurück.

»Nein, aber …«

»Ich melde mich später.«

Das Gespräch war beendet, und Horst saß immer noch genauso ratlos an seinem Schreibtisch.

Ivo war tot. Artur wollte nicht mit ihm reden. Er, Horst, passte nicht in diesen Freundeskreis. Das hatte wenig mit der Frage zu tun, ob er Literatur mochte. Früher hatte er eigentlich ganz gern gelesen. Nein, seine Außenseiterposition bestand darin, dass er keinen Mumm in den Knochen hatte. Er wäre nie auf so eine bescheuerte Idee gekommen wie Ivo.

Und jetzt stand er ziemlich auf dem Schlauch.

Rasch warf er einen Blick auf seinen Terminkalender. In zwanzig Minuten erwartete ihn ein Kundengespräch. Er durfte es nicht verpatzen. Die Sparkasse hofierte gerade diesen Kunden. Sein Chef brauchte den Mann. Es ging um eine große Summe. Eine sehr große Summe. Dagegen verblasste der Betrag, um den Horst sich Sorgen machte.

Er würde sein Problem schnell lösen müssen, und dann konnte Artur ihn mal.

Horst nahm den Hörer und wählte eine Nummer. »Es gibt was Privates«, sagte er. »Ich komme um kurz vor vier runter. Ich brauche 50.000.«

Es war nichts Besonderes. Er konnte schließlich über sein Geld frei verfügen. Walli wusste zum Glück nicht über alles Bescheid, was er besaß. Horst begann zu schwitzen. Er rückte die Krawatte zurecht, trat aus seinem Büro und bat die Sekretärin um eine Tasse Kaffee. Dann ging er zum Waschraum, ließ eiskaltes Wasser über seine Hände laufen. So nervös war er lang nicht gewesen. Obwohl er sich lausig fühlte, sah sein Spiegelbild ihn ruhig und mit einem Körnchen Arroganz an. Er hatte schon ganz andere Dinge gemeistert.

Als er in sein Büro zurückkehrte, stand die Kaffeetasse dampfend auf seinem Schreibtisch. Horst öffnete eine Datei auf seinem Rechner. Er hatte noch knapp zehn Minuten, um sich auf das Gespräch mit dem Kunden vorzubereiten.

20

Katinka fuhr nach Forchheim. Die Strecke von guten 20 Kilometern zog sich in einem einzigen Stau hin. Ärgerlich drehte sie am Radio. Es schneite, was das Zeug hielt.

Sie zerbrach sich den Kopf, ob Simones Vorschlag, mit Hilfe von Ritas Psychogrammen für eine Eskalation im

Klub der Bücherwürmer zu sorgen, so klug war. Vielleicht brachen Emotionen durch, die nicht mehr unter Kontrolle zu halten waren. Andererseits war es erstaunlich, dass bisher niemand außer Walli den verhängnisvollen Text entdeckt hatte.

Katinka schob eine uralte CD von Los del Rio ein. *Bandolero* war vor Jahren ein Riesendiscohit gewesen, und damals hatte ihre Freundin Britta die CD aus Spanien mitgebracht. Wie lange ist das her, grübelte Katinka. Mehr als zehn Jahre mussten es sein. Die Musik fetzte immer noch und beschwor das Bild eines heißen Mittelmeerstrandes herauf, mit Basthütten, Liegestühlen und bunten Drinks in beschlagenen Gläsern.

Als sie endlich in Forchheim vor der Kaiserpfalz hielt, war sie ausgelaugt und sehnte sich nach einer Tasse Milchkaffee. Es war vier Uhr und fast wieder dunkel. Keine Jahreszeit für Weicheier. Katinka rutschte auf dem frisch gefallenen und ordentlich mit Streusalz vermischten Schnee umher. Winter war wahrlich nicht ihre bevorzugte Saison.

Sie betrat die Tourist-Info.

»Ach, Sie sind's wieder«, bemerkte Margot Scheinfelder spitz. Dunkle Ringe umschatteten ihre Augen, die Lider waren geschwollen, an der Unterlippe nagte ein Herpes. »Womit kann ich diesmal dienen?«

»Hatten Sie eine Ratte vor der Wohnungstür?«

Margot Scheinfelder sah sich entsetzt um. »Nicht hier«, stieß sie flüsternd hervor. »Um Himmels willen, nicht hier.«

Sie rief einer Kollegin zu: »Birgit, ich mache Pause!«, erhob sich und griff nach ihrer Handtasche. »Gehen wir einen Kaffee trinken.« Sie schlüpfte in eine Jack Wolfskin-Jacke. In eine rote.

Katinka folgte der Frau quer über den Platz. Das Rathaus fungierte zurzeit als Deutschlands eindrucksvollster Adventskalender. Selbst Katinka als erklärte Weihnachtshasserin konnte sich dem Charme der vielen alten Fachwerkbauten im Zentrum der kleinen Stadt, die mit Lichterketten und allerhand anderer Illuminationstechnik geschmückt waren, nicht entziehen.

Die beiden Frauen schlängelten sich durch Weihnachtsbuden und eine Ansammlung von fröstelnden Menschen, die sich einredeten, es mache Spaß, mit einem Glas Punsch in Schnee-Streusalz-Pampe herumzustehen. Überall roch es nach Glühwein und Wurst, nach Süßem und nach Essiggurken.

»Einen schönen Arbeitsplatz haben Sie.« Katinka wies auf das Fachwerkensemble.

»Möglich.«

Sie betraten ein Café gegenüber und gerieten so ein wenig aus dem Epizentrum des bunten Weihnachtstreibens.

»Ausgerechnet Rita!« Margot rieb sich das Gesicht.

»Erzählen Sie mir Ihre Version der Geschichte!« Margot Scheinfelder konnte nie und nimmer die Frau sein, die versucht hatte, bei ihr einzubrechen. Sie war füllig – nicht dick, aber einfach der Typ Frau, der trotz Sport ab einem gewissen Alter runde Formen annahm. Zwar ahnte Katinka, dass Margot längst mit ihren Freunden aus dem Literaturzirkel telefoniert hatte, aber es mochte interessant sein, zu überprüfen, ob sich die Aussagen glichen – zu sehr glichen. Irgendwann musste der Stress die Leute aus der Reserve treiben.

»Ausgerechnet Rita«, wiederholte Margot, während sie einen Pharisäer bestellte. »Möchten Sie auch was mit Alkohol? Bei der Kälte?«

»Ich fahre.« Katinka nahm einen Milchkaffee. »Was meinen Sie mit ›ausgerechnet Rita‹?«

»Na, irgendwie ist es typisch, dass ausgerechnet sie sich aus dem Staub macht und alle anderen in Unruhe stürzt.«

»Das müssen Sie mir genauer erläutern.« Sie winselt ständig über Rita, notierte Katinka im Stillen. Dabei haben ihr die anderen bestimmt längst gesteckt, dass Ivo tot ist. Interessiert sich eigentlich jemand für den armen Kerl?

»Rita ist eine begabte und tatkräftige Frau. Ich habe ihre Fähigkeiten immer geschätzt. Im Kurs – ich meine, damals, als unsere Treffen ein richtiger Kurs waren – war ich begeistert von ihr. Sie konnte so fesselnd über Literatur sprechen. Ich wünschte damals, ich hätte auch studiert. Habe ich aber nicht. Ich habe nicht mal Abitur.«

Die Getränke kamen. Im Café war es stickig. Es roch nach nassen Mänteln. Aus der Musikbox dudelten amerikanisch verkitschte Weihnachtssongs.

»Mittlerweile ist ihr Kurs kein richtiger Kurs mehr, oder?«

»Wir blieben privat zusammen. Sobald mit den Treffen der Zwang verbunden war, kochen zu müssen, nahm die Qualität der Bücherdiskussionen ab. Ich meine, ich koche ja gern. Aber man beschäftigt sich dann einfach mehr mit dem Essen.«

»Man kann sich eben nur auf eins konzentrieren.« Katinka umklammerte ihre Tasse. Der Kaffeeduft ließ sie für einen ganz kurzen Moment alles andere vergessen.

»Nicht, dass ich gegen das neue Format bin. Das ist schon gut, so wie es ist.« Margot verfiel in Schweigen.

»Was enttäuscht Sie denn sonst?«, fragte Katinka sanft. Aus Margots Gesicht sprachen Trauer, Einsamkeit und Resignation. Die Frau versuchte nicht einmal, es zu verbergen. Ihr Blick wanderte durch die Fenster des Cafés auf den Rathausplatz. Es schneite wieder heftiger.

»Mistwetter.« Margot Scheinfelder trank von ihrem mit Rum aufgepeppten Kaffee. »Hm. Das entspannt.«

Katinka wartete ab. Sie würde auch ein Glas Rosé oder zwei spendieren, um das Gespräch in die Tiefe zu führen.

»Ich habe nichts Anständiges gelernt. Mit meinem Job kann ich noch froh sein. Wenn ich hätte studieren können, so wie Rita … Aber das stand außer Frage. In meiner Familie hat niemand studiert. Ich konnte nicht aus der Art schlagen. Hätte mein Abitur allenfalls nachmachen können.«

»Also müssen die Treffen unter Ritas Ägide Sie doch inspiriert haben!«

»Rita hat sich verändert. Wir sind fast gleich alt. Durch unser Buchhobby haben wir einander über viele Jahre hinweg begleitet. Ich bin Single. Wie Rita. Ich kenne die Schwierigkeiten, die man hat, wenn man allein lebt. Ich habe eine hohe Meinung von Rita. Sie ist scharfsinnig, klug und zielstrebig. Sie erreicht, was sie sich vorgenommen hat. Dennoch …«

»Sie haben sich von Rita etwas erhofft, was diese nicht geben konnte?« Katinka verließ sich auf ihr Gefühl. Irgendeine Sache war im Schwange, die Margot nicht auszusprechen wagte. Wahrscheinlich nie ausgesprochen hatte.

»Rita lebt total rücksichtslos. Nach ihrem eigenen Gutdünken. Sie fragt nicht, ob sie damit andere vor den Kopf stößt. Ihre persönliche Freiheit geht ihr über alles.« Auf Margots Wangen erschienen rote Flecken.

Katinka wartete. Die Hochachtung für die großartige

Rita Weiß war in Hass umgeschlagen, ausgelöst durch zu hohe, unrealistische Erwartungen an eine Freundschaft, die keine war.

»Daher meinte ich, es ist typisch für sie, sich in Luft aufzulösen. Ihr ist es einerlei, ob wir uns Sorgen machen. Und ihrer französischen Freundin gegenüber ist es ja wohl alles andere als fair.«

»Würden Sie Rita als egoistisch bezeichnen?«

»Egoistisch? Zu schwach. Egozentrisch. Egomanisch. Sie ist die Sonne, und alle Planeten müssen um sie kreisen. Studierte sind letztlich nichts als … als selbstgerechte, arrogante Idioten.« Die letzten Worte zischte Margot nur noch.

»Wo ist Rita jetzt?«

»Ich wette, sie hatte keinen Unfall. Sie ist einfach auf und davon.«

»Wohin?«

»Ich habe keine Ahnung. Sie weiht nie jemanden ein in das, was sie vorhat.«

»Muss sie ja auch nicht«, gab Katinka zu bedenken.

»Muss sie nicht, nein. Sie könnte es aber aus Höflichkeit tun, oder weil ihre Freunde ihr am Herzen liegen. Daran sieht man, dass ihr die Mitmenschen am Hinterteil vorbeigehen.«

»Und Ivo?«

Margot wurde blass. Sie nahm rasch einen Schluck Pharisäer. Ihre Hände zitterten. »Das ist schrecklich. Ganz schrecklich. Wir wissen gar nicht, wann die Beerdigung stattfinden kann. Er wird obduziert, oder?«

»Genau. Konnte Ivo gut mit Rita?«

»Ich denke, er hat sich sogar Hoffnungen gemacht. Anfangs. So zwischen Mann und Frau. Bloß: Rita ist auf dieser Seite blind und taub. Seine Avancen hat sie gar nicht bemerkt.«

»Und Ivo hat sich damit abgefunden?«

»Was blieb ihm übrig? Sie kennen Rita nicht. Sie kann hart sein wie Granit.«

»Wollen Sie sagen, sie hat Ivo verachtet?«

Margots Augen wurden kreisrund vor Erstaunen.

»Haben Sie einen Computer zu Hause?«

»Ich … ja, aber … also … ich benutze ihn fast nie.«

»Und dieser gemeinsame Ordner?«

Margot sah Katinka verwundert an. »Was ist damit?«

Sie hat die Texte nicht gelesen, dachte Katinka. Hundertprozentig nicht. Sie kann nicht lügen, aber vor allem kann sie nicht an sich halten, wenn ihr etwas gegen den Strich geht. Eigentlich ein positiver Charakterzug, den Rita nicht benannt hat. Weil sie an keinem ihrer Freunde, die sie angeblich so dermaßen bewundern, ein gutes Haar gelassen hat.

»Benutzen Sie diesen Ordner nicht?«

»Doch, schon. Ich lege die Rezepte rein, mit denen ich uns bekocht habe. Das macht ansonsten keiner, glaube ich.«

»Das heißt, dass weder Sie noch die anderen Bücherfreunde sehr häufig nachsehen, ob es Aktualisierungen gibt?«

»Ich achte da nicht drauf. Nicht regelmäßig.«

»Und Sie hatten nun eine Ratte vor der Wohnungstür?«

Margot beugte sich über den Tisch. »Ich nicht. Aber Susanne. Oder?«

»Hat sie Sie angerufen?«

»Hat sie nicht. Ich weiß es von Artur. Er regte sich ziemlich auf. Weil Susanne sich so gefürchtet hätte. Das könnte er nicht zulassen. Nein, wie ritterlich!«

»Artur hat Sie angerufen?«

»Er musste sich wohl mal auskotzen.«

»Wer hat den Kadaver dort abgelegt?«

»Ach, was weiß ich. Das klingt mir sehr nach einem schlechten Scherz!«

»Bei Walli und Horst war auch eine.«

Margot starrte Katinka mit schreckgeweiteten Augen an. »Aber das ist ja …«

»Sieht aus wie eine kleine Verschwörung, nicht wahr?«

Margots Hände zitterten. »Das ist verrückt. Einfach verrückt.«

»Frau Scheinfelder, wenn Sie sich ihre letzten Treffen vor Augen führen: Gab es da einen Unterschied zwischen den Männern und den Frauen im Literaturzirkel?«

»Wie meinen Sie …«

»Haben sich die Männer anders verhalten als die Frauen?«

Margot wurde blass. Die Hitze, die eben noch ihre Wangen in einem ungesunden Rot hatte leuchten lassen, sackte aus ihrem Gesicht. Ihre Antwort bestand nur noch aus einem Wispern. »Nein. Nein, haben sie nicht.«

Katinka legte Geld auf den Tisch. »Das hier geht auf meine Rechnung.«

Als sie durch den Schneematsch zurück zu ihrem Auto stapfte, dachte sie darüber nach, wie schlecht manche Menschen lügen konnten. Margot Scheinfelder wusste etwas über die unter der Oberfläche brodelnden Spannungen zwischen den Leseratten. Aber sie rückte damit nicht heraus. Noch nicht.

21

Margot Scheinfelder war noch nie in ihrem Leben so von Hass erfüllt gewesen. Sie bestellte ein Glas Merlot und starrte grimmig aus dem Fenster des Cafés, wo sich ihr Blick zwischen den dick eingemummelten Menschen verfing.

Sie hatte sich tatsächlich Hoffnungen gemacht. Mittlerweile war sie zu Kompromissen aller Art bereit, wenn sie nur endlich nicht mehr als Single durch die Welt irren würde. Sie müsste nicht einmal heiraten – aber es musste einfach jemanden geben, den sie zu Treffen mit Freunden mitnehmen konnte, ins Kino, ins Theater. Zwar ging sie nicht oft ins Kino oder ins Theater. Genau genommen war sie schon seit zwei Jahren nicht mehr im Theater gewesen. Zum letzten Mal hatte sie mit ihrer Nichte an deren Geburtstag eine Kindermatinee in Nürnberg besucht.

Es war so albern. Sie trank den Rotwein in großen Schlucken. Mit Ivo hätte es etwas werden können. Aber Ivo hatte sich nur für Rita interessiert. Hatte Margots Anrufe abgewimmelt oder gleich weggedrückt, wenn er ihre Nummer auf dem Display sah. Zwar tat er höflich, kehrte gute Manieren hervor, doch das war alles nur Oberfläche. Er machte sich einen feuchten Kehricht aus Margot, und das versuchte er immer weniger zu verschleiern. Seine Ablehnung tat ihr immer noch weh. Sogar jetzt, wo er tot war. Sein Desinteresse konnte sie ihm nicht verzeihen. Sie war einfach überzeugt, dass er mit ihr glücklich geworden wäre. Mit ihr hätte er das große Los gezogen. Margot wollte nicht verstehen, wie er an ihrer Stelle Rita bevorzugen konnte. Die rechthaberische Rita, die so maskulin, so auftrumpfend, so rücksichtslos durchs Leben zog. Was konnte ein Mann wie

Ivo an Rita finden? Margot lief eine Träne über die Wange. Ein Pärchen betrat das Café. Sie hielten Händchen. Lächerlich, dachte Margot. Sie sind mindestens 60, warum halten sie Händchen? Sofort schämte sie sich ihrer Verbitterung. Sie wollte niemandem Böses. Aber sie brauchte jemanden. Sie wollte so verzweifelt einen Mann fürs Leben, dass ihr nichts anderes übrigbleiben würde, als sich im Internet bei einer Partnerplattform zu registrieren. Das wäre die letzte Chance. Eigentlich eine Schande. Dieser einzige Strohhalm der Hoffnung besagte nichts anderes, als dass sie zu dumm, zu dick, zu ungeschickt war, um jemanden im richtigen Leben für sich zu interessieren.

Margot bestellte noch ein Glas Merlot. Es kam nicht mehr darauf an.

22

»Videoüberwachung? Stellst du die coolste WG aller Zeiten ins Internet?«, juxte Hardo, als Katinka nach Hause kam.

Sie berichtete kurz von den zwei manipulierten Schlössern.

»Du machst Witze!« Hardo sah Katinka eher entgeistert als amüsiert an. Sie standen in seiner Küche, wo im Herd zwei Tiefkühlpizzen brutzelten.

»Gustl hat mir drei prima Monitore in die Wohnung geschraubt. Wir sind jetzt gesichert wie der Kreml.«

»Hast du dir schon einmal überlegt, ob diese Rita eventuell gar nicht gefunden werden will?«

»Ist mir mehrmals durch den Kopf gegangen. Aber weshalb?«

»Weil sie was ausgefressen hat?«, schlug Hardo vor.

»Zum Beispiel. Eine besonders sympathische Zeitgenossin scheint sie nicht gerade zu sein. Sowohl Simone als auch Margot betonen ihre Egozentrik; Rita schert sich nicht um andere.«

»Das allein ist nicht verboten.«

»Sicher nicht. Allerdings wird es einem dadurch nicht leichter gemacht, solche Menschen zu mögen.«

»Niemand muss gemocht werden.«

Katinka berichtete Hardo von dem eigenartigen Text mit den Charakteristika der Gruppenmitglieder aus Sicht Ritas. »Mit so was macht man sich garantiert nicht beliebt!«

»Hast du eine Vorstellung, warum sie den Text in den Online-Ordner gelegt hat?«, fragte Hardo nach ein paar Minuten Schweigen.

»Nicht die geringste. Ich frage mich erstens, warum sie ihn geschrieben hat. Für sich selbst? Dann spinnt sie. Führt sich als Psychotante auf. Margot Scheinfelder bezeichnet Rita als Egomanin. Gibt eine Egomanin sich mit den Charakterzügen anderer ab?« Katinka sah Hardo an, der langsam den Kopf schüttelte. »Ich frage mich zweitens, warum sie das Zeug in den Online-Ordner gelegt hat. Aus Versehen? Das passt nicht zu der Rita, die mir alle beschreiben. Sie scheint niemand zu sein, dem solche Fehler unterlaufen. Warum also dann? Um zu provozieren?«

»Das wäre immerhin möglich.« Hardo legte Besteck auf den Tisch. »Speziale oder Vier Jahreszeiten?«

»Vier Jahreszeiten.«

Er angelte die Pizza aus dem Ofen. »Komm, setz dich.«

»Was bezweckt Rita mit dieser Provokation?«, nahm Katinka den Faden auf. »Bei ihren Schäfchen herrscht doch emotional eh schon völliges Chaos. Wieso enttäuscht sie sie so und zerstört das Vertrauen? Die Literaturfreunde bewundern Rita für ihren Scharfsinn, ihre Unabhängigkeit und so weiter. Dann werden sie weggebissen. Vom Objekt ihrer Bewunderung höchstselbst. Vielleicht ist Rita die Anbetung sogar lästig.«

»Du glaubst, sie will mit dem Zirkel brechen und wählt den Weg, gehässige Texte über die Mitglieder herumzumailen?«

Katinka zuckte die Achseln. Sie blickte in den Innenhof. Gerade kam einer von den Studenten heim. Sie konnte nicht erkennen, wer. Zu dunkel. »Wir brauchen eine hellere Leuchte unten«, murmelte sie und schnitt ein Stück Pizza ab. Hardos Bemerkung, dass niemand gemocht werden musste, rotierte in ihrem Kopf. Irgendein Gedanke wurde in Bewegung versetzt, aber sie vermochte ihn nicht zu greifen.

Hardo goss ihr ein Bier ein und machte sich über seine Pizza her. »Möglicherweise besitzt Rita eine gesunde Selbsteinstellung. Einzelgängertypen, die sich nichts aus der Meinung anderer machen und ihren eigenen Stil durchdrücken, sind weniger anfällig für Frustration.« Hardo kaute krachend. »Wer zufrieden ist, wird weniger leicht kriminell. Außer im Affekt.«

»Du willst mir jetzt nicht sagen, dass alle, die da draußen herumlaufen und auf Höflichkeit nicht scheißen, potenzielle Kriminelle sind?«

»Doch!« Hardo grinste. »Im Grunde schon. Ich habe lediglich ein klein wenig übertrieben.«

»Die Frage ist nicht, ob Rita ein Verbrechen begangen hat.«

»Vermutlich hat sie das nicht. Aber es ist total mysteriös: zwei Verschwundene aus demselben Freundeskreis. Einer tot. Eine abgängig. Das alles vor dem Hintergrund der Zerwürfnisse, von denen du einige aufgedeckt hast.«

»Abgängig würde bedeuten …«

Hardo hob die Hand. »Keine Spitzfindigkeiten jetzt. Es ist absolut unwahrscheinlich, dass Rita Weiß einen Unfall hatte. Leistner hatte einen; ihn haben sie gefunden.«

»Also will sie nicht gefunden werden.«

»Und wie lautet das Motiv dafür, nicht gefunden werden zu wollen?«

Katinka zählte an den Fingern ab: »Sie hat die Nase voll. Sie hat sich mit Simone gestritten. Sie hat …« Entschieden schüttelte sie den Kopf. »Funktioniert nicht, Hardo. So, wie Rita gestrickt ist, jedenfalls, wenn man ihren Bekannten glaubt, würde sie Simone eher aus ihrer Wohnung schmeißen und den Literaturtreff absagen.«

Hardo sah Katinka aus seinen grauen Augen an. Sie erwiderte seinen Blick.

»In der Tat«, bestätigte er.

»Also hatte sie einen Unfall.«

»So begriffstutzig bist du doch sonst nicht«, neckte Hardo.

»Was meinst du damit?«

Er vertilgte das letzte Stück Pizza. »Sie hat was ausgefressen.«

»Und die Ratten bei den Schweigaus und bei Walli und Horst abgelegt? Meine Wohnungstür geknackt? Warum, Hardo? Sollte sie nicht, falls sie was auf dem Kerbholz hat, zusehen, dass sie das Land verlässt?«

»In Richtung Karibik?«, bohrte Hardo.

Die Theissens!

»Irmi und Günther fahren jedes Jahr um diese Zeit in die Ferien«, murmelte sie.

»Eben. Super Tarnung. Geradezu perfekt. Sie ist vielleicht längst dort. Ohne einen vernünftigen Anlass können wir aber die Passagierlisten nicht abfragen. Sie kann gehen, wohin sie will.«

Katinka lehnte sich stöhnend zurück. »Fuck. Aber sie hat ihren Pass nicht dabei. Laut Simone liegt er zu Hause.«

Hardo lupfte die Augenbrauen. »Da wäre noch eine ungeklärte Frage, und die ist entscheidend: Um welches Verbrechen geht es?«

»Muss ja kein Verbrechen sein.« Katinka schüttelte den Kopf. »Hardo, wir fantasieren doch nur noch! Alles reine Theorie. An Ivos Tod sind die Kollegen in Hof dran, und dass Rita Opfer eines Verbrechens geworden ist … darauf haben wir keinerlei Hinweis. Oder siehst du Handlungsbedarf?«

»Bisher nicht. Leg eine Liste an. Schreib auf, was Rita sonst dazu veranlasst haben könnte, den Adler zu machen. Hat sie Schulden? Ist ihr jemand auf den Fersen? Hat sie Ärger mit dem Finanzamt? Hat sich ein Mann an sie herangemacht, und sie will es nicht?«

»Ivo«, seufzte Katinka, »soll sich angeblich Hoffnungen gemacht haben, dass Rita mit ihm was anfängt. Behauptet Margot Scheinfelder.«

Ihr Handy klingelte, natürlich gerade jetzt. Mit einem entschuldigenden Blick ging sie an den Apparat.

»Wischnewski hier«, flötete Dante. »Gibt's was Neues?«

»Leider gar nichts. Bei Ihnen?«

»Ich suche eine Wohnung in Bamberg. Sie haben doch noch zwei frei?«

»Woher wissen Sie das denn!« Katinka konnte sich nicht erinnern, mit Dante über den Fortgang der Renovierungsarbeiten gesprochen zu haben.

»Pardon, ich bin nicht auf den Kopf gefallen.«

»Die letzten beiden Wohnungen sind noch nicht hergerichtet. Wir fangen frühestens im März mit dem Renovieren an.«

»Wir? Sie und der Kommissar?« Dante kicherte.

»Himmel, Wischnewski!« Katinka lachte hilflos auf. »Ich setze Sie auf die Warteliste.«

»Das ist mehr, als ich erwartet habe. Was machen die Pseudoliteraten?«

»Nichts Literarisches. Und Sie? Wie sieht's mit Ihrer Karriere aus?« Katinka sah, wie Hardo die Augen verdrehte.

»Darüber werden Sie mich ein andermal hören. Schönen Abend!« Dante legte auf.

»Sag mir nicht, dass der Vogel hier einzieht!« Hardo sah ehrlich entsetzt aus.

»Warte es ab.«

»Ich wusste nicht einmal, dass es eine Warteliste gibt.«

»Das habe ich doch nur so gesagt.«

»Siehst du!« Hardo nahm zwei frische Flaschen Bier aus dem Kühlschrank. »So geht jeder mit der Wirklichkeit um. Wie er es gerade braucht.«

DIENSTAG, 18.12.

23

Das Handy klingelte in tiefer Dunkelheit. Katinka ruderte mit den Armen, traf Hardos Kopf. Der grunzte, während sie nach dem Telefon tastete. Es lag auf dem Nachtkästchen, sie verfehlte es, es fiel zu Boden. Klingelte immer weiter.

»Palfy?«, stöhnte sie heiser. Ihr Hals schmerzte.

»Hier ist Walli Reichert. Horst ist weg!«

»Wie bitte?« Katinka setzte sich auf, schwang die Beine aus dem Bett. Der Boden war eiskalt. Sie stand auf und tappte in die Küche. »Das müssen Sie mir genauer erklären.«

»Wir sind gestern ganz normal ins Bett gegangen. So um halb zwölf. Und vor einer halben Stunde wache ich auf, gehe zur Toilette, und da sehe ich erst, dass er nicht im Bett liegt.« Wallis Stimme überschlug sich.

»Schnarcht er auf dem Wohnzimmersofa?« Katinka hockte sich auf einen Stuhl und zog die Füße an. Verdammt, die Wohnung wurde in der Nacht viel zu kalt. Sie sah hinaus in den Hof. Es schneite leicht. Der Schnee im Innenhof sah unberührt aus und schimmerte gelblich im trüben Licht der Hofleuchte.

»Er ist nicht in der Wohnung! Ich habe alles abgesucht. Das Auto ist auch nicht hier. Sein Hausschlüssel, sein Autoschlüssel, sein Anorak: alles weg.«

»Trägt er zufällig einen schwarzen Wolfskin-Parka mit gelber Schrift?«

Einen kurzen Moment blieb es still in der Leitung.

»Einen dunkelblauen. Warum?«

»Ach nichts. Und er hat nichts hinterlassen, keinen Zettel? Haben Sie sein Handy angerufen?«

»Er geht nicht an den Apparat.«

Katinka hustete. Bitte keine Erkältung, flehte sie. Bitte alles, aber keine Erkältung.

»Denken Sie ganz ruhig nach. Wollte er irgendwo hin? Hatte er einen Termin auswärts, wo er früh aufschlagen sollte? Hat er gestern Abend eine Andeutung gemacht?«

»Nein, nein, nein. Alles wie immer.«

Katinka sah auf die Küchenuhr über dem Herd. 4:45 Uhr.

»Haben Sie Freunde angerufen? Verwandte?«

»Noch nicht. Soll ich die zu nachtschlafender Zeit rausklingeln?«

Mich kann man ja rausklingeln, dachte Katinka. Ich bin wie ein Pfarrer oder Bulle. Immer im Einsatz, wenn's brennt.

»Hat Ihr Lebensgefährte eine Geliebte, Walli? Könnte das möglich sein?«

»Horst?« Walli lachte auf. »Er ist im Bett nun nicht gerade der Hit.«

Eine Affäre schien Katinka der Logik der Situation am ehesten angemessen. Horst Broicher arbeitete bei der Sparkasse. Da gab es sicher eine Menge schick hergerichtete Ladys, die durchgehend auf der Suche nach einem einigermaßen vorzeigbaren männlichen Exemplar waren. Und zwischen Horst und Walli stand es augenscheinlich nicht zum Besten.

»Was soll ich jetzt machen?«, wimmerte Walli.

Ins Bett gehen, einschlafen, träumen, dachte Katinka. Der kommt schon wieder.

»Warten Sie ab, bis es hell wird. Rufen Sie an seiner Arbeitsstelle an. Wenn er nicht dort ist, melden Sie sich wieder bei mir.«

Katinka beendete das Gespräch, bevor Walli ›piep‹ sagen

konnte. Sie stand auf und sah in den Hof hinunter. Eine vermummte Gestalt schob ihr Fahrrad herein und stellte es unter den Briefkästen ab. Es war Eva Bohnstett, Katinkas Mieterin aus dem Parterre. Die freiberufliche Hebamme hatte die absurdesten Arbeitszeiten. Katinka sah zu, wie Eva müde durch den Schnee schnürte, ohne auch nur den Versuch zu machen, die Füße zu heben. Sie trug eine dunkle Mütze und eine grüne Jack Wolfskin-Jacke.

»Dieses Outdoor-Zeug ist der reinste Virus«, dachte Katinka. Ihr Hals schmerzte, und sie spürte ein Ziehen hinter der Stirn, das nichts Gutes ankündigte. Gähnend setzte sie Wasser auf und kramte in Hardos Vorräten nach Teebeuteln. Er besaß nur Pfefferminztee. Auch gut. Sie goss eine Tasse auf und sah zu, wie das dampfende Wasser sich grün färbte.

Zugegeben, sie selbst würde keine Affäre mit Broicher anfangen. So toll sah er nicht aus, dass frau sich den Stress einer geheimen Beziehung für ihn antun würde. Aber manche Geschlechtsgenossinnen waren grauenhaft verzweifelt und auf der Jagd nach allem, was männlich und beschwanzt war.

Überhaupt, was für eine absurde Idee: Nachts im tiefsten Winter aus dem Bett zu steigen, um durch die Kälte zu fahren. Er musste die außerordentlichste Frau des Jahrhunderts gefunden haben. Eine richtige Supernova. So eine wiederum gab sich vermutlich nicht mit Horst Broicher aus der Kreditabteilung ab. Es sei denn, sie war dringend auf einen Kredit angewiesen. Katinka lächelte, trank den Tee in kleinen Schlucken und ging wieder ins Bett. An Hardo gekuschelt, hörte sie im Halbschlaf irgendwo weiter Richtung Innenstadt ein Martinshorn aufjaulen. Dann war alles still.

Als sie um neun aufwachte, fühlte ihre Stirn sich unangenehm warm an. Hardo war natürlich längst weg. Schwankend zog Katinka sich an und ging in ihre Wohnung hinüber, wo sie im Arzneischränkchen eine angebrochene Packung Aspirin fand. Sie löste zwei Tabletten auf. Sah auf ihr Handy. Rief Walli an.

»Ist er aufgetaucht?«, fragte sie.

Walli heulte. »Nein. Ist er nicht. Weder hier noch im Büro. Ich muss die ganze Zeit an Ivo denken!«

»Haben Sie die Polizei verständigt?«

Die Schluchzer wurden heftiger. »Ich kann das nicht. Ich kann das nicht. Können Sie nicht kommen? Ich bezahle Sie. Keine Frage. Bitte. Kommen Sie.«

Die Fahrt nach Hof stellte sich als Desaster heraus. Katinka benötigte mehr als zwei Stunden. Ein LKW stand vor der Ausfahrt nach Bad Berneck im Schneematsch quer. Es blieb ausschließlich die linke Spur, und auf der stauten sich weitere LKWs und Busse. Katinka hätte am liebsten laut geschrien vor Wut. Im Stau herumzustehen, machte sie aggressiv. Sie suchte einen Musiksender im Radio, aber das Gedudel auf Antenne Bayern steigerte ihre schlechte Laune ins Unermessliche, und die anderen Kanäle brachten nichts, was ihrem Musikgeschmack entsprochen hätte. Blieben Los del Rio. Sie drückte auf ›Play‹.

Langsam kroch die Blechschlange an dem Hindernis vorbei. Dennoch staute sich auch danach der Verkehr, weil die LKWs und Busse an dem steilen Berg kaum Fahrt aufnahmen. Endlich konnte Katinka die nächste Ausfahrt nehmen und kurvte über Landstraßen weiter. Keine gute Idee, denn die waren kaum geräumt, dafür steil und rutschig. Was, wenn ich jetzt hier hängen bliebe, fragte sich Katinka. Wann würde man mich finden? Wann würde man überhaupt anfangen, mich zu suchen? Sie war mutterseelenallein unterwegs. Die Autofahrer zogen eine überfüllte, aber geräumte Autobahn den Risiken der einsamen Fichtelgebirgsstraßen vor.

Katinka hustete. Die Heizungsluft im Auto trocknete ihre Kehle zusätzlich aus. Sie rief Hardo an.

»Wo kurvst du herum?«, fragte er gestresst.

»Ich sehe den Ochsenkopf.« Der lange Mast auf dem Berg spießte die Schneewolken über sich auf. »Horst Broicher hat die Biege gemacht.« Sie schilderte Wallis Anruf. »Wenn du etwas für mich tun willst«, fuhr sie fort, »besorg mir einen Kontakt zu einem deiner Kollegen in Hof.«

»Wende dich an Motsch. Er hilft dir bestimmt weiter. Ich rufe ihn an.«

»Gut. Danke.«

»Katinka? Fahr vorsichtig.«

»Kein Zweifel. Schade, dass ich kein Snowboard dabei habe. Muss eine grandiose Abfahrt geben heute!«

»Lass den Mist! Wintersport ist für Heroen in einem abgesicherten Angestelltenverhältnis. Wie willst du mit einem gebrochenen Bein arbeiten?«

»Du meinst also, das Privileg, über eine Skipiste zu rasen, liegt bei dir? Als Beamter?«

Hardo brach in Gelächter aus. »Sieh zu, dass du die Sache in Hof klarkriegst, und komm wieder heim. Für heute Abend und Nacht haben sie heftige Schneestürme angesagt. Wahrscheinlich schließen sogar die Flughäfen.«

»Ach du Schande. Ich halte mich ran. Bis später!«

Sie legte auf. Als Hof endlich in Sicht kam, ließ sie erleichtert das Fenster herunter und sog tief die feuchte Luft ein. Der Himmel hing schwer über der Stadt. Alles war schneebedeckt. Kein Fetzchen Asphalt war von der

Straße zu sehen. Bayerisch-Sibirien, dachte Katinka, während sie schleunigst das Fenster wieder schloss. So pflegten die Bewohner der Maingegend das fränkische Gebirge Richtung Vogtland zu nennen. Arme Hofer. Aber irgendwas Wahres ist dran.

Das GPS lotste sie in Wallis Straße. Sie parkte und sah an den Fenstern der Wohnanlage hoch, bevor sie ausstieg und bei Walli klingelte.

Heute war keine Rede davon, die Stiefel auszuziehen. Walli war völlig aufgelöst. Sie trug weite Wollhosen, einen dicken Troyer und einen Schal. Über die Arme hatte sie Stulpen gezogen, die ihr ein gutes Stück über die dünnen Spinnenfinger reichten.

»Er ist nicht zur Arbeit erschienen. Niemand hat ihn gesehen. Ich habe mit seinen Kollegen gesprochen. Habe den Eindruck, die finden das auch noch komisch. Als hätte sich sowieso jeder gefragt, was Horst an mir findet.« Sie sank aufs Sofa. Tränen rollten über ihr gerötetes Gesicht. Das Haar wirbelte in ausgefransten Strähnen um ihren Kopf. Immer wieder strich sie es weg. »Ich habe solche Angst. Erst Rita und Ivo. Jetzt Horst. Solche krummen Sachen passen überhaupt nicht zu ihm. Einfach zu verschwinden!« Ihr Atem ging schnell.

»Langsam!«, versuchte Katinka zu beruhigen. »Haben Sie nachgesehen, ob in der Zeit, nachdem Sie ins Bett gegangen sind, irgendwelche Anrufe reinkamen? Oder ob er jemanden angerufen hat?«

Walli lief zum Telefon, drückte ein paar Tasten. »Keine Anrufe. Außer meinem, als ich Sie angerufen habe.« Sie sank wieder aufs Sofa.

»Hat Horst die Texte gelesen? Die aus dem Online-Ordner?«

Walli schüttelte den Kopf. »Ich habe hin und her überlegt, aber ich wollte lieber nicht mit ihm darüber reden. Was soll ich jetzt machen?«

»Ich rufe die Polizei an«, erklärte Katinka. »Könnten Sie mir in der Zwischenzeit ein Glas Wasser holen? Ich brauche ein Aspirin.« Sie wählte die Nummer von Hardos Kumpel Motsch.

»Kommen Sie mit der Dame in die Dienststelle. Kulmbacher Straße 101. Dann regeln wir alles Weitere«, schlug Motsch vor.

»Gibt es eigentlich was Neues im Fall Ivo Leistner?«

»Den Vorgang hat die Kripo auf dem Tisch.«

»Die Kripo?«

»Der Staatsanwalt hat sich gewundert, dass Leistners Wagen unerklärliche Schrammen auf der linken Seite hat. Deswegen wird noch gegrübelt, was zu tun ist.«

»Manche Menschen haben genetisch bedingt Schwierigkeiten mit Parkhäusern«, mutmaßte Katinka.

»Meine Rede. Bis gleich. Ich freue mich, Sie persönlich kennenzulernen.«

Walli brachte das Glas mit Wasser. Katinka drückte eine Tablette aus dem Blister und sah zu, wie das weiße, runde Ding zerfiel und zischend Blasen an die Oberfläche des Glases aufstiegen. Walli setzte sich aufs Sofa.

»Wir fahren jetzt zur Polizei. Denken Sie nach. Gibt es irgendwas, das zu Horsts Abgang passt? Haben Sie gestritten?«

Walli barg das Gesicht in den Händen. »Wir streiten in letzter Zeit dauernd. Immer geht's um meine Malerei. Horst kann damit nichts anfangen. Ich liege ihm auf der Tasche. Er sagt zwar nie was – aber ich spüre es.« Sie weinte. Ihre Schluchzer gingen allmählich in Hecheln über. Sie rang nach

Luft, wurde immer bleicher. Panisch riss sie die Augen auf und presste die Hände auf ihre Oberschenkel, während sie keuchend Luft in ihre Lungen zu pumpen versuchte.

»Shit!« Katinka rannte in die Küche. Sie riss ein paar Schubladen auf, bis sie eine leere Plastiktüte fand. Sie stürzte zurück ins Wohnzimmer, warf sich neben die röchelnde Walli und stülpte ihr die Tüte über Mund und Nase. »Atmen!«, kommandierte sie. »Geht gleich vorbei. Atmen Sie einfach.« Sie spürte Wallis knochige Schulter an ihrer Seite. Das krampfartige Keuchen beruhigte sich nach und nach. Schließlich nahm Katinka die Tüte weg.

»Was war das?«, flüsterte Walli mit Tränen in den Augen.

»Sie haben hyperventiliert. Dabei führt der Körper sich viel mehr Sauerstoff zu, als er benötigt. Das Blut übersäuert. Deswegen die Tüte.«

»Was?« Benommen starrte Walli Katinka an.

»Sie atmen dadurch Kohlendioxid ein, und alles gleicht sich wieder aus. Ist Ihnen das schon mal passiert?«

»Nein. Mir ist ganz schwindlig.«

»Wir warten jetzt zehn Minuten. Solange legen Sie sich hier aufs Sofa und ruhen aus. Nachher machen wir uns auf zur Polizei.«

Walli nickte gehorsam.

Katinka trank ihr Aspirin. Ein Frösteln kroch über ihren Körper. Sie ging in die Küche und schaltete das Radio ein. Die Nachrichten. Für Thüringen, Teile Sachsens, Böhmens und für Nordbayern wurde ein Blizzard erwartet. Er fegte bereits über die westlichen Teile der Bundesrepublik und legte den Verkehr in ungeahntem Ausmaß lahm. Ein Sprecher des Katastrophenschutzes forderte alle Bürger auf, zu Hause zu bleiben.

Katinkas Handy klingelte.

»Hier ist Simone Mathieu. Frau Palfy, ich werde heute abreisen. Ich fahre jetzt nach Nürnberg und sehe zu, dass ich von dort einen Flug nach Frankreich bekomme.«

»Warum das?«

»Stellen Sie mir eine Rechnung? Sie können sie ruhig per Mail schicken. Ich überweise sofort.«

»Heißt das, Ihr Auftrag hat sich damit erledigt?«

»Ich kann nicht mehr. Ich sitze in Bamberg herum, und nichts tut sich.«

»Wie Sie meinen.« Katinka stellte ihr Glas ab. Nicht zum ersten Mal überlegte es sich ein Auftraggeber anders. Im ersten Schrecken engagierten die Leute eine Privatdetektivin, um sich nonchalant zurückzuziehen, wenn das Interesse an der Lösung der gestellten Aufgabe erlahmte.

»Vielleicht kann ich für eine Weile bei meiner Tochter in Paris bleiben.«

Katinka sah aus dem Fenster. Es schneite wie verrückt. Die Flocken fegten von der Seite heran und bedeckten Verkehrsschilder, Fahrzeuge und Menschen mit einer dicken, weißen Schicht.

»Wiederhören«, kam Simones leise Stimme aus dem Handy.

»Tschüss«, antwortete Katinka und ging nach Walli sehen.

24

Hauptkommissar Georg Motsch zeigte auf den Aktenturm auf seinem Schreibtisch. »Winter ist Hochsaison bei der Verkehrspolizei. Genauso wie die Hauptferienzeiten zu Ostern und im Sommer.« Er wandte sich Walli zu, die verheult auf einem Stuhl saß. »Frau Reichert, ich habe die Vermisstenmeldung sofort rausgegeben. Wir tun, was wir können.«

Das wird von nun an mein Standardsatz, dachte Katinka insgeheim. Ich tue, was ich kann. Ansonsten lecken Sie mich am Arsch.

»In Sachen Rita Weiß gibt es keine Veränderung?«, erkundigte sie sich.

»Leider nein. Genauso wenig haben wir Meldungen von nicht-identifizierten Unfallopfern. Insofern kann ich Sie beruhigen. Wir gleichen Unfallmeldungen bayernweit ab. Sollte Frau Mathieu sich noch entscheiden, eine Vermisstenanzeige aufzugeben, könnten wir kaum mehr tun.« Motsch betrachtete Katinka neugierig. »Wie geht es Hardo?«

»Alles im grünen Bereich.«

»Schade, dass wir uns neulich nicht gesehen haben. Ein tolles Haus haben Sie da.«

Katinka bemerkte, wie Walli irritiert zwischen Motsch und ihr selbst hin und her sah.

»Ich freue mich schon auf ein richtiges Bierfest in Ihrem Innenhof«, machte Motsch weiter. »Stellen Sie sich vor, ein Sommerabend, zwischen den alten Mauern glüht die Wärme des Tages, ein kühlender Wind kommt auf …«

Katinka grinste. »Ich kann es kaum erwarten, dass es

endlich so weit ist. Sie werden selbstverständlich eingeladen, und bis dahin ist Hardos Gästezimmer fertig. Sie könnten bei ihm übernachten.«

Motsch lächelte wohlwollend. Sein Haar war sehr lockig, ungewohnt voll für sein Alter und nur an den Schläfen grau. Er war um die 50, wusste sie von Hardo, und der hatte seit Jahr und Tag nicht mehr das feinste Härchen auf dem Schädel. In Motschs Gesicht spross zudem ein gewaltiger Schnauzer, dessen Enden wippten, wenn Motsch sprach. Was er gern und ausgiebig tat.

»Das angekündigte Unwetter treibt die Leute unerbittlich auf die Straße«, klagte er. »Jeder sieht zu, dass er früher dort ankommt, wo er hinwollte, was für mehr Staus und Chaos sorgt. Als hätten wir nicht genug davon.« Motsch wandte sich Walli zu und stellte die üblichen Fragen. Ob Freunde, Verwandte, Kollegen etwas wissen konnten. Horsts Mutter vielleicht?

Walli schüttelte den Kopf. »Seine Mutter möchte ich nicht behelligen. Wir verstehen uns nicht besonders gut. Wenn sie hört, dass Horst verschwunden ist, gibt sie sowieso mir die Schuld.«

Katinka und Motsch wechselten einen Blick.

»Konflikte?«, fragte der Polizist. »Private? Berufliche? Oder andere Probleme, die Horst über den Kopf gewachsen sein könnten?«

»Nein. Dazu fällt mir nichts ein.«

»Hat er sich vielleicht anders verhalten in der letzten Zeit? War er angespannt?«

»Mir ist nichts aufgefallen. Er war wie immer«, flüsterte Walli. Sie kämpfte mit den Tränen und war offensichtlich keiner hilfreichen Antwort fähig.

»Können Sie mir die Namen eines Kollegen oder einer

Kollegin nennen? Jemanden, den wir an seinem Arbeitsplatz kontaktieren können?«

»Frau Hünlein. Sie ist die Sekretärin seiner Abteilung.«

»Na gut.« Motsch machte sich eine Notiz. Er mühte sich redlich, irgendetwas Brauchbares aus Walli herauszuholen, aber sie war einfach am Ende ihrer Kräfte.

»Ich rufe Ihnen ein Taxi«, bot Katinka schließlich an.

Motsch brachte Walli hinaus. Nach drei Minuten war er zurück.

»Horst Broicher, hm: eine eigenartige Weise, durchzubrennen, finden Sie nicht? Wissen Sie, warum ich nicht an die Affäre glaube?«

»Weil kein Mann sich für eine durchschnittliche Frau mitten in der Nacht aus den Federn quält, jedenfalls nicht im Dezember bei Schneetreiben und Eisplatten auf den Straßen, und weil Horst Broicher nicht der Typ ist, der eine überdurchschnittliche Frau abbekommen würde!« Katinka lehnte sich an den Heizkörper. Ihr war kalt. Sie spürte jetzt deutlich, dass eine Grippe im Anflug war. Wenn sie nicht bald an ein paar Vitamintabletten kam und sich ins Bett legte, würde sie die Nächste sein, die von einem Virus niedergestreckt wurde.

Motsch lachte laut. »Karamba, das ist mir ja eine schöne These.«

»Haben Sie eine bessere?«

»Meine geht in eine ähnliche Richtung.«

»Nämlich?«

»Wieso mitten in der Nacht aufstehen, wenn man doch abends ein paar Stündchen länger im Büro bleiben kann!« Motsch breitete die Arme aus, als nähme er huldvoll den Applaus eines imaginären Publikums entgegen.

»Könnten Sie sein Handy orten?«

Motsch nickte. »Frau Reichert hat glaubhaft gemacht, dass etwas nicht stimmt, und im Angesicht des nahenden Blizzards ist es sicher sinnvoll, den Mann so schnell wie möglich zu finden. Ich kriege jeden Moment die Nachricht rein, wo Broicher sich aufhält. Allerdings ist heute soviel los, dass sein Handy nicht die oberste Priorität hat.«

Katinka trommelte mit den Fingern an die Fensterscheibe. Es wurde schon wieder dämmrig. Dicke, schwere Wolken ballten sich am Himmel. Ein Schwarm Krähen stob in Formation durch das Grau. »Gibt es eigentlich viele Vermisstenfälle zurzeit?«

»Ein paar Altfälle. Nichts Neues. Wenn es nicht um den Straßenverkehr geht, scheint das Leben im Augenblick auf Sparflamme zu laufen.«

»Zu den aktuellen Fällen rechnen Sie also nur Rita Weiß und Horst Broicher?«

»Exakt. Übrigens: In Ivo Leistners Tasche haben wir zwar seinen Ausweis gefunden, aber keinen Führerschein.«

»Seltsam. Obwohl sich manche Leute einen Spaß draus machen, nie irgendwelche Papiere mitzunehmen, wenn sie mit dem Auto unterwegs sind.«

Motsch zwirbelte seinen Schnauzer. »Sie haben recht, es muss nichts heißen. Kommen Sie mit in die Kantine. Sie sehen aus, als könnten Sie einen Erbseneintopf mit Wiener vertragen.«

»Das stinkt doch.«

»Der Erbseneintopf?«

»Überlegen Sie: drei Personen aus einem Freundeskreis. Sie waren am Abend des 12. Dezember hier in Hof verabredet. Einer ist tot, zwei verschwunden.«

»Unfalltote haben wir ein paar mehr im Augenblick als üblich.«

»Wie viele?«

»Vier im ganzen Dezember. Tragisch genug.«

»Einer davon ist Ivo Leistner. Verunfallt am 12. Dezember. Herr Motsch, ich bitte Sie!«

»Ja, das stinkt. Bloß: Ich kann nicht riechen, was dahintersteckt. Schimmel, verdorbener Kohl oder korsischer Käse«, lamentierte Motsch.

In der Kantine orderte er zwei Erbsensuppen. Katinka löffelte ihren Eintopf, während Motsch von bizarren Wintereinsätzen der Verkehrspolizei erzählte, von vereisten Schienenbussen und LKWs aus Weißrussland, die auf Reifen ohne Profil unterwegs waren. »Ich könnte ein Buch schreiben. Man denkt oft sehr selbstkritisch und tadelt sich für irgendetwas, was man nicht durchdacht hat und was sich im Nachhinein als Dummheit erweist. Ich sage Ihnen, wie viel Slapstick ich da draußen bislang erlebt habe – man möchte es nicht glauben.«

Katinka traf eine Entscheidung. Sie reichte Motsch die Ausdrucke von Ritas Psychogrammen aus dem Online-Ordner und setzte ihn kurz ins Bild. Mit verdutztem Gesichtsausdruck griff Motsch nach den Papieren.

»Mamma mia!«, sagte er schließlich, als er die Zettel zurückgab. »Wie tief muss man sinken, um solche Sachen über seine Freunde zu schreiben und sie ihnen auch noch zum Lesen zu geben.«

Das Klingeln seines Handys unterbrach seinen Redefluss. Er lauschte eine ganze Weile schweigend, kniff die Augen dabei zusammen, zwirbelte seinen Schnauzer. Schließlich sagte er: »Verstehe. Verstehe. Nein. Ich würde mitfahren. Bis gleich.«

Er legte sein Handy weg. »Ich bin froh, dass Sie was im Magen haben.«

»Was ist los?«

»Sie haben Broicher gefunden. Das Handy wurde nördlich der A 72 geortet. Eine Streife war gerade in der Nähe. Broicher liegt tot in seinem Wagen.«

»Was?« In Katinkas Kopf begann es zu hämmern.

»Womöglich erschlagen. Noch unklar. Die Kripo macht sich gerade in Person von Hauptkommissarin Petronella Kallweit auf die Socken. Wollen Sie mit?«

»Keine Frage!« Katinka schob ihren Stuhl zurück.

25

Katinka saß auf dem Beifahrersitz des Streifenwagens. Motsch fuhr und führte dabei ein Dauergespräch auf seinem Handy. Ihr Schädel brummte. Der Schnee fiel so dicht, dass die Straße nur durch die rechts und links eingepflockten Messlatten auszumachen war. Es war stockdunkel. Gelb vor Neid schickte Katinka den Theissens Tausende heimtückische Viren und anderes Ungemach in die Karibik.

Der Wind fegte über die eisige Landschaft, auf 500 m über NN ungebremst durch Hügelflanken oder Bäume. Es gab nichts als den schwarzen Himmel und den Schnee. Die Ortsschilder waren kaum zu lesen. Motsch verließ sich auf das GPS. Sie fuhren Richtung Töpen, dann, in tiefer Wildnis aus Schnee und Eis, bogen sie links ab. Kurz darauf sahen sie vor sich, durch den dicht fallenden Schnee, zwei Wagen: einen Streifenwagen, dessen zuckendes Blaulicht bizarre Muster in den Schnee warf. Und einen Golf jenseits der Schneelatten, fast vollständig eingeschneit. Mit Todesverachtung zog sich Katinka die Kapuze ihres Anoraks über den Kopf und stieg aus.

Horst Broicher saß angeschnallt auf dem Fahrersitz seines Wagens. Das Auto hatte sich mit der Nase in eine Schneewehe gebohrt, gut drei, vier Meter jenseits der Straßenmarkierung. Das rot-weiße Absperrband knatterte im Wind. Zwei Uniformierte erwarteten sie. Ein Mann und eine Frau.

»Der ist zu Stein und Bein gefroren«, bemerkte die Polizistin spitz. Sie sah so aus, als stünde ihr dasselbe Schicksal in den nächsten Minuten bevor.

»Wie lange liegt er schon da?«, fragte Motsch. »Und warum ist das Fenster auf der Fahrerseite offen?«

»Wir haben nichts angerührt!«, beteuerte der Uniformierte.

Ein zweiter Wagen hielt. Ein Peugeot, aus dem eine dick vermummte Gestalt kroch, die sich eine Pelzmütze ins Gesicht drückte und gegen den Wind auf die Polizisten und Horst Broichers Auto zustapfte.

»Hauptkommissarin Kallweit, das ist Privatdetektivin Katinka Palfy«, stellte Motsch vor.

»Ach, Sie sind das!« Die Kallweit nickte kurz. »Und?«

»Keine Ahnung, wo er die Kopfverletzung herhat.« Der Polizist ließ den Strahl seiner Taschenlampe über Horst Broichers Schädel huschen. Der Lichtkegel glitt von der beinahe schwarzen Wunde über seinem linken Auge zum Lenkrad und zum Armaturenbrett. Broichers Oberschenkel und sein Bauch waren komplett zugeschneit. Die Flocken wehten stetig durch das geöffnete Fenster.

Katinka rief sich in Erinnerung, was Rita über Horst geschrieben hatte. Schluffi. Idiot. Zwei Wörter, ein Etikett.

»Ohne die KT läuft gar nichts. Kann sein, dass irgendwas im Wagen herumgeflogen ist. Eine Wasserflasche zum Beispiel«, warf die Hauptkommissarin ein. Sie stopfte ein paar rote Locken unter die Mützenkrempe.

»Möglich, ja.« Die Polizistin sah auf ihre Uhr. »Als wir ankamen, steckte der Wagen schon tief in der Schneewehe. Viel Verkehr ist hier oben sowieso nicht. Seit wann wird er vermisst?«

»Er ging heute irgendwann zwischen Mitternacht und vier Uhr aus dem Haus«, berichtete Katinka. Ihre Stimme klang heiser. Das Sprechen tat weh.

»Mit unbekanntem Ziel?«, staunte die Polizistin. »Bei dem Wetter?«

»Seine Lebensgefährtin ist um vier Uhr morgens aufgewacht und hat ihn vermisst.«

»Scheibenhonig«, bemerkte der Streifenpolizist.

Motsch und die Kallweit wechselten einen Blick.

»Okay. Das ganze Programm. Wenigstens das Auto und die Leiche müssen wir unter die Lupe nehmen«, ordnete die Hauptkommissarin schließlich an. »Alle anderen Spuren waren mal.« Sie blickte in den dunklen Himmel, als brächten die Schneeflocken auf ihrer Reise zur Erde irgendeine Erleuchtung mit.

»Ist die Zündung an?«, fragte Katinka.

Alle Gesichter wandten sich ihr zu, bis Motsch, dessen Hände in dicken Lederhandschuhen steckten, durch das offene Fenster fasste und sich zum Zündschloss vortastete. »Die Zündung ist aus. Der Schlüssel steckt.«

»Na, das ist wenigstens eine Erkenntnis«, murmelte Hauptkommissarin Kallweit.

»Mord«, nickte Katinka. Der Wind packte das Wort und schleuderte es in die Dunkelheit. »Welcher normale Mensch parkt in einer Schneewehe, stellt den Motor ab und wartet darauf, zu erfrieren?«

»Still und starr ruht der Tod!« Motsch hob hilflos die Arme.

»Nicht ausgeschlossen, dass er auf jemanden gewartet hat«, gab die Polizistin zu bedenken.

»Bei der Kälte? Nach drei Minuten ist selbst ein gut durchgewärmter PKW zur Eishöhle mutiert! Außerdem: bei geöffnetem Fenster?« Motsch schüttelte den Kopf. »Hier oben im Feld, da stellt wohl keiner seinen Wagen freiwillig ab. Der wäre zur Schneeschmelze wieder rausgekommen, früher nicht.«

»Nee«, bestätigte Kallweit. »Allenfalls zu Fuß. Wer kümmert sich um die Lebensgefährtin?«

»Bitten Sie den Notfallseelsorger«, sagte Katinka schnell. Sie wollte auf keinen Fall wieder der hysterischen Walli unter die Augen treten. Außerdem hatte sie unerträgliche Kopfschmerzen. Wie betäubt fuhr sie mit Motsch zurück nach Hof.

Er ließ sie neben ihrem Beetle aussteigen.

»Sehen Sie zu, dass Sie nach Hause kommen!«

»Mache ich.«

26

Artur Schweigau schob seine extreme Anspannung auf die Panik, die sich in seinen Eingeweiden ausbreitete. Horst hatte ihn angerufen, verdammt, am Montagnachmittag im Büro, wollte sich wahrscheinlich mal wieder auskotzen, jedenfalls hatte Artur das vermutet. Und Horst abgebügelt.

Dabei hätte er locker mit ihm sprechen können. Kunden waren gerade nicht im Büro, und Jobst war unterwegs. Er hatte Horst einfach nicht zuhören wollen.

Jetzt lagen Arturs Nerven blank. Ivo tot, Horst tot. Er ahnte, wer dahintersteckte. Es gab ja nur eine Lösung.

Der Schnee rieselte unaufhörlich auf seine Windschutzscheibe. So ein Wetter ging ihm normalerweise tierisch auf den Geist, aber heute schätzte er die Unbilden der Natur, denn das Wetter half ihm, sich zu verbergen. Niemand würde ihn bemerken. Auch die Heckscheibe war komplett zugeschneit. Ab und zu schaltete er die Scheibenwischer an und verschaffte sich ein Sichtfenster. Mehr brauchte er nicht.

Sein Blick fiel auf das Jugendstilhaus an der Ecke. Er hatte einen günstigen Aussichtspunkt. Nur wenige Fenster in dem Gebäude waren erleuchtet. Sie gaben der düsteren Straße mit ihren grellen Lampen und den braungrauen Schneematschhaufen auf den Gehsteigen etwas Heimeliges.

Er hätte sich denken können, dass der ganze Plan bescheuert und von vornherein zum Scheitern verurteilt war. Von sich selbst hätte er mehr Logik und Stringenz erwartet im Umgang mit Ivos Vorhaben. Denn es war ganz klar Ivos Strategie. Sein verletzter Stolz. Wozu brauchte Ivo schon Geld? Hatte er nicht einen Beamtenjob mit einem regelmäßigen Einkommen?

Und Horst, der saß ja an der Quelle. Verdammt, Horst!

Artur ruckte auf seinem Sitz herum. Er hatte sich ziemlich verschuldet, nicht nur mit dem Wagen, den rechnete er nur zum kleinen Luxus, aber mit der Penthousewohnung in München und ein paar anderen Kleinigkeiten, die ihm wichtig waren. Wochenenden mit der einen oder anderen tollen Frau. Susanne wusste das mit München noch gar nicht. Aber er hatte nicht vor, sein Leben in Oberfranken zu fristen. Er wollte dahin, wo was los war.

Unterm Strich hatte er sich verrechnet. Er würde die Wohnung wieder loswerden müssen. Und zwar so schnell wie möglich.

Es sei denn, er konnte sein Wissen zu Geld machen. So wie Ivo es vorgehabt hatte. Ivo, der Dilettant. Pappnase! Artur lachte freudlos auf. Rita hatte damit durchaus recht. Auch bei Horsts Einschätzung: Schluffi. Idiot. Er schnaubte. Das Attribut Kanaille, das sie für ihn ausgesucht hatte, nahm er ihr nicht mehr übel. Bald würde er regeln, was zu regeln war, und dann konnte er noch einmal neu anfangen. Er durfte sich nur nicht einschüchtern lassen. Seine Hände waren feucht, er war nervös, aber er würde es schaffen.

Natürlich hatte er immer mal wieder in den Online-Ordner geschaut. Er hatte die Texte gelesen. Sie hatten ihn amüsiert. Rita und ihre Spitzfindigkeiten. Man musste sie für die Kaltschnäuzigkeit bewundern, mit der sie durchs Leben ging. Mit Rita würde er schon einig werden.

27

Katinka konnte kaum sagen, wie sie es nach Hause geschafft hatte. Sie war den Warnmeldungen im Radio zuvorgekommen und hatte die Autobahn gemieden. War über Kronach bis Lichtenfels gekurvt, teilweise im Schritttempo über Eisplatten, teilweise hinter Schneepflügen herzockelnd, und erst dort auf die A 73 aufgefahren. Auf den letzten

Kilometern konnte endlich die Anspannung nachlassen. An ihrer Stelle kroch der Schüttelfrost über ihren ganzen Körper, obwohl die Heizung auf voller Leistung lief. Um das Klappern ihrer Zähne abzufedern, schob Katinka sich einen Kaugummi in den Mund. Sie dachte an Horst Broicher, an Walli, an Ivo. An Rita. Irgendetwas stimmte hier nicht, aber sie hatte keinerlei Anhaltspunkt. Als sie an der Basilika Vierzehnheiligen vorbeirauschte, staunte sie, wie sehr der Schneefall die Beleuchtung zu dämpfen schien. Von der riesigen Kirche sah sie kaum mehr als einen orangefarbenen Schatten an einem finsteren Hang. Ihr Kopf schmerzte, der Hals tat weh. Als ihr Handy klingelte, wollte sie nicht rangehen. Sie brauchte ihre ganze Kraft, um den Beetle auf der rechten geräumten Spur zu halten. Schließlich drückte sie doch auf den grünen Knopf.

»Palfy?«

»Simone Mathieu hier. Ich stecke in Nürnberg am Flughafen fest.«

»Haben Sie keinen Flieger mehr bekommen?«

»Das Ticket nach Paris habe ich in der Hand«, seufzte Simone, »aber für heute Abend sind alle Flüge annulliert.«

Kein Wunder, dachte Katinka.

»Ich versuche, mit dem Zug nach Bamberg zurückzufahren«, vermeldete Simone.

»Wie Sie meinen. Horst Broicher ist tot.«

»Was?«

»Ich war eben in der Nähe von Töpen bei Hof. Da steht sein Wagen im Schnee.« Katinka hustete. »Er hat eine Kopfwunde. Die Polizei hofft auf Erkenntnisse durch die Magie der Rechtsmedizin.«

Simone blieb still.

»Gute Weiterreise.« Katinka legte auf. Was, wenn Simone

die Psychotexte verfasst und in den Online-Ordner gelegt hatte?, schoss es ihr durch den Kopf. Aber wozu? Um Rita vor ihren Freunden unmöglich zu machen?

Hardo war noch nicht zu Hause, als sie ihren Beetle im Innenhof parkte und durch den Schnee zur Haustür schlurfte. Hinter seinen Fenstern war jedenfalls alles dunkel. Lon, der indische Student, schippte gerade einen Weg vom Tor zur Haustür frei.

»Macht Spaß!«, lachte er.

»Echt?« Katinka war zu müde, um sich zu unterhalten. Ein heißes Bad war alles, wonach sie sich jetzt sehnte.

»Sind Sie krank?«

»Auf alle Fälle nicht ganz fit.«

Lon beeilte sich, die Haustür für sie aufzuschließen. »Haben wir jetzt Videokontrolle?«

»Haben wir.«

»Security«, grinste Lon. »Das Licht ist leider zu dunkel. Finde ich. Get well soon!«

Sie nickte dem jungen Mann zu, musste über seinen roten Anorak, die gelbe Pudelmütze und den geringelten Schlauchschal lächeln, den er um den Hals trug wie eine hawaiianische Blumenkette.

In ihrer Wohnung stieß sie die Stiefel von ihren Füßen, drehte die Heizung hoch und ging mit Jacke und Mütze ins Bad, wo sie die Wanne einließ. Das Wasser dampfte heiß und verlockend. Rasch zog sie sich aus und sank stöhnend in den Schaum. Wahrscheinlich stand sie kurz davor, sich zu verbrühen, aber sie würde sogar in einen Topf kochendes Spaghettiwasser steigen, um endlich rundum warm zu werden. Ganz allmählich entspannten sich ihre Muskeln. In dem feuchtheißen Dampf ließen sogar die Halsschmerzen nach.

Doch ihr Kopf konnte nicht loslassen. Wenn Horst ermordet worden war, stand die Frage im Raum, ob bei Ivo nicht auch jemand nachgeholfen hatte. Motsch hatte von verdächtigen Schrammen an dessen Wagen gesprochen. Was fehlte, war ein Motiv. Ein Motiv, das, da war Katinka sich sicher, nirgendwo anders zu suchen war als beim Literatur- und Fresszirkel. Und es wäre schlau, dieses Motiv möglichst rasch einzukreisen, bevor der geheimnisvolle Mörder wieder zuschlug.

Schläfrig vom heißen Wasser, shampoonierte Katinka ihr Haar. Wo Hardo steckte? Es war fast neun, stellte sie mit einem Blick auf die Uhr fest.

Jemand klingelte bei ihr.

Das konnte nicht Hardo sein. Er besaß einen Schlüssel. Ich bin nicht da, beschloss Katinka und tauchte unter. Aber wer auch immer Einlass begehrte, er ließ nicht locker. Katinka stöhnte leise, stieg aus der Wanne, schlüpfte in ihren Bademantel und wickelte sich ein Tuch um den Kopf.

»Ich komme!« Barfuß tappte sie zur Tür.

Lon stand dort, bunt wie ein Kakadu, in Anorak und mit Mütze, sogar Handschuhe trug er, und in seinen Händen hielt er einen dampfenden Topf.

»Hühnersuppe«, sagte er fast entschuldigend, als er Katinkas Aufzug sah. »Ist sehr gesund. Weckt Tote auf.«

Katinka griff nach dem Deckel und hob ihn an. Ein betörender Geruch nach exotischen Gewürzen stieg ihr in die Nase.

»Autsch, heiß!« Sie ließ den Deckel fallen.

»Vorsichtig!«, warnte Lon. Er schob sich an ihr vorbei in die Küche, wo er den Herd anschaltete und den Topf liebevoll darauf absetzte. »Ich hoffe, es schmeckt Ihnen.«

»Danke, Lon!«, brachte Katinka heraus. Die Studenten-WG erwies sich als die beste Entscheidung ihres Lebens.

Belebt von dem heißen Bad und der indischen Hühnersuppe kroch Katinka mit der festen Absicht in ihr Bett, die Ereignisse des Tages aufzuschreiben, um auf diese Weise Ordnung in ihre Gedanken zu bringen. Sie breitete Papier, Stifte, ihr Handy und ihr Festnetztelefon neben sich aus. Bevor sie auch nur eine Notiz schreiben konnte, schlief sie ein.

Sie bemerkte Hardo nicht, der eine Stunde später den Kopf in ihre Wohnung steckte. Er klaubte das herumliegende Schreibzeug und die Telefone ein, legte ihr kurz die Hand auf die Stirn, verzog das Gesicht, deckte Katinka zu, drosselte die Heizung um ein paar Grad und fiel neben ihr in Tiefschlaf.

MITTWOCH, 19.12.

28

Die Sonne schien in Katinkas Schlafzimmer. Sie blinzelte. Sie war allein. Aber Hardo musste hier gewesen sein. Der Geruch seines Aftershaves hing noch im Raum.

»Hardo?«, rief sie halblaut. Sie stand auf. Seit Wochen, so kam es ihr vor, sah sie das erste Mal wieder so etwas wie Licht. Sie tappte in die Küche. Ein Zettel lag neben Lons Topf. Hardos Schrift.

»Danke für die Suppe. Auch als Frühstück zu empfehlen.«

Katinka musste lächeln. Sie blickte auf die Uhr. Halb neun. Offensichtlich hatte ihr die lange Pause gutgetan. Das Kopfbrummen war weg, die Halsschmerzen fühlten sich weniger dramatisch an. Sie schaltete die Kaffeemaschine an und ging ins Bad. Ihr Haar stand in alle Richtungen. Sie bürstete halbherzig durch ihren dunklen Schopf, gab aber sofort auf. Wichtig war, dass sie den Kopf frei hatte.

In der Küche wärmte sie Milch an. Es klingelte. Brachte Lon ein Frühstück? Bei dem Gedanken lachte Katinka leise auf und ging zur Tür, blickte durch den Spion. Auf dem Treppenabsatz stand Dante.

»Was machen Sie denn hier?«, fragte sie ehrlich überrascht.

»Croissants? Bagels? Muffins? Alles vorhanden.« Er schlüpfte aus seinen dicken Tretern, während er Katinka eine Bäckertüte in die Hand drückte.

»Woher wussten Sie, dass ich zu Hause bin?«, fragte sie verdutzt.

»Ihr Wagen steht im Innenhof. Völlig zugeschneit. Sieht süß aus. Wie der Unterkörper eines Schneemannes.«

»Was nichts heißt.«

»Ich habe Ihren Herrn *Kollegen*«, er betonte das Wort mit einem spöttischen Augenaufschlag, »auf der Straße getroffen. Er ist zu Fuß unterwegs in sein Büro. In Bamberg geht nichts mehr. Alle sieben Hügel sind dicht.«

»Ehrlich gesagt«, Katinka ging Dante voraus in die Küche, »ist so eine kleine Zwangspause nicht schlecht.«

»Wenn man es nicht eilig hat …«

»Setzen Sie sich. Wollen Sie das Update hören?«

»Ich bitte darum!«

»Vorausgesetzt, Sie nehmen diese alberne Mütze ab.« Sie wies auf das bunte Ohrenklappenmonstrum auf Dantes Kopf.

»Schon mal was von Corporate Identity gehört?«

»Das haben die Amerikaner erfunden.« Katinka stellte zwei Tassen Kaffee auf den Tisch.

»Hören Sie mir mit den Amerikanern auf!« Dante griff nach einer Tasse und schnupperte genießerisch. »Wiener Melange gibt es in Bamberg nur im Haus Palfy. Oder soll ich ›Palais Palfy‹ sagen?«

»Danke für das Kompliment.« Katinka setzte sich und berichtete Dante haarklein alles, was rund um den Literatur- und Fresszirkel passiert war. Sie gab dem Reporter auch die Ausdrucke mit Ritas Charakterstudien zu lesen. Er verzog das Gesicht, während er die Seiten scannte.

»Abgründe!« Er schüttelte den Kopf. »Diese Rita hat einen an der Waffel!«

»Zwei Tote«, fasste Katinka zusammen. »Wenn ich einen Kinofilm aus dem Stoff machen sollte, würde ich ihn ›Wintermörder‹ nennen.«

»Den Titel gibt es schon.« Dante stippte ein Croissant in seinen Kaffee. »Alles steht und fällt mit den Büchercracks. Umso besser, dass Simone Mathieu es gestern nicht nach Paris geschafft hat. Sie ist die Einzige, die die Bücherwürmer hautnah erlebt hat. Wir müssen uns mit ihr treffen. Den Aspekt suchen, der für diesen Fall als Ankerpunkt dient.«

»Ankerpunkt?« Katinka runzelte die Stirn.

»Irgendwas habe ich gelernt drüben in Kalifornien.«

»Nicht genug, wie mir scheint.«

»Doch. Zu viel.« Dante guckte betreten in seine Tasse.

Sie schwiegen eine Weile. Katinka, weil sie den Eindruck hatte, Dante würde gerne loslegen und erzählen, warum er nach wenigen Monaten in den USA wieder in Deutschland angelandet war, und Dante, weil er sich nicht durchringen konnte, endlich mit der ganzen Geschichte herauszurücken.

»Schießen Sie los. Was bedeutet ›Ankerpunkt‹?«

»Sie können es auch ›Motiv‹ nennen. Nein, Motiv trifft es trotzdem nicht.« Er hielt Katinka seine Tasse hin. »Könnte ich …?«

»Sicher.« Sie goss ihm Kaffee nach.

»Also. Ein Motiv wäre der Grund, warum jemand verhindern muss, dass ein anderer weiterlebt. Korrekt?«

»Korrekt.«

»Ein Ankerpunkt ist etwas Tieferes. Eine Art Kraft, die dafür sorgt, dass ein Motiv erst entsteht.«

»Zum Beispiel?«

»Wir haben es doch mit einer Gruppe zu tun, richtig?«

»Allerdings.«

»Und wir nehmen an, die Morde sind in den psychologischen Untiefen dieser Gruppe verankert.«

»Morde? Mehrzahl?«

»Okay. Ein Mord und ein Todesfall. Egal. Passen Sie auf: Es gibt eine Konstellation in dem Literaturzirkel, die für eine Art Erdbeben gesorgt hat, und dieses Erdbeben hat jemanden aufgeschreckt.«

»Wiederum eine Person aus dem Zirkel.«

»Stimmt. Haben Sie übrigens eine neue Frisur?« Dante grinste keck.

Katinka versuchte vergeblich, ihr Haar glatt zu streichen. »Nur kein Neid.«

»Niemals. Also: Wer innerhalb dieser Gruppe ist der Anker?« Er zeigte mit fragender Miene auf die Ausdrucke.

Katinka ließ sich Dantes Theorie durch den Kopf gehen. So ganz hatte sie nicht verstanden, worauf es hinauslaufen sollte, aber ihr war durchaus klar, dass die Lösung des Falles mit den Bücherfreunden in Zusammenhang stehen musste. Margots Frust kam ihr in den Sinn. Wallis und Horsts Beziehung, die vor dem Zusammenbruch gestanden hatte. Der Freibeuter Artur und sein kleines Frauchen.

»Ich habe mich schon gefragt, ob Rita einen Eklat innerhalb der Gruppe provozieren wollte.«

Dante spitzte die Lippen. »Könnte sie vorgehabt haben. Aber warum?« Sofort gab er sich selbst die Antwort. »Weil sie die Konstellation ins Wanken bringen wollte. Weil es irgendwelche festgefahrenen Dinge gab, die sie nicht mehr ertragen konnte.«

»Mag sein. Aber ihr muss doch klar gewesen sein: Wenn ihre Freunde das lesen, ist es aus und vorbei mit der Freundschaft.«

»Falls sie überhaupt Freunde sind«, gab Dante zu bedenken.

»Eben. Anscheinend sind sie keine, denn die Texte sprechen eine andere Sprache.«

»Kennen Sie den Film ›Mord im Orient-Express‹?« Dante legte den Kopf schief.

»Klar. Der Zug blieb im Schnee stecken, keiner konnte raus. Einer der Passagiere in Poirots Waggon musste der Mörder sein.«

»Das war die Schlussfolgerung. Aber sie war fehlerhaft. Nicht einer war der Mörder, sondern alle.«

Katinka nickte. »Stimmt. Sie alle hatten eine Rechnung mit dem Opfer offen.«

»Das Opfer war ein übler Gangster, der ein Kind entführte, das Lösegeld kassierte und das Kind dennoch sterben ließ. Das Motiv für den Mord: Rache.«

»In unserem Fall haben wir keine Toten, die ein Kind entführt haben. Zumindest weist nichts darauf hin. Wir haben auch keinen in Jugoslawien festsitzenden Zug!«

»Nein, unsere Gruppe ist verstreut. In alle oberfränkischen Winde! Zudem ist Jugoslawien Vergangenheit.« Dante rührte in seiner Tasse. »Das Setting ist also genau umgekehrt. Im Vergleich zu Sidney Lumets Film, meine ich.«

»Also nur *ein* Mörder? Kommen Sie, Wischnewski. Das ist keine Parallele mehr. Das ist reine Fantasie! Außerdem wissen wir gar nicht sicher, ob Ivo Leistner wirklich ermordet wurde. Vielleicht war es einfach ein Unfall.«

»Immerhin hätten wir so eine These zurechtgeschnitzt, in der der Freundeskreis kein Freundeskreis ist, sondern eine Zweckgemeinschaft. Die zusammenhält, obwohl die Leute sich nicht grün sind.«

»Die Frage ist dann jedoch, was diese Gruppe stattdessen zusammenhält, wenn es nicht um Freundschaft und Vertrauen geht.«

»Ich beschäftige mich gerade mit Verschwörungstheorien«, fuhr Dante feierlich fort. »Ich habe vor, im Selbstverlag ein kleines Büchlein herauszubringen.«

»Och, Wischnewski! Sind Sie deshalb aus den USA rausgeschmissen worden?«

»Ich bin aus freien Stücken gegangen«, erwiderte Dante würdevoll.

»Verschwörungstheorien! Mannomann! Die sind so was von out! 9/11 ist längst abgehakt.«

»Stimmt, die Terroristen sitzen inzwischen in den Regierungen und tragen Anzüge statt Bart und Turban.«

Katinka stöhnte leise auf.

»Wenn ich aus meinen Studien eine Erkenntnis gewonnen habe, dann die, dass es immer Absprachen gibt«, sinnierte Dante. »Egal wobei. Eine komplexe Handlung basiert auf Kommunikation. Absprachen werden gern geheim gehalten; sie sind dennoch das Angreifbarste.«

Missmutig setzte Katinka frischen Kaffee auf. »Ich kapiere nichts.«

»Ich forsche nicht über den 11. September. Mich interessiert vielmehr, welche Strukturen vorhanden sein müssen, damit eine Information in die Welt gesetzt werden kann und das gewünschte Massengruseln auslöst.«

»Sie forschen nach den Voraussetzungen für erfolgreiche Hinterzimmerpolitik?«

»Genau.«

Die Kaffeemaschine gluckerte.

»Dante, es ist doch so: Wenn es einen Mörder aus dem Kreis der Literaturcracks gibt, dann eben nur einen, und dieser eine trifft mit niemandem Absprachen.«

Listig blinzelnd entgegnete Dante: »Nein, das sicher nicht. Aber der Zirkel kann vorher eine Absprache getroffen haben. Zum Nachteil einer einzigen Person, die dadurch zum Mörder wurde.«

29

Dick eingemummelt machte Katinka sich auf den Weg in ihr Büro. Die Stadt schien wie verzaubert. Unter einem stahlblauen Himmel hatten die Fußgänger sichtlich ihre Freude daran, die Fahrbahnen für sich zu nutzen. Autos waren kaum unterwegs. Ein Taxi rollte langsam den Kaulberg hinunter. Katinka sah, dass Schneeketten über die Reifen gezogen waren.

Da so gut wie kein Verkehr herrschte, hatte der Schnee seine strahlende Weiße bewahrt und glitzerte mit dem Fluss um die Wette. Ein paar Eisenbereifte saßen, in Decken gekuschelt, mit dampfenden Espressotassen vor dem Café am Kranen und blinzelten in die Sonne.

In der Hasengasse wartete Simone Mathieu. Sie sah grau im Gesicht aus.

»Ich habe meinen Flug auf heute Abend umgebucht. Ob wirklich ein Flieger geht, wird sich erst später zeigen«, berichtete sie. »Frau Palfy, ich würde meinen Auftrag gern bestehen lassen, wenn Sie noch bereit sind, weiter nach Rita zu suchen.«

Sie weiß nicht, was sie will, dachte Katinka lustlos. Aber sie hat's gerade nicht leicht. Also Schwamm drüber.

Katinka weihte Simone in Dantes Gedankengänge ein. »Könnte der Literatur- und Fresszirkel in Auflösung begriffen gewesen sein? Wollte Rita die Lage irgendwie eskalieren lassen? Warum sonst sollte sie solche vernichtenden Urteile in einen allen zugänglichen Ordner legen?«

Simone zuckte bekümmert die Schultern.

»Vor allem die Männer kommen schlecht weg. Als könnte man sie samt und sonders in der Pfeife rauchen. Bis auf Günther Theissen vielleicht, dem Rita immerhin eine gewisse Basisintelligenz unterstellt«, fuhr Katinka fort.

»Sie glauben, es ist kein Zufall, dass Ivo in der Nacht, als Rita verschwand, diesen tödlichen Unfall hatte? Ich meine, vielleicht war der Unfall schon die Eskalation …«

»Es muss einen Zusammenhang geben.« Katinka hörte sich überzeugter an, als sie wirklich war.

»Was hätte Rita von so einer Form der Eskalation? Beweise dafür gibt es nicht.«

»Bisher nicht.« Beweise fand man, wenn man danach suchte. Man musste bloß zuvor eine Richtung festlegen.

»Am Ende sagen Sie mir noch, Horst wäre ermordet worden. Womöglich sogar von Rita.« Entgeistert schüttelte Simone den Kopf. »Das ist absurd. Denn selbst wenn Rita ihn für einen Schluffi und Idioten hielt, warum sollte sie sich dann die Mühe machen, ihn umzubringen?«

»Das würde ihn Ritas Maßstäben nach zumindest aufwerten.«

»Aber das kann ich mir einfach nicht vorstellen! Frau Palfy, selbst wenn Rita die Nase von ihren Freunden gestrichen voll hat, was würde es denn ausmachen, einfach auseinanderzugehen?«

»Manche Leute können keinen sauberen Schnitt machen«, gab Katinka zu bedenken.

»Rita gehört eindeutig nicht zu dieser Sorte!«

Das klang einsichtig, fand Katinka. Es passte zu dem,

was sie über Rita wusste. Doch Simone hatte mit ihrer früheren Freundin jahrzehntelang keinen Kontakt gehabt. Sie konnte sich in ihrer Einschätzung auch täuschen.

»Sie könnte ein sorgenfreies Leben führen, wissen Sie?« Simone betrachtete ihre Finger. »Sie hat es mir erst einen Tag vor ihrem Verschwinden erzählt, dass sie geerbt hat.«

»Wie – und das erfahre ich heute? Eine ganze Woche später?« Katinka wollte es nicht glauben.

»Nichts Großartiges und auch nichts Aktuelles.« Simone befand sich wieder im Selbstverteidigungsmodus. »Im vergangenen Juli ist eine alte Tante gestorben. Rita war die einzige Nichte, zu der sie einen Draht hatte. Deswegen bekam Rita ein Haus in Kiel, ein dickes Bankkonto und ein bisschen Schmuck. Das Haus hat sie vermietet, den Schmuck verkauft und das Geld angelegt.«

»Von welcher Summe sprechen wir?«

»150.000. Zusätzlich zum Haus.«

»Immerhin.«

»Aber das war doch schon im Sommer. Außerdem hat es nichts mit den ganzen momentanen Querelen zu tun!«

Hatte es vermutlich nicht.

»Sobald hundertprozentig feststeht, dass Horst ermordet wurde, schwärmt ohnehin die Kripo aus.«

»Wurde er wirklich ermordet?«

»Es sieht danach aus.« Katinka dachte an die eisglatte, verwehte Straße, von der Horst Broicher ein paar Meter abgekommen war. »Fällt Ihnen irgendwas ein? Hat Rita mal etwas über den Literatur- und Fresszirkel erzählt, das Ihnen jetzt durch den Kopf geht?«

»Ich wüsste nicht.«

»Ist jemand aus dem Zirkel ein Einzelgänger?«

»Ivo … vielleicht …« Simone sah traurig zum Fenster

hinaus. Trotz des sonnigen Wetters war es in der engen Gasse dämmrig geblieben. »Frau Palfy, ich habe diese Leute nur ein einziges Mal gesehen!«

»Margot Scheinfelder führt ins Feld, dass Ivo sich Hoffnungen gemacht hätte, bei Rita zu landen.«

»Ivo?« Simone lachte schallend. »Entschuldigung, da war wohl der Wunsch der Vater des Gedankens. Eine Art Übertragung. Rita hat bestimmt nicht die Absicht, sich einen Mann ans Bein zu binden.«

»Hatte sie wirklich nie eine Beziehung?«

»Soviel ich weiß, nicht.«

»Eine Beziehung zu einer Frau?«

»Rita ist nicht lesbisch. Sie ist unabhängig.«

»Margot nannte sie eine Egomanin.«

»Margot ist … nun ja. Eine sehr simpel gestrickte Person. Ritas Urteil trifft schon zu.«

Katinka schaltete ihren Computer an. »Sie könnten Ritas Einschätzungen also unterschreiben?«

Simone verzog die Lippen. »Warum versuchen Sie, mich in die Enge zu treiben?«

Sie ist klug, dachte Katinka. Und ich bin im Unrecht. Sie ist meine Klientin. Ich habe keinen Anlass, zu unterstellen, sie hätte diese Texte geschrieben. Auf Ritas Computer, damit es so aussieht, als sei Rita die Autorin, und dann am 11.12., als ihre Freundin noch zu Hause in der Wohnung saß und die Welt in Ordnung war. Das ergibt überhaupt keinen Sinn. Was hätte Simone davon?

»Die Ratten«, sagte sie, einen Seufzer unterdrückend. »Wer hat die Ratten auf die Fußmatten gelegt? Und warum?«

»Jedenfalls nicht Rita. Die liebt Tiere über alles. Sie könnte nie einem Tier was antun, selbst einer Ratte nicht.«

›Der Zirkel kann vorher eine Absprache getroffen haben. Zum Nachteil einer einzigen Person, die dadurch zum Mörder wurde.‹ Dantes Worte schossen in Katinkas Kopf herum wie Kugeln in einem Flipper.

»Kann jemand in der Gruppe«, formulierte sie langsam, »einen Nachteil erleiden? Der sich irgendwie aus der Konstellation der Clique ergibt?«

»Ich würde die Literaturfreunde nicht als Clique bezeichnen«, erhob Simone Einspruch. »Clique – das klingt für mich nach Spaß, nach Pferdestehlen. Aber die Runde wirkte auf mich so entsetzlich bieder …«

Biederkeit, dachte Katinka, ist ein Versteckspiel. Unter Biederkeit verbergen sich die lästerlichsten Sehnsüchte: Sex, Erotik, Träume. Wollen und nicht können. Hass auf andere, die können. Sie dachte an Horst. An sein kaltes Auto und den Schnee, der durch das offene Fenster auf seinen toten Körper wehte.

»Jemand hat mir gesagt, Horst sei gar nicht mehr gern zu den Treffen gekommen. Er wäre Walli zuliebe mitgegangen. Die Fahrerei quer durch Oberfranken hätte ihn genervt.«

Hilflos hob Simone die Arme. »Mag sein. Ivo jedenfalls hat den Abend genossen. Und dieser Günther auch. Er tanzte in Birkenstocklatschen. Das sah so bescheuert aus!«

»Wer erschien Ihnen von der ganzen Truppe eigentlich am flippigsten?«

Zweifelnd sah Simone sich in Katinkas kleinem Büro um. »Ich habe keine Ahnung. Walli? Nein, eher nicht. Rita. Ja, Rita.«

»Warum hat Rita sich aus dem Staub gemacht?«

»*Das weiß ich nicht*!«

»Hatte es mit dem Literatur- und Fresszirkel zu tun?«

»Wenn ich es doch nicht einmal ahne!«

»Hatte es mit *Ihnen* zu tun?«

»Mit *mir*?« Entgeistert starrte Simone Katinka an.

»Sie haben mir Ihre Version der Geschichte erzählt. Dass Sie enttäuscht waren von Rita. Ihrer Freundin könnte es genauso gegangen sein: Sie litt darunter, dass sich ihre Wünsche nicht erfüllten. Dass Sie anders waren als erwartet!«

»Unsinn. Rita hätte genau das wortwörtlich gesagt, anstatt sang- und klanglos abzuhauen.«

»Sicher? Wenn ich Sie bisher richtig verstanden habe, war Rita sauer, weil Sie den Leseklub nicht mochten.«

»Weil ich ihm nicht die nötige Ehrerbietung erwies«, brummte Simone.

»Rita war von Ihnen enttäuscht. Mehr als enttäuscht. Sie sieht den Leseklub als etwas Bedeutendes, das sie höchstselbst auf die Beine gestellt hat. Eine persönliche Lebensleistung.« Katinka kam in den Sinn, was Artur Schweigau gesagt hatte, als Katinka das erste Mal bei dem Ehepaar in Bayreuth reingeschneit war: ›Irgendwie ist der Literatur- und Fresszirkel am Zerbrechen.‹

»Meinen Sie?« Simone sah ehrlich erschrocken aus. »Ich wollte doch nicht … ihr Lebenswerk zerstören.«

»Das haben Sie nicht getan. Sie haben den Klub nur nicht so wertgeschätzt, wie Rita es sich erwartet hat«, mutmaßte Katinka. Sie setzte einfach einen Gedanken in die Welt. Und dieser Gedanke begann, sich bereits in Simones Hirn festzufressen und dort Schaden anzurichten.

»Dass der Zirkel zumindest literarisch eine Farce war, hat sie doch selbst gemerkt!«, protestierte Simone. »Wissen Sie«, ihre Stimme schien gedämpft, als entwiche ihr allmählich die Lebensenergie, »ich habe mich gar nicht in ihre

Situation versetzt. Ich war zu verletzt. Vielleicht kühlte sich die Stimmung zwischen uns aus diesem Grund ab.«

Und vielleicht kann die liebe Rita Weiß bei aller Resolutheit, die sie vorschützt, einfach nicht sachlich über Konflikte sprechen, grübelte Katinka. Sie sah auf die Uhr. Halb elf. Sie würde ein wenig aufs Gas treten müssen.

30

Katinka rief Motsch an, und der arrangierte ein Gespräch mit der ermittelnden Hauptkommissarin.

»Kallweit?«, meldete diese sich nach dem ersten Klingeln.

»Katinka Palfy.«

»Geht's Ihnen besser?«

»Wie meinen?«

»Sie sahen gestern aus wie dreimal durch den Fleischwolf gedreht.«

»In Winterklamotten sehe ich immer so aus.«

»Also: Was gibt's?«

Katinka berichtete von den Ratten.

»Das ist vollkommen abgedreht«, bemerkte Petronella Kallweit.

»Aber es steht im Kontext des Falles. Ist Horst Broicher ermordet worden?«

»Ist er. Er wurde mit einem Schlag auf den Kopf bewusstlos geschlagen. Tatwaffe war vermutlich ein vierkantiges Werkzeug. Den Rest hat die Natur erledigt. Außerdem wurde Rita Weiß' PKW in Prag gefunden. Ich habe gerade das Fax von den Kollegen dort gekriegt.«

»Sie ist in Prag?«

»Das wissen wir noch nicht. Ihr Auto befindet sich immerhin dort. Im Zuge der Suche nach ihr haben wir die Meldung an die Tschechische Republik weitergeleitet. Eine Streife hat den Wagen heute Morgen in einer Seitenstraße im Prager Stadtteil Kleinseite stehen sehen. Keine Spur von der Besitzerin.«

»Ist sie weitergeflogen? Mit der Bahn gefahren?«

»Kommt darauf an, wann sie in Prag angekommen ist. Der Prager Flughafen war gestern geschlossen. Erst allmählich kommt der Verkehr wieder in Gang. Schnee.«

»Und jetzt?«

»Der Wagen steht noch da. Kein Parkverbot, im Gegenteil, sie kann dort überwintern.«

»Hotels?«

»Wir arbeiten dran. Wegen des Wetters hat die Polizei europaweit alle Hände voll zu tun, und für die üblichen Kommunikationswege brauchen wir ungleich länger als sonst.«

»Rita Weiß hat im Sommer geerbt: 150.000 plus ein Haus.« Rasch fasste Katinka zusammen, was sie wusste.

Die Kallweit pfiff leise durch die Zähne.

»Ich würde Ihnen gern ein paar Seiten Text zufaxen.« Katinka erzählte, wie sie an die Dokumente aus dem Online-Ordner des Literatur- und Fresszirkels gekommen war.

»Immer her damit!« Die Kommissarin klang, als könne sie nie genug bekommen.

»Wegen der Ratten …«

»Wird einkalkuliert. Schönen Tag.« Sie legte auf.

Überrascht betrachtete Katinka das Telefon. Wenn der Literatur- und Fresszirkel eine Absprache zum Nachteil eines Mitglieds getroffen hatte, wie Dante vermutete, musste es dafür einen Grund geben. Und wenn der Grund schlichtes Mobbing war. Simone wollte zwar nichts dergleichen bemerkt haben. Aber es gab oft gut verborgene, selbst für Eingeweihte schwer zu erkennende Stolperdrähte.

Katinka rief Walli an, kam jedoch nicht weit. Der Arzt hatte ihr ein Beruhigungsmittel verabreicht und sie damit weitgehend ausgeknockt. Eine Nachbarin saß bei ihr in der Wohnung und sah nach dem Rechten. Verärgert blickte Katinka auf einen Stapel ungeöffneter Post vor sich auf dem Tisch. Bei Margot Scheinfelder hatte sie auch kein Glück. Die Frau war an ihrem Arbeitsplatz, konnte oder wollte nicht offen sprechen. Blieben die Schweigaus.

Mechanisch begann Katinka, die Briefumschläge aufzuschlitzen. Handwerkerrechnungen. Versicherungsangebote. Gustl Reimers Rechnung für die Videosecurity. Eine Karte von ihrer Freundin Britta, die auf den Malediven schnorchelte. Seufzend legte Katinka sie auf den Posteingangsstapel.

Warum musste Horst Broicher sterben? Wer hatte den verschnarchten Sparkassenangestellten nachts aus dem Bett gelockt und auf die Hochstraße bestellt, um ihn dort von der Fahrbahn abzudrängen? Katinka rief sich in Erinnerung, wie die Straße verlief. Vermutlich war Horst der Wagen seines Widersachers auf der durch die Schneewände links und rechts viel zu engen Straße mit hohem Tempo entgegengekommen. Vor Schreck, und weil Ausweichen ohnehin aussichtslos war, hatte Horst das Steuer verrissen, war ein paar Meter über den Straßenrand hinausgeschleudert worden und in der Schneewehe gelandet. Weich, das schon, wenngleich mit einem gehörigen Schreck in den Knochen. Der Mörder war auf ihn zugekommen, Horst hatte das Fenster heruntergelassen. Warum: Weil er die Person kannte?

Der Mörder hatte seine Waffe auf Horsts Schädel niedersausen lassen und war seiner Wege gezogen. Allerdings nicht, ohne die Zündung auszuschalten. Warum eigentlich? Weil der Rechtsmediziner sowieso schnell draufkommen würde, dass Horst ein Mordopfer war und nicht einfach nur einen Unfall hatte? Oder hatte Horst nach dem Aufsetzer in der Schneewehe reflexartig den Zündschlüssel gedreht? Und war das wichtig? Warum hatte der Mörder nicht den Zündschlüssel mitgenommen, um ganz sicher zu gehen, dass Horst, sollte er noch leben, keinesfalls mehr seinen Wagen in bewohntes Gebiet steuern konnte?

Katinka wendete Brittas Karte. Ein tiefroter Sonnenuntergang über dem Meer. Eines der meistverschickten Motive rund um den Globus, dachte sie. Weil alle Menschen sich genau nach dieser Idylle sehnen? Nach einem Farbenspiel auf tropischem Gewässer?

Die Polizei würde Horsts Handydaten checken, und, wenn der Anrufer nicht sehr clever war, herausfinden, mit wem er als Letztes gesprochen hatte. Sie würden seine Arbeitsstelle auseinandernehmen. Horst hatte mit Kreditvergabe zu tun. Ein explosives Thema. Wahrscheinlich gab es eine Handvoll verärgerter Antragsteller, die auf Horst sauer waren. Aber ob deswegen jemand losging und Horst ermordete …

Und wenn Rita die Mörderin war? Obwohl – welches Motiv sollte sie haben, einen Kumpel aus dem Literatur- und Fresszirkel um die Ecke zu bringen? Immerhin gab es einen, der eventuell aussteigen wollte, erinnerte Katinka sich. Hatte Horst den Zirkel gehasst? Gab es einen anderen aus dem Club, der Horst zum Schweigen bringen musste?

Katinka schüttelte langsam den Kopf. Überall auf der Welt zerbrachen Freundeskreise. Weil die Menschen nicht mehr zueinanderpassten. Genauso wie bei Simone und Rita, fand Katinka, und womöglich genauso wie bei Britta und ihr selbst. Seit Britta vor Jahren zum Fernsehen nach München gegangen war, hatte Katinka kaum mehr mit ihr zu tun gehabt. Sie besetzten nun beide andere Lebenswelten. Teilten nicht mehr viel Gemeinsames. Katinka nahm diese Tatsache ohne großes Bedauern hin. Sie freute sich über Brittas Lebenszeichen und schickte mitunter selbst eins. Die alte Freundschaft war nicht mehr so wichtig. Dinge veränderten sich. Menschen erst recht.

Katinka machte sich daran, ihre Rechnungen online zu bezahlen. Anschließend rief sie den Elektriker an und bestellte zwei besonders helle Lampen für den Innenhof. Die Firma sagte zu, am Nachmittag jemanden vorbeizuschicken.

Eine knappe Stunde später räumte Katinka die Detektei auf. Sie leerte den Inhalt ihres Papierkorbs in die blaue Tonne im Hinterhof und entrümpelte den Kühlschrank im Nebenraum, der außer schimmligem Joghurt und zwei verschrumpelten Äpfeln nichts mehr enthielt. Sie zog den Stecker aus der Dose und lauschte auf das letzte Röcheln des Kühlschranks.

Das Fax piepte.

Ein Papier von Kommissarin Kallweit. Ivo Leistners Kreditkarte war belastet worden. Und zwar von einer Autovermietung in Prag. ›Wir müssen uns unterhalten‹, stand handschriftlich unter der getippten Kurzinfo.

Katinka nahm den Telefonhörer und rief in dem Altenheim an, in dem Susanne Schweigau arbeitete.

»Die ist krankgeschrieben. Grippe«, lautete die Auskunft.

Katinka ließ das Fax, wo es war, und verließ die Detektei.

31

Nicht, dass sie eine weitere Fahrt über die Autobahn so prickelnd gefunden hätte. Der Verkehr war merklich ausgedünnt, als Katinka am Kreuz Bamberg Nord auf die A 70 auffuhr. Wahrscheinlich hatten die Mayday-Meldungen der Medien dafür gesorgt, dass die Mehrheit der motorisierten Bürger zu Hause blieb.

Wider Erwarten genoss Katinka die Fahrt. Die Sonne brachte die Dörfer und Hügel zum Strahlen. Und je höher sie kam, desto dichter und unversehrter schien die Schneedecke auf den Bergen und Wäldern. Wenn das Land nicht so dicht besiedelt wäre, könnte man denken, man wäre in Kanada, dachte sie lächelnd. Sie suchte einen Musiksender, fand aber keinen und blieb wieder bei Los del Rio hängen, der einzigen CD, die sie im Auto hatte. Aber ihr war nicht nach poppigen Discomelodien. Sie passten nicht zur Eleganz der Winterlandschaft.

In Bayreuth parkte sie ihren Wagen auf der nordöstlichen Seite des Stadtfriedhofes. Sie ging an ein paar Gräbern vorbei, auf denen dicke Schneemützen die grabgestalterischen Bemühungen tilgten. Franz Liszts Grabmal stand im glitzernden Schnee, so unwirklich wie ein Märchenschloss, das über Nacht auf den Friedhof gezaubert worden war. ›Ich weiß, dass mein Erlöser lebt‹, stand in großen Lettern über dem Portal. Eine Frau in Pelzmantel und Pelzkappe befestigte einen Blumenstrauß am Gitter, um den sie ein Band in den ungarischen Nationalfarben gewunden hatte. Sie sah auf, als Katinka näherkam.

»So was Dummes, oder?«, fragte sie.

»Was denn?«

»In der Fremde zu sterben!«

»Sie meinen den Meister?«

Die Frau lachte: »Wen sonst!«

»Bayreuth war nichts Fremdes für ihn«, gab Katinka zu bedenken. »Seine Tochter lebte hier.«

»Waren Sie schon mal in Budapest?«

»Klar. Ich stamme aus Wien.«

»Na also! Was ist Bayreuth gegen Budapest.« Sie wandte sich dem Grabmal zu und faltete die Hände. Katinka sah, wie ihre Lippen sich lautlos bewegten. Sie machte, dass sie wegkam.

Als sie bei den Schweigaus klingelte, tat sich lange nichts. Endlich fiepte ein schwächliches Stimmchen aus der Gegensprechanlage.

»Hallo?«

»Frau Schweigau? Ich bin's, Katinka Palfy.«

»Ich kann heute nicht mit Ihnen sprechen. Ich bin krank.«

»Horst Broicher ist ermordet worden.« Wenn sie jetzt in Ohnmacht fällt, sehe ich alt aus, dachte Katinka.

Der Summer ging.

Susanne Schweigau wartete an der Wohnungstür. Ihre Augen waren gerötet, das blonde Haar hing ihr fettig ins Gesicht. Sie hatte einen dicken Schal um ihren Hals gewickelt und trug einen Schlafanzug und Wollsocken. Demonstrativ hustete und schniefte sie. Die lebende Bakterienkultur.

»Ich würde Sie nicht stören, wenn es nicht wirklich wichtig wäre.«

»Wer hat ihn …«

»Das ist noch unklar. Demnächst bekommen Sie Besuch von der Kripo. Die klappern sein gesamtes Umfeld ab. Kein Stein bleibt auf dem anderen.«

Susanne trat beiseite, um Katinka einzulassen. Sie blickte völlig verstört drein. Das typische Mäuschen, das bei den Männern Beschützerinstinkte auslöste.

»Ist Ihr Mann da?«

»Nein. Er arbeitet.«

»Was macht er eigentlich?«

»Er ist freiberuflicher Designer.«

»Hm. Wo waren Sie vorletzte Nacht?«

»Nacht?« Susanne führte Katinka in die Küche. »Im Bett, schätze ich.«

Die Antwort klang zu schnippisch für Susannes derzeitigen Gemütszustand. Jedenfalls für den, den sie vorspielte.

»Ihr schauspielerisches Talent in Ehren, aber Sie sollten Tacheles reden. Die Mordkommission fasst niemanden mit Samthandschuhen an.«

Susanne sank auf einen Stuhl. »Möchten Sie was trinken?«

Katinka schüttelte den Kopf. »Was ist mit dem Literatur- und Fresszirkel los? Spucken Sie es endlich aus. Horst und Ihr Mann wollen doch eigentlich gar nicht mehr mitmachen. Sie beide und Walli und Horst, Sie unternehmen doch auch so mal was. Außerhalb der Buchdebatten.«

»Na ja, wir …« Susanne leckte sich über die aufgesprungenen Lippen.

»War der Bücherklub in Auflösung? Reden Sie!«

»Auflösung nicht. Wir … es ist nun einmal so … dass unterschiedliche Interessen da sind.«

»Welche?«

»Rita und Walli und Margot … ja und Ivo … also die wollen unbedingt lesen und über Literatur reden. Die Männer sind eher für die Kocherei. Wenn man sich schon trifft und davor ein Buch lesen muss, möchten sie wenigstens zusätzlich eine anständige Mahlzeit.«

»Sie wollen mir doch nicht einreden, dass alle vorher ein Buch lesen!«

»Nein, die meisten machen es nicht. Nicht mehr. Rita, Walli, Irmi und ich ... und Ivo ... also wir kümmern uns darum. Wir schlagen abwechselnd Lektüre vor. Wollen Sie meine Bücher sehen?«

Katinka schüttelte unwirsch den Kopf.

»Checken Sie öfter mal die Dateien in diesem Online-Ordner?«

Susanne nickte. »Ja. Warum?«

»Ist Ihnen da in letzter Zeit nichts aufgefallen?«

»Nein!« Susanne machte ein zorniges Gesicht. »Ich habe das Netbook laufen, wollen Sie schauen?« Sie verschwand und kam kurz darauf mit einem Netbook zurück.

Katinka sah sofort das kleine Icon am unteren Bildschirmrand. Sie klickte darauf. Der Ordner baute sich auf. Kein Text von Rita. Katinka sortierte die Dateien nach Name und nach Datum, aber sie fand ihn nicht.

»Haben Sie den Text gelöscht?«

»Was denn für einen Text?« Susanne putzte sich umständlich die Nase.

Sie weiß es wirklich nicht, dachte Katinka verblüfft. Oder der liebe Artur hat die Datei gelöscht, um Frauchen nicht aufzuregen.

»Wer hat intrigiert? Und gegen wen?«, fragte sie.

»Intrigiert?« Verständnislos blinzelnd sah Susanne Katinka an. »Ich verstehe nicht, was Sie meinen.«

»Sie – die Frauen und Ivo – gegen den Rest des Zirkels. Gegen die anderen Männer. Die eigentlich keine Lust mehr auf den Zirkel haben. Warum müssen die Männer unbedingt mit? Warum lassen Sie Ihren Artur nicht einfach daheim und gehen ohne ihn zu den Treffen? Und weshalb hat Walli nicht dasselbe gemacht?«

Susanne hob hilflos die Hände. Katinka bemerkte, wie alt und abgearbeitet sie aussahen. Susanne war um einiges jünger als sie. Schrubbte man sich als Ergotherapeutin die Hautschichten von den Fingern?

»Ich bin nie auf die Idee gekommen. Und Artur würde das nicht wollen. Er findet, wir sollten zusammen gehen.«

»Finden Sie das auch?«

Susanne zögerte.

»In Ordnung, ich habe verstanden.« Katinka beugte sich vor. »Wo verlaufen die Fronten?«

»Walli … also, die ist stinkig auf Horst und er auf sie.«

»Aha?«

»Weil Walli nichts verdient. Und Horst sie aushält. Das hasst er. Sie verabscheut es genauso.«

»Hätte Walli also ein Motiv?«

»Horst umzubringen? Sie liebt ihn! Hat ihn geliebt.«

Katinka dachte an den missgelaunten Horst, der nicht fernsehen konnte, weil Wallis Staffelei die Mattscheibe verdeckte. »Sie haben eher eine romantische Vorstellung von Liebe, wie?«

»Wenn man sich füreinander entscheidet«, bestätigte Susanne würdevoll, »sollte man dabei bleiben.«

»Einverstanden. Aber warum haben die beiden dann nicht geheiratet?«

»Sie konnten sich bisher nicht dazu durchringen.«

»Durchringen?«

Susanne sah Katinka Verständnis heischend an. Als wolle sie für die Unentschlossenheit ihrer Freunde Verantwortung übernehmen.

»Die beiden waren am Auseinandergehen. Drifteten voneinander weg. Wie das eben so ist«, schlug Katinka leise vor.

Susanne nickte.

»Zwei Lebenswelten«, machte Katinka weiter. »Eine, in der Geld alles ist, und eine, in der Geld als unanständig gilt. Außer man ist so berühmt, dass man Millionen macht. In dem Fall darf man wieder darüber sprechen.«

»Horst verstand Wallis Ambitionen nicht. Er fand, sie sollte sich wieder eine Lehrerinnenstelle suchen. Irgendwas Handfestes. Walli hingegen wollte ihre Kreativität entdecken. Neue Wege gehen.«

Katinka biss sich auf die Lippen. »Hatte Horst eine Lebensversicherung? Zu Wallis Gunsten?«

»Der hatte garantiert 1.000 Versicherungen«, stöhnte Susanne. Sie stand auf und stellte Wasser zum Kochen hin.

»Von wem sind die Ratten? Und wieso lagen die bei Ihnen und bei Walli und Horst? Aber nicht bei Margot Scheinfelder?«

»Ich habe keine Ahnung. Das war so eklig. Ein halb verwestes Vieh. Ich hätte heulen können. Artur hat sie weggetan.«

Kindchen, werde erwachsen, dachte Katinka.

32

Susanne Schweigau hielt sich für Sekunden den schweren Kopf. Zum Glück hatte die Detektivin endlich von ihr abgelassen. Alle Knochen taten ihr weh. Ihr war kalt. Erschöpft von der vergangenen Nacht und den Dingen, die sie gesehen hatte, schleppte sie sich ins Schlafzimmer. Die Jalousien waren heruntergelassen und sperrten die Wintersonne aus. Arturs dicke Fleecejacke lag auf dem Bett. Sie griff danach und kuschelte sich hinein.

Es gab so viel, was sie über Artur nicht wusste. Es ging ihr nicht um die Affären – mit denen rechnete sie. So gut kannte sie ihn. Als sie ihn heiratete, hatte sie sich stillschweigend damit einverstanden erklärt. Sie wollte nur in ruhigere Bahnen kommen. Artur war ihr Ehemann. Er vermittelte ihr Sicherheit. Wenn er nebenraus andere Sachen trieb, mit Frauen heiße Wochenenden in Wellnesshotels verbrachte und was sonst noch alles, konnte sie damit leben. Sie nahm sich auch ihre kleinen Freiheiten. Schließlich hatte sie ihre eigene Methode, mit der Welt ins Reine zu kommen. Doch was sie in der vergangenen Nacht erlebt hatte, schlug dem Fass den Boden aus. Sie kam damit nicht zurecht.

Etwas musste geschehen.

Artur mochte untreu sein, arrogant und herrisch. Aber brutal war er noch nie gewesen, jedenfalls nicht ihr gegenüber.

Dass er andere nicht mit Samthandschuhen anfasste, war Susanne klar. Jobst, Arturs Kollege, hatte sich bei ihr schon mehrmals über die cholerischen Anfälle seines Geschäftspartners beschwert. Dabei befürchtete Jobst vor allem, Artur könnte Kunden verschrecken und Vertragsabschlüsse wegen seines ungezügelten Temperaments platzen lassen. Aber was Artur letzte Nacht getan hatte …

Susanne versuchte, den Reißverschluss der Jacke zu schließen. Hustend mühte sie sich mit dem Verschluss ab. Irgendwas klemmte. Wenn sie selbst nicht so unschlüssig gewesen wäre, dann hätte sie ihn womöglich aufgehalten und sie beide hätten noch etwas ändern können an den Tatsachen. Als Ehepaar eben, das die Dinge gemeinsam durchstand. Die Verantwortung übernahm. Einer für den anderen, ohne Wenn und Aber.

Das war Susannes Lebenseinstellung. Doch jetzt musste sie innerhalb von weniger als 24 Stunden umdenken. Denn Artur hatte die Vertragsgrundlage ihrer Ehe zerstört. Nicht mit seinen Affären. Sondern mit …

Susanne schlang die Arme um den Oberkörper. Etwas Weiches befand sich in der Innentasche der Fleecejacke und drückte gegen ihre Brust. Sie tastete darüber. Elektrisiert fuhr ihre Hand in die Innentasche. Sie riss ein Kuvert heraus. Es war dick, richtig aufgebläht, und außen drauf prangte das Emblem der Sparkasse Hof.

33

Kommissarin Kallweits Nummer wählend, betrat Katinka den Supermarkt gegenüber ihrem Parkplatz.

»Ach, die Privatdetektivin.«

»Danke für Ihr Fax.«

»Amüsant, nicht?«

»Was?«

»Die Sache mit Ivo Leistners Kreditkarte. Ein Mann hat bei Sixt in Prag mit Ivos Mastercard einen Wagen gemietet und dazu auch Leistners Führerschein vorgelegt. Die Mietwagenfirma sagt, der Mann hätte schlecht Englisch gesprochen. Aber er muss Leistner auf dem Foto wohl ähnlich sehen und auch die Unterschrift geschickt gefälscht haben. Jedenfalls ist dem Angestellten keine Diskrepanz aufgefallen.«

»Ganz schön unverfroren!«

»Wir haben das amtliche Kennzeichen des Mietwagens. In Deutschland, Tschechien, Polen, der Slowakei und Österreich passen die entsprechenden Stellen gut auf.«

»Wann wurde die Kreditkarte belastet?«

»Heute Morgen. Wenn Ihnen bei Gelegenheit was Produktives dazu einfällt, melden Sie sich! Übrigens: Diese eigenartige Textsammlung, soll die ein Fake sein?«

»Keine Ahnung.«

»Hm. Na gut. Man sieht sich.« Die Kallweit legte auf.

Katinka lud Obst, Gemüse, Pasta und Käse in ihren Einkaufswagen. Während sie vor der Tiefkühltruhe stand und die steinharten Fleischstücke betrachtete, rief sie Dante an.

»Schön, von Ihnen zu hören«, scherzte der.

»Wenn Sie sich mit zwei toten Ratten ausrüsten wollten – wo würden Sie die herkriegen?«

»Nichts leichter als das. Die meisten Städte im Bezirk Oberfranken haben wegen der Rattenplage an einschlägigen Stellen Fallen aufgestellt. Die Presse hat sogar darüber berichtet, weil die Bevölkerung schwer in Sorge war, ob sich Hunde und Katzen auch mit den Ködern vergiften könnten.«

»Und dann tigert man zu so einer Falle und fischt eine tote Ratte raus?« Katinka schauderte. Eine Angestellte, die das Milchregal auffüllte, sah pikiert zu Katinka herüber.

»Ich kann das gerne für Sie überprüfen.«

»Wischnewski, was treiben Sie eigentlich den ganzen Tag?« Katinka nahm zwei Entenbrustfilets, legte sie in ihren Wagen und ging Richtung Kasse.

»Ich sammle Praxiserfahrung, um mich bei einer Privatdetektei als Juniorpartner zu bewerben.«

Das wäre gar keine schlechte Idee, ging es Katinka durch den Kopf. Sie legte ihre Sachen aufs Band. »Bis später!«

Als sie in der frühen Dämmerung in den Innenhof ihres Anwesens rangierte, standen Mark, Giulio und Lon im Kreis und glotzten auf etwas Dunkles im Schnee.

»Frau Palfy, hallo, endlich!«, rief Lon aufgeregt. »Wir haben Schädlinge.«

Katinka lud die Kiste mit ihren Einkäufen aus. »Ach ja?«

Lon nahm ihr die Sachen ab. »Das kann gefährlich werden. Die Tiere übertragen Krankheiten.«

»Das stimmt. Aber in dem Fall kann ich Sie beruhigen.« Katinka schloss den Beetle ab und gesellte sich zu den jungen Männern. »Ich habe die Ratte bestellt.«

»*Bestellt*?« Die Drei sahen sie entgeistert an.

»Ja. Eine Art … Ortstermin.« Katinka fragte sich, ob ihre Mieter gut genug Deutsch sprachen, um zu verstehen, was sie meinte. Das schien nicht der Fall, denn sie beäugten Katinka mit offenen Mündern.

»Haben Sie einen Mann gesehen, so einen mit einer komischen Mütze?« Katinka fuhrwerkte mit den Händen über ihrem Kopf herum, um Dantes übliche Winterbekleidung zu schildern.

»Nein. Wir sind gerade erst wieder heimgekommen«, erwiderte Mark. Er sah ein wenig blass um die Nase aus.

»Ist das Ihre erste Ratte?«, fragte Katinka mitfühlend.

»Ich habe noch nie eine gesehen. Also, ich meine, keine tote.«

Lon trug Katinkas Kiste zum Haus. »Ich habe haufenweise von den Biestern gesehen. Ich kann auf sie verzichten, wisst ihr.«

Katinka ging ihm nach. »Keine Sorge«, rief sie über die Schulter zurück. »Die Ratte ist sozusagen Statistin in einem Stand-up-Theater.« Sie holte Lon ein. »Danke noch mal für Ihre wunderbare Suppe. Die hat mich wieder aufgerichtet.«

»Nicht wahr? Meine Mutter machte uns diese Suppe, als wir Kinder waren. Wer krank war, bekam Hühnersuppe.«

Katinka nahm ihm die Einkäufe ab. »Keine Angst wegen der Ratte.«

In der Wohnung angekommen, streifte sie die Stiefel ab und verstaute sämtliche Sachen im Kühlschrank. Sie kuschelte sich aufs Sofa und zappte durch die Radioprogramme. Ihr stand der Sinn nach guter Musik, aber nichts von dem, was aktuell gesendet wurde, gefiel ihr. Später rief sie bei Dante an.

»Habe ich den Eignungstest bestanden?«, fragte er begierig.

»Saubere Arbeit. Jetzt sagen Sie mir noch, was Sie damit bezwecken würden, an zwei verschiedenen Orten in zwei verschiedenen Städten Rattenkadaver zu hinterlegen.«

»Unruhe säen, Angst auslösen, Nervosität schüren, Panik hervorrufen … ich würde die Ratte wie eine Art Fußnote sehen.«

»Fußnote?«

»Ein Stück Text, den nur Eingeweihte lesen können. Nach dem Motto: ›Da war doch was‹.«

»Und was war da?« Katinka schaltete die Kaffeemaschine an.

»Das herauszufinden wäre spannend. Es muss mit dem

internen Gefüge der Gruppe zu tun haben. Irgendein unterschwelliges Ding hält die Clique zusammen.«

»Ein Geheimnis?«

»Ein Geheimnis, ein Rätsel, eine Information, ein Subtext.«

Katinka verdrehte die Augen.

»Etwas soll nicht ausgeplaudert werden«, schlug Dante vor.

»Wobei Ivo und Horst geplaudert und damit die Wut einer dritten Person heraufbeschworen haben?«

»Vielleicht hat Rita ebenfalls geplaudert und deshalb ins Gras gebissen, aber niemand hat sie gefunden.«

»Ihr Wagen wurde in Prag sichergestellt.« Sie weihte Dante ein.

»Schön und gut, den kann auch ihr Mörder dort abgestellt haben.«

»Es gibt keine Leiche.«

»Warten Sie, bis der Schnee schmilzt«, gab Dante zu bedenken.

Katinkas Handy klingelte.

»Einen Augenblick, Wischnewski.«

»Ganz Ihr ergebener Diener.«

»Palfy?«, flötete Katinka in ihr Handy.

»Hier ist Susanne Schweigau«, tönte eine heisere Stimme an ihr Ohr. »Artur ist weg.«

»Wie – weg!«

Es folgte eine Serie von Geräuschen, die irgendwo zwischen Husten, Schniefen und Schluchzen lagen.

»Ich habe bei ihm im Büro angerufen. Wollte ihn bitten, später auf dem Heimweg in der Apotheke Medikamente für mich zu besorgen. Da hat mir sein Kollege gesagt, er wäre heute Morgen gar nicht gekommen.«

»Sie meinen, er ist heute früh aus dem Haus gegangen, aber nicht im Büro eingetroffen?«

»Ja«, keuchte Susanne Schweigau erstickt.

»Und er hatte nicht zufällig vor, heute frei zu machen oder auf einen Betriebsausflug zu fahren oder so?«

»Natürlich nicht!«

»Frau Schweigau, hat Ihr Mann eine Geliebte?«

»Eine Geliebte? Das ist doch völliger Blödsinn! Ich habe Angst. Was, wenn ihm auch was passiert ist?«

»Haben Sie ein Auto?«

»Ja, warum?«

»Packen Sie sich warm ein und fahren Sie die Strecke ab, die er normalerweise in sein Büro fährt. Schauen Sie, ob Ihnen irgendwas auffällt«, schlug Katinka vor.

»Das Designbüro liegt mitten in der Bayreuther Innenstadt. Das sind von hier keine zehn Minuten.«

»Er fährt mit dem Wagen?«

»Im Winter ja. Im Sommer nimmt er das Rad.«

Katinka schossen 1.000 Gedanken durch den Kopf. Sie dachte an Mord im Orientexpress, wo keiner der Verdächtigen abhauen konnte, weil der Zug eingeschneit war. Wie praktisch. In der Realität wuselten die Beteiligten über Hochstraßen, überquerten Landesgrenzen und glitten lautlos durch die Maschen eines modernen Lebens.

»Gibt es Freunde, die Sie anrufen können, um herauszufinden, ob die Ihren Mann gesehen haben?«

»Wir haben nicht so viele Freunde …« Susanne stockte. »Ja, und bei Walli will ich nicht anrufen. Nicht in der Situation, in der sie jetzt steckt.«

»Sind Sie gut mit Walli befreundet?«

»Wir verstehen uns gut, ja.«

Katinka wusste lediglich eines: Sie wollte dieses Gespräch

beenden und das Chaos in ihrem Kopf sortieren. Irgendwo musste sie anfangen. Aus welchem Grund würde der karrierebewusste Artur Schweigau einen Tag blaumachen?

»Ich rufe Sie zurück, Frau Schweigau. Unternehmen Sie vorerst nichts.« Eilig legte Katinka auf und wandte sich wieder dem Festnetztelefon zu.

»Ich bin sehr geduldig«, bemerkte Dante.

»Wischnewski, kommen Sie zu mir in die Detektei! Sofort!«

»Vorher sollte ich Sie über meine Honorarforderungen in Kenntnis setzen.«

»Natürlich bezahle ich Sie!« Wollen mal sehen, wie er sich als hauptberuflicher Detektiv macht, dachte Katinka. »Als meinen persönlichen Assistenten.«

»Ich fliege.«

Katinka rief Petronella Kallweit an.

»Nein, von Rita Weiß haben wir weiterhin keine Spur«, antwortete die Kommissarin auf Katinkas Nachfrage. »Sie hat in Prag in keinem Hotel, in keiner Pension übernachtet. Bleibt die Möglichkeit, dass sie privat irgendwo untergekommen ist. Sie hat auch keinen Flug vom Prager Flughafen gebucht und keine Kreditkarte benutzt.«

»Ivo Leistners Karte wurde aber eingesetzt. In Prag. Toller Zufall.«

»Ivo ist ein Männername!«, murrte die Kallweit. »Und die Mietwagenfirma sagt, ein Mann hätte den PKW angemietet.«

»Haben Sie Erkenntnisse zum Mord an Horst Broicher? Die mit seinem Arbeitsplatz verbunden sind?«

»Wir sind dran. War das alles?«

»Der Lese- und Fresszirkel dezimiert sich. Artur Schweigau hat heute Morgen das Haus verlassen, ist jedoch nicht im Büro angekommen«, referierte Katinka. Sie konnte hören, wie die Kallweit irgendwelche Papiere sortierte.

»Er hat eine Affäre«, schlug die Kommissarin vor.

»Ich frage mich, ob das realistisch ist. Immerhin habe ich das bei Horst Broicher zuerst auch für die nächstliegende Lösung gehalten.«

»Fehlt Ihnen die nötige Menschenkenntnis?«, kam es spöttisch zurück. »Broicher und Schweigau! Unterschiedlicher geht's nicht. Ein Blick genügt in der Regel, und man hat die wichtigsten Informationen beisammen.«

Diese Einstellung zeugte von Pragmatismus. Keine komplizierten psychologischen Studien – der Mensch gab im Augenblick des ersten Zusammentreffens seine intimen Prägungen preis.

»Er ist ein Womanizer«, sagte Katinka.

»Jede Wette, dass er mit Walli Reichert ein Verhältnis hat.«

»Mit Walli?«

»Warum denn nicht?«

Katinka schwirrte der Kopf. »Na, mag sein. Danke. Ich …«

»Nun seien Sie nicht so festgelegt«, lachte die Kallweit. »So ist das Leben. Paare sind miteinander befreundet und tauschen ab und zu die Partner. Haben wir alle schon gemacht.«

Ich nicht, dachte Katinka. Um Himmels willen, ich werde allmählich genauso konservativ wie Hardo. Schnell sagte sie: »Sie nehmen Arturs Verschwinden aber sehr gelassen! Immerhin gehört er zum selben Personenkreis wie Ivo!«

»Keineswegs. Ich stecke bis über beide Ohren in der Arbeit an dem Fall! Danke, dass Sie mir Bescheid gegeben haben.«

»Ja, tschüss.« Verdattert lauschte Katinka dem Klicken in der Leitung, als die Kommissarin auflegte.

Dante meldete sich auf dem Handy.

»Bei allen seidenweichen Marshmallows, wo stecken Sie? Ich friere mir hier vor Ihrem Kabuff den Arsch ab.«

Das durfte nicht wahr sein. Dante hatte die ganze Zeit in der Innenstadt gelauert. Was mit ihm los war, wollte Katinka allzu gern herausfinden. Petronella Kallweits Idee von der Analyse auf den ersten Blick schien ihr plötzlich äußerst attraktiv. Dante: ein genialer Kopf und talentierter Wortkünstler, der nirgendwo eine seinen Fähigkeiten angemessene Anstellung fand.

»Bin im Anmarsch. Habe noch ein wenig ermittelt. Bis gleich.«

Katinka ging in die Diele und musterte die Monitore, die Gustl installiert hatte. Die Bildschirme versprühten den Charme einer öffentlichen Parkgarage. Im Augenblick war dort gar nichts zu sehen. Schneehaufen in einem dunklen, kopfsteingepflasterten Innenhof. Die Stelle, wo die Ratte gelegen hatte, war allein deshalb auszumachen, weil die Studenten den Schnee außenrum zertrampelt hatten. Der Kadaver selber war vermutlich unter Marks, Lons und Giulios Ägide in die Mülltonne gewandert.

34

»Handeln oder quatschen: Was ist besser?«, fragte Dante.

»Handeln. Aber zu reden befördert zuweilen eine bessere Übersicht über die Sachlage! Danke übrigens für die Ratte.«

»Die Ratte?«

»Die Sie mir in den Hof gelegt haben.«

»Ich habe Ihnen eine Ratte …?« Dante starrte Katinka mit offenem Mund an. Sie saßen einander an Katinkas Schreibtisch in ihrem Büro in der Hasengasse gegenüber. »Sie machen Witze.«

»Nein. Da lag eine Ratte. Meine Mieter hatten richtig Schiss.«

»Ich habe keine Ratte dort abgelegt.« Dante hob die Finger zum Schwur. »Großes Indianerehrenwort.«

»Sie haben doch gesagt … Fuck!« Es war ein Missverständnis! Dantes Frage, ob er den Eignungstest bestanden hatte, war gar nicht auf die Ratte bezogen gewesen! Sondern auf die Information, wie er an eine Ratte kommen *würde*.

Katinka schlug sich mit der flachen Hand an die Stirn. »Ich Rindvieh!«

»Ganz so schlimm ist es nicht«, witzelte Dante.

»Wozu habe ich die ganze Hightech? Ich bin so dermaßen sicher gewesen, dass Sie mir demonstrieren wollten, wie flott jedermann an eine tote Ratte kommen kann …«

Dante schaute verwirrt drein, ohne einen Ton zu sagen.

»Egal. Kommen Sie!«, kommandierte Katinka.

Eine Viertelstunde später spulte Katinka die Aufnahmen der Hofkameras zurück. Es dauerte nicht lange, bis sie den passenden Ausschnitt gefunden hatte.

»Donnerlittchen«, bemerkte Dante. »Ein Kerl!«

Auf dem Bildschirm sah man einen Mann mit einer dicken Pelzkappe und einem Anorak, der sich mit einer Plastiktüte in den Innenhof begab, den Inhalt der Tüte auskippte und ohne sich umzusehen wieder durch das Tor auf die Straße trat.

»Hier. Um 16.01 Uhr!« Katinka wies auf die digitale Zeitanzeige auf dem Monitor.

»Sie müssen sich ein abschließbares Tor anschaffen«, bemerkte Dante. »Zu dem einzig und allein die Bewohner einen Schlüssel bekommen.«

Katinka nickte abgelenkt. Exakt, ein abschließbares Tor wäre eine nützliche Investition. Schätzungsweise nützlicher als die Kameras. Im Augenblick machte Gustl Reimers Ausstattung nichtsdestoweniger einen Superjob.

»Kennen Sie den Mann?« Katinka ließ die Aufnahme wieder laufen.

»Breite Schultern. Dunkler Anorak. Keine Marke erkennbar.«

»Riesige Füße. Und er trägt Boots.«

»Sehen aus wie Gummistiefel. Warum sind Ihnen die Abdrücke im Schnee nicht aufgefallen, als Sie heimkamen?«, fragte Dante.

»Meine Jungs kommen und gehen. Da ist nicht mehr viel mit Einzelspuren!«

»Ihre Jungs, aha!«

»Keine Anzüglichkeiten«, schnappte Katinka.

»Sie bringen mich überhaupt erst auf die Idee!« Dante grinste frech. »Im Ernst: Wer sollte das sein? Dieser Artur Schweigau?«

»Die Größe könnte passen, aber er kam mir nicht so massig vor.«

»Das liegt an den Wintersachen. Darin sehen alle wie Tonnen aus.«

Katinka knetete ihre Unterlippe. »Steuern Sie was bei zu diesem Fall, Wischnewski! Immerhin wollen Sie sich als mein persönlicher Assistent profilieren.«

»Logischerweise liegt die Lösung des Rätsels in den Verwerfungen der Leseclique verborgen«, begann Dante. »Sollen wir hier im Korridor herumstehen?«

Katinka grinste. »Gehen wir raus und essen irgendwo eine Kleinigkeit.« Sie dachte an die Einkäufe im Kühlschrank. Jetzt zu kochen, kam ihr überhaupt nicht zupass. Sie brauchte jedes Fitzelchen Energie, das Körper und Geist hergaben, um sämtliche Stränge des Falles aufzudröseln. Hardo war auch noch nicht zu Hause. Die Dunkelheit draußen drückte aufs Gemüt.

Während sie durch den frisch gefallenen Schnee stapften, erläuterte Dante seine Sicht der Dinge: »Wir müssen den Subtext finden. Das ist beim Schreiben die Kunst, wissen Sie? X mitzuteilen, während Y gesagt wird.«

»Verstecktes? Unterschwelliges? Unbewusstes?«

»Zum Beispiel. Allgemeiner gesagt ist der Subtext die eigentliche Mitteilung. In Zeiten von Zensur entwickeln Menschen die Fähigkeit, auf einer simplen Postkarte Banalitäten zu formulieren. Der Empfänger kann aber herauslesen, was wirklich gemeint war.«

»Trifft das auch auf Ritas Urteile über ihre Freunde zu?«

»Im Prinzip ja. Damit haben wir uns in Kalifornien beschäftigt.«

»Warum …«

Dante hob die Hand. »Keine privaten Fragen. Der Subtext des Leseklubs klingt für mich so: Man mag einander nicht mehr. Eigentlich würde man gern auseinandergehen, denn die Interessen haben sich verschoben, und die Idee des Literatur- und Fresszirkels zieht nicht mehr. Aber man kann nicht. Ist es denn so unlogisch, dass Rita mit ihren Charakterstudien ihre Lesekumpane dermaßen verärgern wollte, dass die sich von ihr zurückziehen?«

»Es ist eine völlige durchgeknallte Art, reinen Tisch zu machen«, wandte Katinka ein.

Sie überquerten den Unteren Kaulberg und kamen einem Renault in die Quere, der den Berg herabschoss wie eine außer Kontrolle geratene Billardkugel. Als der Fahrer Katinka und Dante sah, trat er auf die Bremse, geriet auf der glatten Straße ins Rutschen und schlitterte in Schlangenlinien durch den engen Durchlass zwischen Kirche und Studentenwohnheim. In letzter Sekunde sprang Dante auf den Gehsteig zurück, während Katinka mit einem Sprint auf die andere Straßenseite der Kollision auswich.

»Mein lieber Herr Gesangsverein, manche können schlicht nicht fahren«, keuchte Dante, als er wieder neben Katinka ging. »Ich habe richtig Wackelpeter in den Knien. Ob der Knabe je von winterlichen Straßenverhältnissen gehört hat?«

»Warum können sie nicht?«, fragte Katinka benommen. Der Schreck saß ihr in den Gliedern. Mit jedem einzelnen Schritt durch den Schnee wollte sie sich bestätigen, dass ihre Knochen in Ordnung waren, und dass sie der Kühlerhaube des Wahnsinnigen um Haaresbreite entkommen war.

»Nicht fahren?«, quietschte Dante.

»Nein. Warum können sich manche Freundeskreise nicht trennen? Was hält sie davon ab?«

»Das müssen wir herausfinden.« Dante drückte seine Ohrenklappenmütze fester auf seinen Kopf. »In allen Äußerungen der Beteiligten müssen wir den Subtext suchen.«

»An den Wortlaut kann ich mich kaum erinnern«, seufzte Katinka.

»Eben. Sie filtern aus dem Gesagten Bedeutung und merken sich diese. Ob die Information, die Sie als Bedeutung extrahiert haben, auch wirklich die eigentliche Bedeutung ist, das wäre die Frage.« Sie überquerten die Obere Rathausbrücke. An den Glühweinständen tummelten sich die Weihnachtsneurotiker. »Wie wäre es mit einem Gläschen Punsch? Um unsere geschäftliche, sozusagen offizielle Zusammenarbeit zu besiegeln?«

Katinka zuckte die Schultern. Der Schock von eben saß ihr im Nacken. Ein wenig Alkohol zum Entspannen kam ihr gerade recht. Sie besorgten sich zwei Gläser Punsch und spazierten ein paar Schritte Richtung Lange Straße, um in dem immer dichter werdenden Rummel nicht unterzugehen.

Die abendliche Dunkelheit lastete schwer auf der Bamberger Altstadt. Die Weihnachtsbeleuchtung kämpfte tapfer dagegen an. Das Kloster Michaelsberg jenseits der Regnitz hüllte sich in Finsternis. Nur das große der Stadt zugewandte Kreuz leuchtete flackernd auf. Wenn Katinka sich konzentrierte, hörte sie das *Swasch* von Autoreifen im Schneematsch. Die Motorisierten trauten sich allmählich wieder auf die Straße.

Jemand hatte Katinka diese Ratte vor die Tür gelegt. Kurz darauf war der Renault auf sie zugeschossen. Absichtlich? Um sie und Dante aufs Korn zu nehmen? War das nicht zu weit hergeholt? Schließlich kam der Wagen zufällig genau in dem Moment den Kaulberg heruntergerast, als Dante und sie die Straße überquerten. Sie nippte am Glühwein. Eigentlich mochte sie das süße Zeug nicht, aber es wärmte den ganzen Körper, bis in die Finger und Zehen.

Bei Walli und Horst hatte eine tote Ratte auf dem Fußabtreter gelegen. Horst war tot. Mord. Eindeutig. Voraussichtlich würde Kommissarin Kallweit keine Hinweise in Horsts beruflichem Umfeld finden. Ihrem Subtext gemäß schien sie nicht damit zu rechnen. Bei den Schweigaus hatte ebenfalls eine Ratte gelegen. Nun war Artur verschwunden. Und Rita und Ivo? Hatten sie womöglich auch einen toten Nager vorgefunden? Simone hatte davon nichts gesagt. Hatte jemand Rita umgebracht, ihre Leiche versteckt und ihren Wagen nach Prag gefahren? Wer war mit Ivos Kreditkarte bei der Prager Autovermietung gewesen, und wohin wollte der Mann sich absetzen?

Artur konnte es nicht gewesen sein. Zum fraglichen Zeitpunkt hatte er seine Rolle in Bayreuth gespielt: ›Schatz, holst du uns ein Mineralwasser aus dem Keller?‹

Es sei denn, Susanne deckte ihren Mann! Diese neue Möglichkeit elektrisierte Katinka. Das sähe ihr ähnlich. Sie tat, was Artur von ihr verlangte. Dazu würde sogar ihr verheulter Anruf von vorhin passen. Wenn also Artur viel früher als von Susanne behauptet, noch in tiefer Nacht, nach Prag aufgebrochen war, um dort auf Ivos Kreditkarte einen Wagen anzumieten? Von Bayreuth aus wäre er selbst bei Winterwetter in drei Stunden in der Goldenen Stadt. Aber worin sollte der tiefere Sinn des Ganzen liegen? Und wie hätte Artur an Ivos Kreditkarte und Führerschein kommen sollen? Zudem sah er völlig anders aus! Dennoch – ganz unmöglich war es nicht!

Sie weihte Dante in ihre Gedankengänge ein. Stumm schwenkte er seinen Punschbecher.

»Unwahrscheinlich ist es nicht, dass verdeckte erotische Spielereien in dem Zirkel für Unruhe sorgen. Drei Paare, wenn man die Theissens einrechnet, ansonsten Singles. Bringt man sich aber wegen derartiger Tändeleien gegenseitig um die Ecke?«, fragte Katinka.

»Wir sollten uns mit der Chronologie der Ereignisse befassen. Zuerst macht Rita den Sittich, außerdem, in derselben Nacht, Ivo. Wiederum in derselben Nacht warten

Walli, Horst, Susanne und Artur genau auf diese beiden. Sie telefonieren Rita hinterher, nicht Ivo. Angeblich, weil Ivo ohnehin nicht vorhatte, zu dem Treffen zu kommen. Warum eigentlich nicht? War er nicht sogar ein besonders eifriger Teilnehmer?«

Er hat ein brillantes Gedächtnis, dachte Katinka, ehe sie antwortete: »War er. Laut Susanne jedenfalls. Aber Ivo ist tot. Er kann die Ratten nicht abgelegt haben, er kann Horst nicht umgebracht haben.«

»*Horst* kann *Ivo* umgebracht haben.«

»Wieso sollte er, Wischnewski? Was ist das Motiv? Außerdem war er mit Walli, Susanne und Artur zusammen. Sie haben gemeinsam auf Rita gewartet und er hat sogar bei der Polizei angerufen, als Rita nicht kam. Allenfalls könnten die drei anderen ihn decken, aber so ein erfundenes Alibi, für das mehrere Leute dichthalten müssen, ist schwer aufrecht zu halten. Aus reiner Freundschaft setzt sich niemand diesem Stress aus.«

»Horst hat ein Verhältnis mit Rita. Supergeheim. Ivo kommt dahinter. So was sorgt für Stunk. Unter Männern, meine ich.« Dante wollte seine These noch nicht aufgeben.

»Das ist Stoff für den Boulevard. Dafür gibt es keine Anhaltspunkte! Und wieso sollten die Schweigaus und vor allem Walli ihn ausgerechnet wegen einer Affäre decken?«

»Der ganze Klub könnte es wissen, ohne darüber zu reden. Oder Horst hat ihnen einen anderen Grund genannt, warum er ein falsches Alibi von ihnen brauchte.« Dante seufzte. »Na gut, ich sehe ein, das passt alles nicht zusammen.«

»Wir sollten uns also für den unausgesprochenen Subtext

interessieren«, murmelte Katinka abwesend. »Aber das ist wie eine Gleichung, die nur aus Unbekannten besteht.«

»Ist Ihnen mal aufgefallen, dass Ritas Charakterstudien im Online-Ordner seltsam sortiert sind? Sie beurteilt erst die Frauen, dann die Männer. Bei drei Männern macht sie sich nicht mal die Mühe, einen Satz hinzuschreiben. Stichwörter sind das, mehr nicht.«

Katinka stellte ihren Becher auf einem schneebedeckten Fahrradsattel ab.

»Wir brauchen mehr Fakten. Subtext hin oder her, die Ratte in meinem Hof wurde von einem Mann abgelegt. Soviel steht fest.«

»Wer hat die Kreditkarte von Ivo Leistner verwendet? Er selbst ja nicht. Wie kommt man an eine Kreditkarte?«

»Man klaut sie«, schlug Katinka vor.

»Dazu braucht man eine Gelegenheit.« Dante schnappte sich die leeren Becher und ging, um sie abzugeben. »Sollen wir jetzt was essen gehen?«, fragte er, als er zurückkam. Es schneite wieder heftiger. Die Flocken stoben um die Straßenbeleuchtung. Die Leute an den Glühweinständen lachten und lärmten. Fußgänger hasteten mit vollen Einkaufstaschen vorbei. Radfahrer rollten im Schneckentempo durch den Schnee.

Katinka hob den Kopf. »Klar!«, sagte sie.

Artur Schweigau tauchte auch am späten Abend nicht bei seiner Frau auf. Die Bayreuther Polizei wurde eingeschaltet. Es gab eine Telefonkonferenz zwischen den verschiedenen polizeilichen Abteilungen in Hof und Bayreuth, die mittlerweile involviert waren. Freundlicherweise informierte Kommissarin Kallweit Katinka im Anschluss daran über die Sachlage. Es schien nicht wirklich etwas Neues zu geben. Wie auch, dachte Katinka. Da fehlt nicht nur ein Scharnier, da fehlen viele.

Sie trug nun das Holster mit ihrer Waffe unter der Winterjacke. Außerdem suchte sie die Adresse eines Schlossers heraus, den sie gleich am nächsten Morgen anrufen und wegen eines neuen Tores beauftragen wollte. Sie wartete auf Hardo, der spät kam, sah auf ihren Bildschirmen seine massige Silhouette aus verschiedenen Blickwinkeln auf das Haus zugehen. Er wirkte genauso plump und tonnenartig wie der Kerl, der die Ratte gebracht hatte. Soviel zum Thema Video-Security. Sie fühlte sich mies. Sie war nicht der Typ für diese Art des Voyeurismus. In ihrem Zuhause wollte sie niemanden beobachten. Übel genug, wenn es beruflich nicht zu vermeiden war. Dabei fiel ihr ein, dass der Elektriker nicht gekommen war. Sie rief die Firma an und hinterließ ein paar böse formulierte Sätze auf dem Anrufbeantworter.

DONNERSTAG, 20.12.

35

Der Tag begann sonnig, doch um elf schluckten dicke, graue Wolken den letzten Fetzen blauen Himmel. Es fing wieder an zu schneien. Katinka saß in der Hasengasse, checkte E-Mails und hätte heulen können vor Müdigkeit. Winterdepression – der Fluch der Nordeuropäer. Auf dem Weg ins Büro war sie über Eisplatten und durch Matschpfützen geschlittert. Der Winterdienst kam längst nicht mehr nach mit dem Räumen. Die Anwohner waren mit Streuen und Schneeschippen überfordert. Jeder Schritt barg Gefahren. Radio Bamberg vermeldete, die Notaufnahme im Klinikum sei wegen zahlloser Knochenbrüche überfüllt.

Katinka rief bei den Schweigaus zu Hause an. Niemand hob ab. Sie konzentrierte sich auf ihre Post, druckte ein paar interessante Anfragen aus und legte sie auf einen Stapel. Untreue. Betrügereien. Kleinkram.

Wieder wählte Katinka die Nummer der Schweigaus. Nichts.

Einer Eingebung folgend suchte sie die Nummer des Designbüros, in dem Artur Schweigau arbeitete. Ein Jobst Junkers meldete sich.

»Grüß Gott, Firma Jürgen Schwarz hier«, schwindelte Katinka. »Ich müsste unbedingt Herrn Schweigau sprechen.«

»Eine Sekunde«, antwortete Junkers freundlich. Es klickte in der Leitung, und Artur meldete sich. »Schweigau?«

»Sie leben!«

Er war völlig überrumpelt. Katinka konnte hören, wie er ins Telefon atmete.

»Was wollen Sie?«

»Ihre Frau war vollkommen verzweifelt, weil Sie gestern nicht zur Arbeit gekommen sind.«

»Hat sie Sie angerufen?«, keuchte Artur.

»Na, sie hat sich ziemliche Sorgen gemacht.«

»Susanne ist von einer Grippe total angeschlagen. Sie hat einfach nicht mehr dran gedacht, dass ich unterwegs war. Ein Kundenbesuch in München.«

»War sicher nicht schön, bei diesem Wetter die ganze Strecke zu fahren.«

»Die Autobahnen sind in Ordnung«, erwiderte Artur. »Ich habe gute Reifen. Ich fahre einen ausgezeichneten Wagen. Man muss eben ein bisschen was ausgeben, wenn …«

»Tja, dann«, unterbrach Katinka seinen Redeschwall.

»Ja, danke, dass Sie sich bemüht haben!« Artur Schweigau legte eiligst auf.

Idiot, dachte Katinka. Sie glaubte ihm keine Silbe. Stattdessen brütete sie über der Frage, wer die Ratte abgelegt hatte. Warum bei ihr? Weil jemandem nicht gefiel, dass sie ermittelte? Und was hatte es mit Arturs plötzlichem Verschwinden und anschließendem wundersamen Auftauchen auf sich? Wie sie es drehte und wendete, sie kam einfach nicht weiter. Womöglich kreisten ihre Gedanken zwanghaft um den Klub der Lesefreaks, wobei es in Wirklichkeit um etwas ganz anderes ging? Aber wie sollte sie das herausfinden? Ärgerlich musste Katinka zugeben, dass sie festhing; gleichzeitig wollte sie aber nicht von ihrer Intuition ablassen, dass die Beziehungen innerhalb des Literatur- und Fresszirkels Dreh- und Angelpunkt der beiden Todesfälle und von Ritas Verschwinden waren. Sie meldete sich bei Walli.

»Haben Sie Zeit?«, schniefte Walli, nachdem das Begrüßungsgeplänkel abgeschlossen war. »Könnten wir uns treffen? Ich muss raus. Ich werde verrückt, so allein in der Wohnung.«

Katinka sah auf die Uhr. »Sollen wir uns um 14 Uhr in Bamberg auf einen Kaffee treffen?«

»Warum nicht?«

»Kennen Sie das Café Tandem an der Markusbrücke?«

»Ja. Ich komme dorthin. Bis später.«

Anschließend rief Katinka den Elektriker an und wurde mit Ausflüchten abgespeist. Weihnachten schien als Erklärung für jede Art von Ausrede herzuhalten.

Sie versuchte es bei Susanne. Wählte schließlich die Nummer des Altenheimes, wo diese arbeitete.

»Ja klar, Susanne ist heute wieder im Dienst!«, zwitscherte eine weibliche Stimme und reichte den Hörer weiter.

»Schweigau?«

»Geht's Ihnen besser?«

»Ach – Frau Palfy!« Susanne räusperte sich. »Ja, es geht mir besser.«

»Schön, dass Ihr Mann wieder aufgetaucht ist.«

»Ja, ich … Na ja … ich habe … ich habe mir anscheinend unnötige Sorgen gemacht. Mit meinen Kopfschmerzen und so … Artur war bei einem Kunden, wissen Sie.«

Katinka blieb die Spucke weg. Erst machte das Frauchen die Welt rebellisch, weil ihr Göttergatte durchgebrannt war, und dann hielt sie es nicht einmal für nötig, Bescheid zu geben, wenn er wieder am heimischen Herd einlief.

»Damit ich das auch mal erfahre, musste ich ihn selbst anrufen!«

»Es tut mir leid. Ich hätte Sie wirklich informieren sollen«, druckste Susanne herum.

Wütend beendete Katinka das Gespräch. Artur Schweigau war ein Schwerenöter. Katinka war sicher, er hatte etwas mit einer anderen Frau. Die Geschichte mit München war erlogen. Trotzdem würde sein Kollege Junkers ihn decken. Sollte Katinka Auskunft über die Kunden verlangen, die er besucht hatte, hieße es zu Recht, das ginge sie nichts an.

Ich pfeife drauf, dachte Katinka. Die Schweigaus haben Eheprobleme. Soll ständig vorkommen. Kein Alarmzeichen, wenngleich in ihrem Dunstkreis zwei Männer umgekommen sind und Rattenkadaver auf Schuhabstreifer und in meinen Innenhof gelegt worden waren. Sie schrieb eine SMS an Kommissarin Kallweit, um sie mit der freudigen Nachricht zu beglücken, dass Artur Schweigau noch nicht unter den Mordopfern gelandet war.

Um 14 Uhr betrat sie das Café Tandem. Obwohl die Markusbrücke nicht allzu weit vom Zentrum entfernt lag, war es hier deutlich ruhiger als in der Innenstadt zwischen Weihnachtsbuden und Geschäften. Sogar die Weihnachtsdeko hielt sich in Grenzen. Walli kam zwei Minuten nach Katinka hereingesegelt. Ihren mageren Körper hatte sie in einen wallenden Rock gesteckt, über dem sie eine Tunika trug und darüber noch einen Mantel: ein wandelnder Stoffballen.

»Danke, dass Sie Zeit haben.« Walli schlüpfte aus ihrem Mantel und warf ihn über einen Stuhl. Unter seinem Gewicht kippte der Stuhl mit viel Getöse um. »Scheiße!« Walli traten Tränen in die Augen. Der Kellner kam gleich angelaufen.

»Nicht so schlimm, machen Sie sich keine Sorgen!«, sagte er lächelnd zu Walli, während er den Stuhl wieder aufrichtete.

Sie setzte sich kleinlaut an den Tisch. »Ich fange schon zu heulen an, wenn irgendein fremder Mensch nett zu mir ist«, flüsterte sie und presste ein Taschentuch auf ihre Augen. »Ich muss Ihnen wahrscheinlich nicht erklären, wie grässlich ich mich fühle. Mit Horst und mir stand es nicht zum Besten. Sobald ich finanziell wieder ein Polster gehabt hätte, hätte ich mich von ihm getrennt. Ihm wäre es recht gewesen.«

»Haben Sie beide darüber gesprochen?«

»Zwischen den Zeilen!« Walli stopfte das Taschentuch in die Tiefen der Stoffbahnen, die sie umgaben. Das strähnige Haar hatte sie zu einem Pferdeschwanz zusammengezurrt. »Wir sind zu lange zusammen und zu verschieden. Ich war furchtbar in Horst verliebt. Ich mochte seine Lebendigkeit, die Art, wie er mit Leuten umgehen konnte. Mit den Jahren hat er sich immer mehr verändert.«

»Wie lange waren sie zusammen?«

»12 Jahre. Er hat sich verändert. Die Arbeit machte ihn kaputt. Dieser Materialismus. Eigentlich war das nicht seine Welt.«

Es ist nicht *deine* Welt, dachte Katinka. Aber seine wohl. Irgendwie projizierst du deine eigene negative Weltsicht in Horst hinein.

»Die Kommissarin sagt, er wäre umgebracht worden. Ich verstehe das nicht. Wer sollte so was tun?«

»Haben Sie eine Vorstellung von dem, was er bei der Bank genau gemacht hat?«

»Na, Kredite zugesagt oder verweigert. Sie vermitteln Angebote, wie Kunden per Kredit Immobilien erwerben können. Allerdings gab es viele Hauskäufer, die sich damit bis über beide Ohren verschuldeten und am Rand des Abgrunds standen. Das ging Horst an die Nieren. Früher hat er öfter mit mir darüber gesprochen. Dass er unter der Knute seines Chefs steht und es ihm schwerfällt, einer Frau einen Kredit zu verweigern, die ihre Konditorei nach dem Tod ihres Mannes aufrechterhalten und zusätzlich die Bankschulden abzahlen muss. Später, so seit vier, fünf Jahren, hat er innerlich aufgegeben. Irgendwie war er geknickt. Ich konnte ihm nicht helfen. Das tut mir jetzt so leid.« Walli nahm ihren Mantel auf den Schoß und kramte nach einem frischen Taschentuch. »Eigentlich wollte er abends nur noch essen und fernsehen.«

Wie Millionen andere deutsche Männer, die nichts mit sich anzufangen wissen, steuerte Katinka in Gedanken bei. Fantasielose Kreaturen, zu keiner Kommunikation fähig, nicht imstande, neue Interessen zu entwickeln. Typen, die sich von ihrem Job überwältigen lassen. Wenn sie Glück haben, sind sie mit einer Frau verheiratet, die ihnen immer wieder in den Hintern tritt.

Sie bestellten beide Latte macchiato. Zwei Frauen betraten angeregt plaudernd das Café und suchten sich einen Platz am Fenster. Zwei Männer folgten ihnen. Zwei Paare. Touristen in Bamberg. Auf Entdeckungstour durch das Weltkulturerbe. Die Herren halfen den Damen aus den Mänteln. Es wurde gelacht und geschäkert. Die Vier schienen ein eingespieltes Team zu sein.

»Haben Sie jemanden, mit dem Sie über alles reden können?«, fragte Katinka.

»Ich bin sogar zur Pfarrerin!« Walli schüttelte den Kopf, als könne sie es selbst kaum glauben. »Ich bin zwar katholisch, aber mit einem Mann wollte ich nicht sprechen. Also habe ich im evangelischen Pfarramt angerufen.«

»Ich dachte, Sie hätten einen ganz guten Draht zu Susanne Schweigau.«

»Mehr oder weniger. Sie kann gut zuhören, die Susanne.«

Katinkas Blick wurde wie magisch von der Clique angezogen. Sie und Hardo hatten so etwas nicht. So einen Freundeskreis. Nicht einmal einen ganz kleinen. Waren sie für sich, bedeutete es Privatleben. Wenn sie mit anderen unterwegs waren, bedeutete es Job.

»Susanne ist ein unberechenbarer Charakter. Manchmal kommt man prima mit ihr aus, manchmal ist sie empfindlich und kompliziert. Wissen Sie, ich dachte, ich tue Horst einen Gefallen, wenn ich ihn zu den Treffen mitschleppe. Außer dem Fresszirkel hatte er keine Freunde. Nur Artur, Ivo, Günther. Wobei … Günther ist ein Spinner. Bei dem weiß man nie, ob das, was er sagt, wirklich so gemeint ist. Ich mag ihn trotzdem.« Walli nagte an ihrer Unterlippe. »Bloß Susanne … die ist ein schwieriger Fall. Ehrlich gesagt verstehe ich nicht, wie sie Artur dazu gekriegt hat, sie zu heiraten. Vielleicht hat sie eine Schwangerschaft vorgetäuscht.«

Katinka lachte laut auf.

»Doch, echt! Artur hatte an jedem Finger drei Frauen, die alles für ihn getan hätten, damit er sie zum Traualtar schleppt. Ausgerechnet Susanne, das Mauerblümchen, hat das Rennen gemacht. Da fragt man sich logischerweise, wie das vor sich ging.« Walli schüttelte den Kopf. »Wussten Sie, dass Susanne an Waschzwang leidet? Sie kann nichts anfassen, ohne sich hundertmal die Hände zu waschen. Die absolute Keimphobikerin.«

»Wie verträgt sich das mit ihrer Arbeit im Altenheim?«

»Sie zieht Handschuhe an. Ihren Arbeitgebern und ihren Senioren scheint das nichts auszumachen. Haben Sie sich mal ihre Hände angeschaut? Vollkommen wundgeschrubbt. Artur hat Horst im Vertrauen erzählt, dass er sie zu einem Psychiater geschleppt hat. Sie nahm eine Zeit lang Tabletten, ging zu einem Psycho-Gesprächskreis. Über Nacht brach sie alles ab.« Der Kaffee kam. Walli umschlang ihr Glas mit ihren dünnen, blassen Fingern.

»Hat Susanne mit Ihnen darüber gesprochen?«

»Mit mir nicht. Aber mit Margot ist sie ganz dicke.«

»Ach, tatsächlich?«

»Susanne muss unglaublich frustriert sein!« Walli starrte auf ihre Finger, als könnte sie nicht glauben, dass sie zu ihr gehörten. »Bastelt Weihnachtsschmuck mit sabbernden Alten. Intellektuell hat sie viel mehr auf dem Kasten!«

»Und Sie? Sind Sie auch frustriert?«

Ein Anflug von Ärger huschte über Wallis Gesicht.

»Logisch, dass Sie mich das fragen. Klar. Ich bin frustriert. Ich bin Lehrerin geworden, weil ich Kunst machen, aber gleichzeitig ein gesichertes Einkommen haben wollte. Na, und ziemlich schnell habe ich festgestellt, dass ich mit kichernden Teenies nicht kann und nicht mit Halbstarken, die pro Minute einmal die Wand hochgehen. Jetzt sitze ich in der Tinte. Ich kriege ab und zu einen Auftrag. Aquarelle für Leute mit scheußlichen Wohnzimmern, die von Kunst nichts verstehen. Ich mache das wegen des Geldes, doch künstlerisch bringt es mich nicht weiter.« Sie nippte an ihrem Kaffee. Auf ihren Lippen blieb Milchschaum kleben. »Ich habe von Horst gelebt. Er hat die Miete gezahlt, er hat das Auto gezahlt, er hat sich um alles gekümmert.«

»Hat er für Sie vorgesorgt?«, unterbrach Katinka. »Eine Lebensversicherung vielleicht?«

»Hat mich die Polizei auch gefragt. Er hatte eine Lebensversicherung. Zugunsten seiner Mutter. Horst hatte immer panische Angst, dass seine Mutter pflegebedürftig wird und das Geld nicht reicht, um sie in einem vernünftigen Altenheim unterzubringen.«

»Für Sie bleibt nichts übrig? Nach 12 Jahren?«

Walli zuckte die Achseln. Sie schien sich bereits damit abgefunden zu haben, in Horsts Lebensplanung nach Job und Mutter nur die dritte Geige gespielt zu haben.

»Wenn wir verheiratet wären, würde ich über den Pflichtteil an sein Geld kommen. Er hat Einiges gespart. Und er war ein ziemlicher Geizhals. Wenn wir Urlaub gemacht haben, dann in der billigsten Pension, die man noch ohne Schutzkleidung betreten wollte.« Die Resignation legte sich auf Wallis Stimme und machte sie noch spröder. »Man kennt das: Viele Männer leben für ihre Mütter, nicht für ihre Freundinnen. Rita kann ein Lied davon singen.«

»Rita?« Hellhörig geworden beugte Katinka sich vor.

»Sie hatte vor Jahren eine Beziehung. Aber der Typ war eigentlich mit seiner Mutter verheiratet. Rita hat sich das nicht bieten lassen. Irgendwie ging die Beziehung auseinander.« Walli holte tief Luft, als wollte sie etwas hinzufügen, doch dann presste sie die Lippen fest aufeinander.

»Wer war dieser Mann? Wissen Sie seinen Namen?«

»Da müssten Sie sich an Susanne wenden«, entgegnete Walli. »Eine Zeit lang hat sich Susanne richtig an Rita rangehängt. Susanne besitzt ziemlich viel Empathie. Im Gegensatz zu mir.« Sie lachte bitter. »Deswegen kommt sie mit ihren alten Leutchen so gut klar. Sie kann sich in andere Menschen hineinversetzen und versteht schnell, wo der Hund begraben liegt.«

»Wie lang ist eine Zeit lang?« Katinka leerte ihren Latte macchiato.

»Vielleicht drei, vier Monate? Rita fühlte sich von Susannes inniger Freundschaft erstickt. Sie ist nicht der Typ, der sich anderen anvertraut. Sie behält ihren Kram lieber für sich. Beziehungen werden ihr schnell zu eng. Ich glaube, später hat Margot die Freundinnenrolle bei Susanne übernommen.«

Katinka machte sich im Geist eine Notiz. Von Susanne war in ihrem Gespräch mit Margot keine Rede gewesen. Sie musste unbedingt nach Forchheim.

Walli verabschiedete sich eine Stunde später. Sie hatten über dies und das geredet, aber bald war der Funke, der das Gespräch am Laufen gehalten hatte, erloschen. Auch die vier anderen Gäste schlüpften wieder in ihre Mäntel und verließen kichernd und Witzchen reißend das Café. Katinka dachte zum ersten Mal seit dem ersten Advent daran, dass in vier Tagen Heiligabend war, und dass sie nicht das kleinste Geschenk für Hardo hatte.

36

»Ja, das stimmt, Susanne hat sich eine Weile sehr für mich interessiert«, bestätigte Margot Scheinfelder. Es war kurz nach sechs Uhr abends. Katinka hatte die Frau nach Dienstschluss vor dem Forchheimer Rathaus abgepasst. Der Weihnachtsmarktrummel schien in die entscheidende Phase einzutreten. Die Atmosphäre war nun nicht mehr nur von Punschdüften und Bratwurstgeruch getränkt, sondern auch von Hast und Nervosität.

»Ich muss schleunigst los, Weihnachtsgeschenke für die Neffen und Nichten besorgen«, sagte Margot. Es klang ironisch, doch Katinka war sicher, dass die Frau keine Witzchen riss. Ihr war es ernst.

»Warum nur eine Weile?«

»Das müssen Sie Susanne fragen. Über Nacht war ich nicht mehr gut genug. Erst hat sie sich ein halbes Jahr bei mir ausgeheult. Artur hier, Artur da, Artur überall.«

»Ach!«

»Sie haben doch Augen im Kopf, Frau Palfy! Er rennt allem nach, was einen Rock trägt. Wenn Sie verstehen, was ich meine.«

Wie sollte ich das nicht verstehen, dachte Katinka belustigt.

»Also gut, trinken wir einen Glühwein? Wie wär's?« Margot sah Katinka fragend an.

Sie stellten sich an eine Bude. Katinka roch misstrauisch an dem Gesöff. Mit Punsch hatte sie rein beruflich keine guten Erfahrungen gemacht. Das Zeug konnte zur Tatwaffe werden.

Susanne und Artur hatten, so berichtete Margot, eine Blitzhochzeit hingelegt. Jeder ihrer Freunde rechnete damit, dass Susanne schwanger wäre, was sich als falsch herausstellte. Artur jedenfalls, vor der Eheschließung bereits als Schwerenöter bekannt, änderte seine erotischen Freizeitaktivitäten als verheirateter Mann keineswegs. Er hielt sich weiterhin mindestens eine Geliebte nebenher.

»Ich denke manchmal, er hat geheiratet, damit er seinen Nebenfrauen von Anfang an unmissverständlich klarmachen kann, dass nichts läuft außer Sex. So vermeidet er Stress mit jenen Damen, die sich mehr erhoffen.«

»Mit seiner Frau bekommt er aber wahrscheinlich Ärger, wenn er so weitermacht, schätze ich«, sagte Katinka.

»Die Affären, die zu Susanne durchsickern, sind bloß

die Spitze des Eisbergs. Was hat mir das Mädel die Ohren vollgeheult!« Margot senkte die Stimme. »Wissen Sie, sie hat ihre Mutter früh verloren, ist mit ihrem Vater und zwei älteren Brüdern aufgewachsen. Sie suchte eine Ersatzmutter. Allerdings ist Susanne ziemlich sprunghaft. Wenn ihr irgendwas nicht behagt, macht sie dicht. Von einem Tag auf den anderen war ich abgeschrieben!« Margots Wangen färbten sich rot.

»Tatsächlich?«

»Ja!« Empört betrachtete Margot ihren leeren Becher. »Den Herbst über haben wir ab und zu zusammen einen Prosecco getrunken oder uns ein Abendessen geleistet. Ohne die anderen Literaten aus unserem Kreis. Das war immer wunderschön, so zu quatschen, unter Freundinnen. Seit dem Treffen am 5. Dezember ist es damit plötzlich aus und vorbei. Sie blockt meine Anrufe ab, hat angeblich keine Zeit, ist immer kurz angebunden.«

»Gibt es dafür irgendeinen Anlass?«

Margot breitete beide Arme in einer hilflosen Geste aus. »Wenn ich das wüsste! Habe ich was Falsches gesagt? Sie verärgert? Susanne ist so empfindlich. Bei ihr muss man jedes Wort auf die Goldwaage legen. Ein paar Tage später hat mir Walli gesteckt, dass Susanne mit einem Mal ganz dicke mit Irmi ist!«

»Mir scheint, als würden Ritas Charakterstudien in jeder Hinsicht zutreffen. Sie haben sie doch gelesen?«

Margot warf Katinka einen empörten Blick zu. »Was für ein Schwachsinn!«

»Würden Sie Susanne krankhaft sprunghaftes Verhalten unterstellen?«, fragte Katinka.

Margot winkte ab. »Wenn ich das wüsste! Leute mit Zwängen sind meiner Ansicht nach unberechenbar.« Sie beugte sich vor. »Artur hat gehofft, dass mit ein paar Tabletten und ein, zwei Plauderstündchen bei der Psychologin das Problem aus der Welt geschafft ist. Das hat sich als unrealistisch erwiesen. Soll sie sich die Haut von den Fingern schrubben. Sind ja ihre Hände!«

»War er sauer auf Susanne, weil sie die Therapie abgebrochen hat?«

»Ach, ich glaube, er hat einfach seinen Fokus auf andere Dinge gerichtet.«

»Wie geht Susanne mit seinen Affären um?«

»Das müssen Sie Irmi fragen.«

»Rita hatte vor ein paar Jahren eine Beziehung zu einem Mann, nicht wahr?«

»Rita?« Margot formte den Mund zu einem vollkommenen O.

»Ja. Einen, der sich auch nicht ausreichend für sie interessierte. Sondern mehr für seine Mutter, wie man hört.«

Entrüstet riss Margot zwei Handschuhe aus ihren Manteltaschen und schlüpfte hinein. »Das mag sein. Ist so neu nicht. Entweder sie halten sich ein langbeiniges Schoßhündchen oder sie spielen den Harlekin für ihre Mamis. Schönen Feierabend!« Sie stapfte durch den Matsch davon.

FREITAG, 21.12.

37

Am Freitagmorgen um kurz nach zehn Uhr bequemte sich endlich der Schlosser zu Katinka in die Concordiastraße.

Katinka stellte sich zu ihm in den Hof und erklärte, was sie haben wollte. Es schneite. Was sonst. Die Weihnachtsromantiker würden ihr White-Christmas-Feeling ausleben können. Reisende machten sich zu den Feiertagen auf Wartezeiten auf Flughäfen und Bahnhöfen und auf stecken gebliebene ICEs gefasst. Mietwagen waren kaum zu bekommen, obwohl der ADAC vor längeren Autofahrten warnte. Es wurde mehr Schnee erwartet. Simone Mathieu saß immer noch in Bamberg fest. Die wenigen Flugzeuge, die heute aus Nürnberg abheben sollten, waren hoffnungslos überbucht.

»Ich habe nicht mehr die Nerven, stundenlang Schlange zu stehen, um mich um die letzten freien Plätze zu prügeln«, hatte sie Katinka am Telefon vorgejammert. »Außerdem hat mich meine Tochter überraschend aus La Réunion angerufen. Sie ist mit einem Billigflug dem Winter entflohen, bevor er den Pariser Flughafen ins Schneechaos gestürzt hat. Seliges Frankreich, mit seinen außereuropäischen Départements!«

Missmutig wartete der Schlosser, bis Katinka das Gespräch beendete, und versicherte, ihren Auftrag gleich im neuen Jahr zu bearbeiten.

»Im neuen Jahr?«

»Montag ist Heiligabend. Danach haben wir bis 2.1. Betriebsferien.« Er stapfte davon.

Das Klingeln ihres Handys katapultierte Katinka aus ihren Grübeleien. »Palfy?«

»Wir haben Rita«, ertönte Kommissarin Kallweits Stimme aus der Leitung.

Das kam so unerwartet, dass Katinka beinahe die Stimme versagte. »Ui. Auf ihre Geschichte bin ich gespannt.«

»Sie kann sie uns bloß nicht mehr erzählen. Wir müssen die Rechtsmedizin für sie sprechen lassen.«

»Sie ist tot.« Katinkas Herz pochte dumpf gegen ihre Rippen. Sie hatte damit gerechnet. Dennoch wirkte die Neuigkeit auf sie wie ein kleiner Schock. »Was ist passiert?«

»Aller Wahrscheinlichkeit nach ist sie erfroren.«

»Das gibt's doch nicht. Wieder hat Herr Winter zugeschlagen! Erst Ivo, dann Horst, dann Rita! Als Einziger ist Artur aus der Versenkung wieder hochgekommen.«

»Sehr aufmerksam von Ihnen, mir zu simsen«, bemerkte Petronella Kallweit. »Der Kerl hat was laufen.«

»Vermutlich hat er mehr als nur ein Eisen im Feuer.«

»Haken wir das unter Testosteron ab. Trotzdem, sonderbar – drei Personen aus einem Club sterben, sechs sind übrig.«

»Irmi und Günther urlauben in der Karibik und sind damit in Sicherheit«, sagte Katinka. »Sofern der Mörder nicht überraschend auf eine andere Idee kommt, als Leute von der Straße abzudrängen und halb tot im Schnee liegen zu lassen.«

»Da muss ich Sie enttäuschen. Wir haben Rita in einer Hütte der Bayerischen Forstverwaltung gefunden, jwd zwischen Saale und Auensee.«

»Bitte, was?«

»Die Förster haben in der tiefsten Pampa des Fichtelgebirges so eine Art Außenstelle, um sich unterzustellen, sich aufzuwärmen, ein paar Gerätschaften aufzubewahren.

Vergleichsweise komfortabel ausgestattet, mit Bett, Tisch, Stühlen. Kein fließendes Wasser, aber Strom.«

»Und?« Katinka stapfte über den Hof zur Haustür. Giulio trat mit einer Schippe bewaffnet aus der Studentenwohnung. Sie warf ihm eine Kusshand zu. Er grinste. Die drei Jungs erledigten die ganzen unangenehmen Arbeiten. Besser konnte es nicht laufen.

»Oberförster Bertold Gack kam auf einer Routinerunde an der Hütte vorbei. Er wollte aufschließen, bemerkte, dass die Tür gar nicht verschlossen war, trat ein und stolperte über eine steifgefrorene Rita.«

»Wann war das?«

»Heute Morgen gegen sechs.«

»Sind Förster immer so früh draußen?«

»Der strenge Winter stellt sie vor Probleme. Die Bäume brechen unter der Schneelast. Denken Sie an die heftigen Herbststürme, der Baumbestand ist an einigen Stellen ausgedünnt. Manche Waldabschnitte wurden in den letzten Tagen abgesperrt, wegen Bruchgefahr. Jedenfalls«, fasste die Kallweit zusammen, »haben wir Leistners Führerschein und Kreditkarte bei Rita gefunden sowie den Schlüssel zu einem Renault. Das dürfte ihr Prager Mietwagen sein, den wir als Nächstes aufspüren müssen. Wahrscheinlich steht er eingeschneit in der Botanik. Sie hatte auch ihren eigenen Ausweis dabei.«

»Einen Moment! Sie meinen, Rita hat sich bei der Mietwagenfirma als Mann ausgegeben? Hat persönlich mit Ivos Papieren ein Auto gemietet?«

»Es wäre möglich. Ich habe einen Experten nach Prag geschickt, der Phantombilder nach allen Regeln der Kunst entwirft und sich mit dem Angestellten bei Sixt mal näher unterhalten wird. Aber ich denke, wir können uns schon mal auf Rita einschießen. Ich habe Simone Mathieu angerufen: Sie bestätigt, dass Rita ein maskuliner Typ ist, mit eckigen Bewegungen, großen Händen, wenig Weiblichkeit. Dazu ein bisschen Verkleidung, und fertig ist der Lack.«

Katinka rieb sich die Stirn. Das klang alles völlig irrsinnig. »Rita ist also im Besitz von Ivos Papieren. Das heißt, sie hatte Gelegenheit, sie ihm abzunehmen.«

»Ich vermute, sie hat sie ihm kurz vor seinem Tod geklaut. Ansonsten hätte ja die Gefahr bestanden, dass er seine Dokumente vermisst und Krach schlägt. Hören Sie noch zu, Frau Palfy?«

»Allerdings. Wenn wir weiterdenken, dann könnte Rita die Papiere dem unter Schock stehenden Ivo unmittelbar nach dem Unfall geraubt haben. Als er gerade mit seinem Auto in die Schneewehe gekullert war.« Wozu eine unvorstellbare Kaltschnäuzigkeit gehört, fügte Katinka im Stillen hinzu. »Wurde Rita ermordet?«, fragte sie.

»Warten wir die Obduktion ab. Der Förster sagte, die Sicherung wäre rausgesprungen. Eventuell hat sie einen elektrischen Schlag bekommen, als sie den Lichtschalter angefasst hat. Angeblich liegt elektrotechnisch in der Hütte einiges im Argen, aber die Förster, die dort regelmäßig reinschneien, kennen die Tücken. Wahrscheinlich ist Rita zurückgeschreckt und hingefallen. An ihrem Hinterkopf hat sie eine Wunde und ein riesiges Hämatom. An der Tischkante klebt Blut.«

»Also hatte sie einfach Pech?«

»Die Technik stellt die Bude auf den Kopf. Man wird sehen.«

»Was halten Sie von den Texten aus dem Online-Ordner?«

»Ich weiß nicht, ob so ein Laien-Psychogramm ein ausreichendes Motiv darstellt. Ach ja, ich habe Frau Mathieu noch nicht gesagt, dass ihre Freundin tot ist«, sagte die Kommissarin. »Am Telefon geht sowas nicht. Könnten Sie …?«

»Klar.«

Die beiden Frauen verabschiedeten sich voneinander. Katinka stieß die Stiefel von den Füßen und setzte sich in ihre Küche. Damit war ihr Auftrag erledigt. Man hatte Rita gefunden. Gähnend legte sie die Füße hoch. Ihr blieb die Aufgabe, Simone die traurige Nachricht zu überbringen. Am besten, sie ging gleich bei ihr vorbei.

Simone hörte Katinka mit gesenktem Blick zu. Mit hängenden Armen stand sie in Ritas Wohnzimmer und verkniff sich mit Mühe die Tränen. Katinka spürte ihren Schmerz und ihre Verzweiflung. Über die zerbrochene Freundschaft, die einen Bruch in Simones eigenem Lebenslauf bedeutete. Und über Ritas sinnlosen Tod.

»Sie ist ermordet worden«, sagte Simone mit fester Stimme. »Ich bin mir hundertprozentig sicher.«

»Warum denken Sie das?«, fragte Katinka, dankbar, dass Simone nicht hier vor ihren Augen zusammenbrach.

»Weil Rita nicht einfach so hinfällt und erfriert. Sie ist sportlich, gesund, ein harter Knochen.«

»Es könnte sein, dass sie einen elektrischen Schlag bekommen hat. Die Kommissarin sprach von Blut an einer Tischkante. Rita könnte von dem Stromstoß gegen den Tisch geschleudert worden sein. Sie hat eine Wunde am Hinterkopf.«

»Oder jemand hat ihr die Wunde verpasst!« Empört blickte Simone Katinka an. »Ich bitte Sie, herauszufinden, wer Rita umgebracht hat. Ich meine, es ist doch offensichtlich: Der Literatur- und Fresszirkel … sie haben sich gerächt.«

»Gerächt? Wofür?«

»Diese grauenvollen Psychogramme, die Rita geschrieben hat. Man muss schon hartgesotten sein, um damit zurechtzukommen.«

»Es ist eher die Frage, wie wichtig man die geistigen Ergüsse anderer Leute nimmt«, widersprach Katinka.

Simones Blick flackerte. Sie knetete ihre Finger, während sie leise sagte: »Ich habe meinen Text gelöscht.«

Katinka brauchte ein paar Sekunden, um zu begreifen. »Sie meinen, Rita hat auch etwas über *Sie* geschrieben?«

Simone nickte. »Als wäre ich ein Teil des Zirkels.« Zu einem Personenkreis gerechnet zu werden, den sie verabscheute, schien sie mehr mitzunehmen als die Verunglimpfung selbst. »Sie hat ja recht. Rita, meine ich. Sie schrieb, mir sei nicht zu helfen, wenn ich nicht selbst begreife, dass mir die Welt zu Füßen liegt.« Schluchzend barg sie ihr Gesicht in den Händen. »Es ist wahr! Und nur eine Sache der Perspektive! Natürlich kann ich mein Leben so leben, als läge mir die Welt zu Füßen. Aber im Moment ist diese Welt ein einziger Trümmerhaufen.«

Katinka verspürte ein schrecklich dringendes Bedürfnis nach einer Tasse Kaffee mit viel heißer Milch. Besonders, wenn sie zum Fenster hinaussah, vor dem die Schneeflocken dicht an dicht fielen. Man hörte die Autos durch den Schneematsch pflügen, langsamer als im üblichen Stadttempo. Das blinkende Gelblicht eines Winterdienstfahrzeugs tanzte über die Wohnzimmerwand.

»Das ist doch völlig verständlich. Wenn man verlassen wird, ist alles wüst und leer.«

»Sind Sie auch schon verlassen worden?« Simone sah

Katinka hoffnungsvoll an, als könne das Schicksal einer anderen ihren Schmerz lindern.

»Sie sagten es selbst: Wir sind viele.«

»Das hat Rita auch gesagt. Als ob sie irgendetwas davon verstünde.«

»Was wissen Sie denn über Ritas Beziehung?«, ging Katinka auf diese Steilvorlage ein.

»Beziehung?«

»Sie hatte einen Freund. Der sie verlassen hat. Oder sie ihn.«

»Davon weiß ich nichts«, sagte Simone erstaunt. »Wirklich nicht.«

»Rita hat sich Ihnen nie anvertraut?«

»Wie gesagt, wir haben etliche Jahre nicht wirklich Kontakt gehabt. Jahrzehnte. Und wenn, dann per Mail. Solche Sachen tippt man nicht in eine E-Mail und klickt auf ›Senden‹.«

Manche Leute taten das allerdings, aber Katinka glaubte Simone dennoch.

»Die Quelle, von der ich die Information habe, ist verlässlich«, hielt Katinka dagegen.

»Es passt nicht zu Rita. Sich auf einen Mann einzustellen, meine ich.« Simone knetete ihre Hände. »Im Studium, als alle vor allem darauf aus waren, sich einen von den gut aussehenden BWLern zu schnappen, hat sie nur höhnisch gelächelt.«

»Es würde zu ihr passen, einen Mann abzuservieren, der sie nicht genug achtet, nehme ich an.«

Simone nickte. »Ich habe das Gefühl, dass ich Rita nie gekannt habe.« Ratlos sah sie aus dem Fenster; auf den Schnee, der lautlos aus grauen Wolken herniederrieselte und sich irgendwo im trüben Licht verlor. »Sie ermitteln weiter?«

Katinka rief bei Petronella Kallweit an. Sie war nicht zu erreichen. Ihr sogenannter Assistent fiel ihr ein. Wo steckte eigentlich Dante? Auch er ging nicht an sein Handy. Das war seltsam. Dante war normalerweise Tag und Nacht erreichbar. Seit zwei Tagen hatte sie nichts von ihm gehört. Sie schickte ihm eine Mail mit der Bitte, sich zu melden.

Stattdessen rief Hardo an und gab durch, dass er länger als sonst im Büro bleiben musste. Es schien nun doch einen Durchbruch in dem unappetitlichen Fall von tödlicher Freiheitsberaubung zu geben, an dem Hardo derzeit schuftete.

Katinka fuhr nach Hof. Am Kreuz Bayreuth/Kulmbach stand sie im Stau. Sie fluchte und ärgerte sich über sich selbst, weil sie es jedes Mal versäumte, ein paar CDs ins Auto zu legen. In drei Tagen war Heiligabend. Hardo hatte bestimmt auch noch kein Geschenk für sie. Wie wäre es mit einer Kollektion CDs, dachte sie grimmig, die Charts des Jahres oder so. Sie würde versuchen, in Hof einzukaufen.

Als sie vor der Polizeiinspektion parkte, war es schon kurz vor fünf. Sie hatte sich nicht bei Petronella Kallweit angemeldet und konnte nur hoffen, dass sie im Büro war.

»Ach, die Frau Privatdetektivin«, lachte die Kallweit, als der Diensthabende am Eingang sie mit dem Büro der Kommissarin verband. »Habe ich mir gleich gedacht, dass Sie hier hereinschneien würden. Im wahrsten Sinne des Wortes.«

Zehn Minuten später saß Katinka mit einem Glas Latte macchiato vor sich am Schreibtisch der leitenden Ermittlerin und betrachtete die Fotos von Ritas Leiche.

»Hier, sehen Sie die Wunde am Hinterkopf?« Die Kallweit klopfte mit dem Zeigefinger auf die dunkle Stelle an Ritas rasiertem Schädel. »Die Rechtsmedizinerin sagt, sie hat Partikel von der Holzplatte darin gefunden. Rita stürzte also mit ziemlicher Wucht auf die Tischkante. Sie ist nicht an der Erschütterung gestorben, sondern erfroren, weil sie durch den Sturz oder Schlag bewusstlos wurde.«

»Die Hütte war ungeheizt?«

»Es gibt dort sogar einen Holzofen und eine gut gefüllte Holzlege. Der Förster sagte, seiner Ansicht nach hätte in letzter Zeit niemand dort ein Feuer gemacht. Aber es sah so aus, als hätte Rita eine Weile in der Hütte kampiert. Es gab einen Schlafsack, mit dem sie in der Antarktis ausgehalten hätte, außerdem einen Gaskocher, Konserven, Kraftriegel.«

»Meinen Sie, sie hat dort eine ganze Woche ausgeharrt? Seit sie verschwunden ist? Ehrlich gesagt, ich hatte Rita im Verdacht. Wegen Ivo, wegen Horst. Irgendwie …«

»Ich habe sie nach wie vor auf dem Zettel«, knurrte die Kallweit. Ihre Locken schimmerten eine Spur röter, als Katinka sie in Erinnerung hatte.

»Aber was ist das Motiv?«

»Eben. Das Motiv. Keine Ahnung.«

»Wann ist sie gestorben?«

»Vorgestern in den frühen Morgenstunden.« Die Kallweit setzte sich auf die Tischplatte. Sie trug bunte Ringelstrumpfhosen unter ihrem Jeansrock. »Ich habe alle Informationen zu Rita Weiß zusammengetragen, die ich kriegen konnte. Daraus geht nichts Hilfreiches hervor. Sie hat keine Verwandten. War nie verheiratet. Unterhält zu niemandem engere Beziehungen als zu diesem bizarren Bücherklub, der sich immer weiter dezimiert.«

»Der Hund liegt zwangsweise genau in diesem Zirkel begraben. Allerdings hatte sie vor Jahren eine Beziehung zu einem Mann.« Katinka berichtete, was sie von Walli erfahren hatte.

»Hm. Hm.« Die Kallweit rieb sich die Stirn.

»Hat sich Dante Wischnewski bei Ihnen gemeldet? So ein nerviger Kobold aus der Zeitungsbranche?«

»Nein. Warum?«

»Er war mit mir an dem Fall dran. Er ist gerade arbeitslos, und ich habe ihn quasi als meinen Assistenten beschäftigt.«

»Wissen Sie, woran ich gerade denken muss?«, fragte die Kommissarin, ohne auf Katinkas Einwurf einzugehen.

»Woran?«

»Als Rita starb, war Artur nicht bei seiner Frau. Er könnte …«

»… bei Rita gewesen sein?« Katinka lachte. »Artur und Rita!«

»Nicht im Sinne einer Affäre.«

»Sondern?« Konfus blickte Katinka die Kommissarin an. »In welchem Sinne?«

»Ich weiß es eben nicht. Aber ist das nicht ein bisschen zu drollig? Rita stirbt am frühen Morgen des 19. Dezember. Am selben Tag dreht Arturs Frau durch, weil Artur angeblich nicht aufzufinden ist.«

»Er sagt, er wäre bei Kunden in München gewesen. Sie hätten die behördliche Autorität, ihn unter Druck zu setzen«, sagte Katinka voller Neid.

»Ich werde ihn pulverisieren.«

»Kann man kein gemeinsames Motiv finden? Für die Morde an Horst und Ivo – und für den an Rita?«

»Da zieht einer meuchelnd durch die Gegend!« Die Kallweit hopste vom Tisch. »Verdammt, das ist doch irre! Und dieser Mensch stellt es so geschickt an, dass letztlich immer die Kälte der Mörder ist. Horst Broicher erfriert in seinem Auto, nachdem er vorher mit einem Schlag auf die Stirn ausgeschaltet wurde. Ivo Leistner erfriert, nachdem sein Wagen einen Hang hinunterrutschte. Obwohl seine Verletzungen nicht besonders schwer waren, sagt die Rechtsmedizinerin, scheint der Schock ihn in der Kälte festgenagelt zu haben, sodass er, als er schließlich mitbekam, in welcher Situation er steckte, nicht mehr zur Straße hochkriechen konnte, um irgendwo Hilfe zu finden. Rita erfriert in einer Schutzhütte, nachdem sie mit dem Hinterkopf auf die Tischkante geschlagen ist. Unter Umständen durch einen Stromstoß.«

»Gibt es vergleichbare Fälle?«

»Ich habe das für unser Gebiet überprüfen lassen. Nein.«

»Und anderswo in der Gegend? Schließlich erstreckt sich der Fall über ganz Oberfranken.«

»Tut er das?«

»Die beteiligten Leute kommen aus unterschiedlichen Städten. Die Opfer zumindest.«

Die Kallweit ging zum Telefon und sprach ein paar Minuten. Derweil sortierte Katinka fieberhaft, was sie wussten. Es war nicht viel. Lauter Pillepalle von einer Gruppe Leute, die durch ein Hobby zusammengehalten wurden. Wobei der Zusammenhalt nur rein äußerlich existierte, und unter der Oberfläche eine Menge Unheil angerichtet wurde. Sie dachte an Margots Enttäuschung über Susannes Rückzug aus einer kuscheligen Frauenfreundschaft. Irmi Theissen fiel ihr ein. Sie hatte nach Margot die Beschützerinnenrolle für Susanne übernommen. Katinka warf einen Blick auf ihre Uhr. In der Karibik mussten sie mittlerweile wach sein. Sie würde gleich nach ihrem Gespräch mit Petronella Kallweit Irmi anrufen.

»Na dann«, sagte die Kallweit gerade und donnerte

den Telefonhörer auf die Gabel. »Sämtliche bayerischen Archive werden nach dem Muster ›ungeklärter Verkehrsunfall im Winter‹ durchsucht.«

»Er muss nicht ungeklärt sein!«, wandte Katinka sofort ein.

»Wissen Sie, wie viele Kollegen ich abstellen muss, wenn sie jeden Winterunfall durchchecken? Sagen wir, für die letzten fünf Jahre?«

»Sie würden den Unfall von Ivo Leistner nicht als ungeklärt abhaken, oder?«

»Doch. Und auch wieder nicht.«

»Gibt's was Neues von Ihrem Experten in Prag?«

»Das läuft noch. Aber ich lasse mich nicht mehr davon abbringen: Das ganze Vorgehen passt zu Ritas Persönlichkeit! Sie hat die Chuzpe, als Mann ausstaffiert einem gelangweilten Autovermietungsmenschen fremde Dokumente hinzuknallen, die Unterschrift zu fälschen und mit dem Auto davonzufahren. Nee, nee«, machte die Kallweit. »Wir müssen nach einem ungeklärten Unfall suchen. Lassen Sie mich nur machen.«

Katinka stand auf. »Danke für die Infos.«

»Und wenn Sie was hören ...« Große Bernsteinaugen richteten sich auf Katinka.

»Klar. Ich melde mich.«

Sie stieg in ihr eiskaltes Auto und wählte die Handynummer der Theissens. Eine Welle von Bitterkeit überflutete sie. Warum schaffe ich es nicht, den Winter in der Karibik zu verbringen?, fragte sich Katinka. Stattdessen kaufe ich ein marodes Haus.

Es knackte in der Leitung. »Hallo?«

»Hallo, Herr Theissen? Hier ist nochmal Katinka Palfy. Könnte ich bitte mit Ihrer Frau sprechen?«

Es folgte ein Wortwechsel, den Katinka wegen der schlechten Verbindung nicht verstand. Endlich meldete sich eine zuckersüße Stimme. »Ja?«

»Frau Theissen?«

»Was wollen Sie denn? Wir haben Urlaub!«

Dann sei hübsch erleichtert, dass du nicht unmittelbar auf dem Tablett des Mörders liegst, dachte Katinka grimmig. Oder in der Kältekammer der Rechtsmedizin.

»Ich suche immer noch nach Rita Weiß. Sie ist nach wie vor nicht auffindbar, und wir machen uns große Sorgen.« Sie hatte spontan beschlossen, Irmi nichts von den beiden weiteren Morden zu sagen. Vielleicht hatte Susanne ihre Busenfreundin postwendend informiert. Egal, sollte Irmi ruhig glauben, dass Katinka wie auch die Polizei im Dunkeln tappten. »Könnte es sein, dass Rita bei einem Mann Zuflucht gesucht hat?«

»Bei einem *Mann*?«

Genauso gut hätte Katinka fragen können, ob Rita sich in einer Raubvogelvolière verkrochen haben könnte.

»Ich meine, hat sie einen Freund, bei dem sie Hilfe finden würde, wenn sie in Schwierigkeiten steckte?«

»Nie im Leben. Die Sache mit Heiner ist längst vorbei. Und ob sie bei dem Hilfe gefunden hätte, wage ich zu bezweifeln!« Im Hintergrund begann eine lebhafte Diskussion, die Katinka nicht verstand, weil Irmi offenbar die Sprechmuschel des Telefons abdeckte. »Hören Sie, ich muss Schluss machen.«

»Eine letzte Frage: Ist Susanne Schweigau im Moment in psychotherapeutischer Behandlung?«

»Susanne?«

»Sie ist doch eine gute Freundin von Ihnen, oder?« Jetzt sag mir bitte nicht, du bist auch beleidigt, weil Susanne dich erst als Kummerkastentante missbraucht und schließlich abserviert hat.

»Artur hat Susanne in eine Behandlung gezwungen. Die Psychologin selbst hat ihr vorgeschlagen, die Therapie auszusetzen. Weil sie mit ihren Problemen eigentlich ganz gut zurechtkommt.«

»Eigentlich?«

»Ich muss Schluss machen.«

Klick. Katinka sah das Telefon in ihrer eiskalten Hand an. Nach den verhängnisvollen Texten hatte sie gar nicht mehr fragen können, aber vermutlich hatten die Theissens sie ohnehin nicht gelesen, denn am 11.12. waren sie mit Urlaubsvorbereitungen beschäftigt gewesen. Katinka seufzte. Die Theissens lagen an einem weißen Strand, schlürften einen Cocktail, während am Horizont ein Schiff mit weißen Segeln ... Sie warf das Handy in ihren Rucksack und ließ den Motor an. Was sollte sie Hardo zu Weihnachten schenken? Eine gemeinsame Reise in die Karibik? Die sie vor seiner Pensionierung nicht antreten würden?

Sie kramte erneut das Handy hervor und rief die Kallweit an. Es meldete sich die Mailbox.

»Frau Kallweit, schauen Sie mal, ob Sie irgendeinen Heiner, Nachname unbekannt, in Verbindung mit Rita bringen können. Tschau.«

Gleich anschließend drückte sie die Kurzwahl für Dantes Mobilanschluss. Auch hier eine Mailbox.

»Wischnewski«, sagte Katinka feierlich, »melden Sie sich, sonst gebe ich eine Vermisstenanzeige auf.«

Sie ließ den Motor an und steuerte mit Mühe aus der Parklücke; der Schneepflug hatte einen Hügel Schmutzschnee neben ihrem Beetle aufgetürmt. Wie lange würden sie sich noch durch diesen Winter kämpfen müssen? Zum

Einkaufen der Weihnachtsgeschenke blieb ihr der Samstag, eine schockierende Vorstellung, weil wahrscheinlich Millionen von genervten Last-Minute-Shoppern zur selben Zeit unterwegs sein würden. In Ermangelung einer Alternative schaltete Katinka den CD-Spieler ein. Im Takt von Bandolero trommelten ihre Finger auf das Lenkrad.

Mehr Sorgen als die fehlenden Weihnachtsgeschenke machte ihr die ungeklärte Frage, wo Dante steckte.

38

In Bamberg hatte es aufgehört zu schneien. Trotzdem staute sich der Verkehr auf dem Berliner Ring. Die Geschäfte schlossen bald; wer konnte, hatte das Wochenende mit berauschendem Konsum eingeleitet.

Ich werde langsam irre mit diesem Weihnachtsmist, dachte Katinka. Wieso beschließen Hardo und ich eigentlich nicht, ganz ohne Geschenke auszukommen? Wir machen uns beide nichts daraus.

Auf der Pfisterbrücke hatte es einen Unfall gegeben. Die steil ansteigende Brücke, die über die Bahntrasse in die Innenstadt führte, war im Winter ein unfallträchtiger Ort, weil meistens eisglatt und von den Verkehrsteilnehmern notorisch unterschätzt. Stöhnend fand sich Katinka damit ab, weitere 20 Minuten in einer Blechschlange zu stehen, bis ein demoliertes Auto abgeschleppt und die Fahrspuren wieder frei waren.

Kaum parkte Katinka den Beetle in ihrem Innenhof, läutete ihr Handy.

»Kallweit hier. Volltreffer!«

»Nämlich?« Eigentlich hoffte Katinka, den Abend in der Badewanne verbringen zu können.

»Heiner Kowalski. Gestorben im Winter 2009. Zusammen mit seiner Schwester und seiner Mutter. In einem Auto im Frankenwald.«

Katinka stieg aus und schlug die Wagentür zu. »Wie ist das passiert?« Der Bewegungsmelder versagte. Sie tappte im Dunkeln zur Haustür, alle Elektriker dieser Welt verfluchend. Weder aus Evas Wohnung noch aus der der Studenten drang Licht. Mit steifen Fingern kramte sie nach ihrem Schlüssel.

»Der Wagen stand mitten auf der Straße. Die drei Kowalskis waren darin eingeschlossen. Sie kennen das: Mit diesen elektronischen ›Klicks‹ kann man einen Wagen von außen verriegeln, und von innen kommt man nicht raus. Nur, wenn man selbst einen Funkklappschlüssel hat.«

Katinka kam einfach nicht an ihren Haustürschlüssel. Ihr war kalt, sie wollte rein.

»Jemand hat drei Leute im Auto eingesperrt? Sind sie erfroren?«

»Nein. Ein Schneepflug hat sie gerammt. Der Wagen wurde mit voller Wucht gegen den felsigen Überhang an der Straße gedrückt. Heiner und seine Mutter waren sofort tot, seine Schwester starb am selben Abend im Krankenhaus. Jemand muss sie von außen eingeschlossen haben. Der Schneepflugfahrer hat ausgesagt, der Wagen wäre unbeleuchtet gewesen. Im dichten Schneetreiben konnte er das Auto nicht sehen, und als er merkte, dass seine Schaufel es wegdrückte, war schon alles zu spät. Der Mann erlitt einen Schock. Er ist seitdem arbeitsunfähig. Depressiv. Vom Gericht wurde er freigesprochen.«

In Katinkas Kopf rotierte alles.

»Mehr Informationen gibt es im Augenblick nicht, Frau Palfy«, sagte die Kallweit mit Nachdruck. »Und ich möchte, dass Sie alles, was ich Ihnen gerade berichtet habe, mit größter Diskretion behandeln, sollten Sie mit einer der beteiligten Personen sprechen. Habe ich mich klar ausgedrückt?«

»Klar wie Kloßbrühe. Danke, dass Sie mich angerufen haben.« Katinka legte auf. Petronella Kallweit verhielt sich ihr gegenüber wirklich sehr kooperativ. Eine Weile blickte sie verloren auf das Display ihres Handys, bis es sich abschaltete.

Den Schatten, der über den Hof glitt, sah sie erst, als er über sie fiel und starke Arme sie mit der Nase gegen die Hauswand drückten. Ein Schrei entrang sich ihrer Kehle. Mit professioneller Brutalität wurden ihr die Arme auf den Rücken gedreht. Das Handy rutschte ihr aus den Fingern. Sie schlug mit dem linken Bein nach hinten aus, traf. Ein Stöhnen kam von dem Angreifer. Der Druck an ihren Armen wurde für Sekunden schwächer. Katinka nutzte das Überraschungsmoment, wirbelte herum und wurde von einem Tritt in die Seite mit dem Gesicht nach unten in den Schnee gestoßen. Die Kälte biss ihr in Stirn, Nase und Wangen. Sie keuchte, bekam Schnee in die Lungen. Das Brennen war unerträglich. Etwas Hartes drückte auf ihr Genick. Sie ruderte mit den Armen. Verzweifelt versuchte sie, Luft zu kriegen. Sie konnte den Hals kaum drehen. Etwas Rotes blitzte vor ihren Augen auf, große, pulsierende Kreise. In ihren Ohren begann es zu dröhnen.

Das war's, jagte es durch Katinkas Kopf. Und ich habe noch keine Weihnachtsgeschenke. Leblos sanken ihre Arme in den Schnee.

»Frau Palfy! Frau Palfy? Was ist passiert?«

Eine Hand packte Katinka bei der Schulter und wälzte sie herum. Katinka schnappte nach Luft, begann zu husten. Sie hustete so sehr, dass Tränen aus ihren Augen schossen. Keuchend würgte sie zähen Schleim hervor. Zitternd kämpfte sie sich auf die Knie, während sie das Zeug in den Schnee spuckte.

Eva, die Hebamme aus dem Erdgeschoss, kniete neben ihr. »Frau Palfy, wer war der Typ?«

»Was für ein Typ?«, krächzte Katinka. Ihr Kehlkopf schien wie gelähmt.

»Ich habe eben mein Fahrrad in den Hof geschoben und gemerkt, dass das Licht nicht geht. Habe seltsame Geräusche gehört. Weil ich oft nachts draußen bin, habe ich immer eine Taschenlampe dabei. Ich habe Richtung Haustür geleuchtet. Da hat Sie einer in den Schnee gedrückt!«

Stimmt, dachte Katinka. Ihr war so kalt, dass sie am liebsten losgeheult hätte. Doch der Schock über den Angriff ging in Euphorie über: Sie war am Leben.

Eva Bohnstett half ihr hoch. Sie machte das mit derselben ruhigen Selbstverständlichkeit, mit der sie den Frauen half, ihre Babys auf die Welt zu bringen. Katinka lehnte sich dankbar an die Hauswand, während Eva aufschloss. »Ich komme mit rauf.«

»Nicht nötig«, widersprach Katinka. Aber Eva ließ es sich nicht nehmen, Katinka bis zu ihrer Wohnung zu begleiten.

»Würden Sie den Mann wiedererkennen?«, fragte Katinka. Jedes Wort, das sie aus ihrer brennenden Kehle quetschte, tat weh.

»Der war so eingemummelt … als er mich kommen sah, ließ er Sie los, rannte an mir vorbei. Versuchte, mich umzustoßen. Zum Glück konnte ich ausweichen. Na, und da haben Sie sich schon gerührt, und draußen auf der Straße sprang ein Wagen an. Da hat er wohl gemacht, dass er wegkommt. Wer war das?«

Endlich hatte Katinka ihre Hände so weit unter Kontrolle, dass sie den Wohnungsschlüssel ins Schloss stecken und umdrehen konnte. »Wir haben jetzt Videoüberwachung«, sagte sie cool. »Kommen Sie! Das finden wir gleich raus.«

Eva folgte ihr in die Diele. Katinka schaltete das Licht ein und drehte den Kopf zu den Bildschirmen.

Die Monitore waren dunkel.

»Fuck!«

»Was bedeutet das?«, flüsterte Eva.

»Gute Frage. Da hat jemand manipuliert. Drei Kameras! Das muss man erst mal hinkriegen!« Katinka presste ihre Hand an den Hals. Außerdem spürte sie einen ziehenden Schmerz im Nacken, als hätten sich durch den Zweikampf draußen im Schnee sämtliche Wirbel in ihrem Rückgrat ausgerenkt. »Schauen wir nach!«

Sie griff nach ihrer schweren Halogentaschenlampe. Eva folgte ihr in den Innenhof. Wieder tänzelten feine Schneeflocken durch die Luft. Trotz der Kälte traten Katinka Schweißtropfen auf die Stirn: Zeichen einer nahenden Panik.

Wenige Minuten später hatten sie Gewissheit: Die Linsen aller drei Kameras waren überklebt.

»Sollen wir zur Polizei?«, flüsterte Eva.

»Augenblick!« Katinka überprüfte die Hoflampe. Das Kabel war durchtrennt. Da hatte jemand gründlich gearbeitet.

Katinka wurde wütend. Richtig wütend. Wer war der

Idiot, der meinte, hier den Brecher spielen zu können? Sie marschierte in den Keller und brachte zwei an lange Ständer montierte Baulampen und eine Kabeltrommel.

Gleißendes Licht erhellte den Schnee. Katinka schoss mit dem Handy Fotos von der Stelle, wo der Angreifer sie überwältigt und im Schnee beinahe erstickt hätte. In weniger als einer halben Stunde wären die Spuren verwischt. Schon strickten sich die Schneeflocken eine neue Schlafdecke. Katinka schoss ein Foto der Stiefelabdrücke, die sicher nicht ihr oder Eva gehörten. Dazu waren sie schlicht zu riesig.

»Die Studenten haben mir erzählt, hier hätte vor Kurzem eine tote Ratte gelegen«, begann Eva.

»Ja. Ich habe gedacht, die hätte mir ein Mitarbeiter gebracht. Quasi als Beweis, dass er es schafft, Tierkadaver aufzutreiben.«

Eva starrte Katinka verständnislos an.

»Halb so wild. Für Sie besteht keine Gefahr. Ich schätze, da will jemand versuchen, mich vom Ermitteln abzuhalten.«

»Na, ich weiß nicht. Erinnern Sie sich an das vergangene Frühjahr, als Sie am Überlegen waren, ob Sie dieses Haus kaufen sollten?«, fragte Eva. »Da drückten sich immer so komische Typen hier rum. Damals ging es um meine Mutter.«

»Nicht ganz. Es ging um etwas sehr Wertvolles, was Ihre Mutter vorsichtshalber in Ihrem Backofen zwischenlagerte.« Die Panik flaute allmählich ab. Katinka war wieder auf sicherem Boden. Sondierte, analysierte.

Eva wischte die Einwände beiseite. »Und jetzt?«

»Machen Sie sich keine Sorgen. Und danke! Sie sind gerade im richtigen Moment heimgekommen.«

»Bedanken Sie sich bei meiner Patientin Linda. Ihr Baby wollte so schnell auf die Welt!« Eva grinste und ging in ihre Wohnung.

39

Walli hatte die Tabletten abgesetzt. Es wurde Zeit, dass sie der Wirklichkeit ins Gesicht sah. Die Realität mochte hässlich sein, aber lange nicht so hässlich wie die Fratzen der Gedanken, die sich unter dem Einfluss des Beruhigungsmittels in ihrem Kopf aufblähten.

Zuerst rief sie bei Susanne an, aber die ging nicht an ihr Handy. Klar, sie war bei der Arbeit. Walli erwog, bei der Detektivin in Bamberg anzurufen, verwarf den Gedanken aber schnell. Wozu sollte es gut sein? Sie war auf sich gestellt und musste sich mit den Tatsachen abfinden. Sie hatte Entscheidungen zu treffen, und jeder noch so gut gemeinte Zuspruch würde nichts daran ändern, dass alles an ihr selbst hing. Sie brauchte eine kleinere, billigere Wohnung. Sie brauchte einen Job. Womöglich könnte sie bei ihrem früheren Schulleiter vorbeischauen. Er hatte ihr nach ihrem Weggang mehrmals Mails geschickt und sie aufgefordert, sich alles in Ruhe zu überlegen. Sie könnte jederzeit wieder bei ihm anfragen.

Vielleicht wäre eine halbe Stelle für den Anfang in Ordnung, grübelte Walli. Sie trat ans Fenster. Düsteres, graues Licht hing über der Stadt. Ein paar Schneeflocken segelten ziellos im Wind.

Rita hat recht, dachte Walli verzweifelt. Sie hat mich als heulendes Elend dargestellt, und genau das bin ich. Sie hat exakt zusammengefasst, was mich ausmacht. Unentschlossenheit und Jammertiraden. Steter Rückzug, wenn irgendwas nicht klappt.

Es stimmte ja, dass die Aufsässigkeit der Schüler für sie unerträglich gewesen war. Doch anstatt hart durchzugreifen, sich kompetente Unterstützung bei den Kollegen zu holen, war sie immer mehr in die Opferrolle gerutscht. Wenn sie es an der Schule noch einmal probierte … dann hätte sie wenigstens finanziell eine Zukunft. Wenn sie ehrlich war, war ihre Beziehung zu Horst genau zu der Zeit eingebrochen, als sie ihre Stelle aufgab und frustriert zu Hause hockte. Natürlich war ihr diese Parallele schon lange ins Auge gesprungen. Rita mochte ihr Mangel an Abstraktionsvermögen attestieren, aber das traf nur zu, wenn Walli sich hängen ließ. Sie straffte die Schultern.

Sie würde ihr Leben ändern.

Zuerst rief sie ihren ehemaligen Schulleiter an. Er hatte schon von Horsts Tod gehört. Voller Mitgefühl bot er ihr an, nach den Weihnachtsferien zu ihm ins Büro zu kommen, um über alles zu sprechen. Er würde sich gern für sie einsetzen.

Erleichtert legte Walli auf. Das war ein Anfang. Sie wählte noch mal Susannes Nummer. Irgendwem musste sie von diesem ersten Teilerfolg berichten.

»Ja?«, rief Susanne gehetzt in den Hörer.

»Störe ich? Hier ist Walli.«

»Hallo, Walli. Ja – nein.«

Im Hintergrund hörte Walli Verkehrsgeräusche.

»Ich wollte nur …«

»Wie geht es dir?«, unterbrach Susanne laut. Das Brummen eines Motors drang durch die Leitung.

»Ich wollte dich nicht auf der Arbeit stören.«

»Kein Problem. Ich mache gerade Kaffeepause! Was gibt's Neues?«

»Ich habe eben meinen ehemaligen Chef angerufen. Vom Gymnasium. Ich bekomme vielleicht eine Chance.«

»Toll.«

Ein Motor heulte auf.

»Bist du unterwegs?«, fragte Walli verwirrt.

Ein lautes Scheppern war zu hören.

»Nein. Super, das mit dem Chef. Du – ich muss Schluss machen!«

Gerade, als neuerliches Scheppern in der Leitung erklang, unterbrach Susanne die Verbindung.

Ratlos betrachtete Walli das Telefon in ihrer Hand. Susanne wurde immer seltsamer. Sie beide mochten nicht die besten Freundinnen sein, aber Susanne verstand es zumindest, Interesse vorzugeben, wenn sie anderen zuhörte. Susanne besaß eine natürliche Empathie. Allerdings stimmte auch, was Rita in ihren scheußlichen Texten geschrieben hatte: Wenn Susanne sich für jemanden einsetzen wollte, wurde man sie selbst mit Waffengewalt nicht mehr los.

Walli lachte laut auf. Das Geräusch klang hohl in der leeren Wohnung. Schlagartig wurde sie sich wieder ihrer miserablen Situation bewusst. Ihre Schultern verspannten sich. Keinesfalls durfte sie sich jetzt runterziehen lassen. Sie musste noch ein paar Dinge erledigen.

Walli schlüpfte in Jeans und einen Fleecepulli. Genug mit weiten Röcken und Wollstoffen. Auch ihr Haar gefiel ihr gar nicht mehr. Sie könnte zum Friseur gehen und sich eine witzige Frisur schneiden lassen. Steht mir das zu?, zweifelte sie. Egal. Sie wollte raus. Raus aus der Wohnung. Darum hatte sie Horst beneidet. Dass er jeden Morgen rauskam, zwar ins Büro, aber immerhin raus. Während sie, Walli, allein zurückblieb, in den immer gleichen vier Wänden, nur in Gesellschaft ihrer Farben, Kreiden, Leinwände. Wenn sie es recht bedachte, war Horst in den letzten Wochen ziemlich viel unterwegs gewesen. Er hatte auch viel telefoniert. Immer mal noch einen Abstecher irgendwohin machen müssen. Wie es Artur auch tat. Aber Horst – dem traute sie nicht zu, dass er sich irgendwo eine Geliebte hielt. Ihm nicht.

Walli schnappte sich den Wohnungsschlüssel und ihre Geldbörse. Irgendein Friseur in der Stadt würde schon noch Kapazitäten frei haben, so kurz vor Weihnachten.

Sie ging zu Fuß durch den Schnee. Der Wind frischte auf und blies ihr eisig ins Gesicht. Die Ohren taten ihr weh, sie zog die Kapuze über den Kopf.

Verdammt, sie vermisste Horst. So schmerzlich, dass sie sich mitten auf der Straße zusammenkrümmte und besorgte Blicke von Passanten auf sich zog, die möglichst nicht in irgendein Problem hineingezogen werden wollten. Ihre Beziehung war zwar am Zerbrechen gewesen, aber dass der Mann, den sie in und auswendig kannte, nicht mehr da war, dass sie nichts mehr klären konnte, tat ihr unerträglich weh.

Ohne groß nachzudenken, fasste Walli einen Entschluss. Sie ging nicht zum Friseur, sondern machte sich auf den Weg zur Polizeidirektion. Fragte sich zu Kommissarin Kallweit durch und bat um Horsts Handy.

40

Während Katinka sich das heiße Wasser über den Körper prasseln ließ, schaltete ihr Kopf allmählich auf Reset. Sie hielt das Gesicht in den Wasserstrahl. Die feuchte Luft brachte ihre Kehle wieder in Form. Verdammt, nur nicht daran denken, wie ihre Nase im Schnee festgesteckt war und ihre Lungen sich mit Schneestaub gefüllt hatten! Wie in Zeitlupe spuckte ihr Geist dabei Fragen aus: Hatte die KT Spuren von anderen Beteiligten in der Forsthütte gefunden? Wo steckte Dante? Wo wohnte er überhaupt, seit er wieder in Bamberg war? Warum war er aus Amerika zurückgekommen? Wie konnte ein Mann, mit dem Rita vor Jahren eine Beziehung hatte, in einem verschlossenen Auto umkommen – noch dazu mit Mutter und Schwester? Warum hatten die Eingeschlossenen nicht die Warnblinkanlage angeschaltet? Gab es keine manuellen Fensterheber? Keine Fluchtmöglichkeit durch den Kofferraum? Was half die ganze Elektronik, wenn sie am Ende tödlich war? Und wer hatte sie, Katinka, überfallen? Wer hatte die Mühe auf sich genommen, die Kameralinsen zu überkleben und die Lampe im Hof zu sabotieren?

Katinka stellte das Wasser ab und rubbelte sich trocken.

Nur eine Frage von diesen vielen war wichtig. Das Badetuch um sich wickelnd, ging sie zum Telefon. Dante meldete sich nicht. Schließlich sprang die Mailbox an. Ohne Handy seit 48 Stunden? Das passte nicht zu dem umtriebigen Reporter.

Katinka suchte Thermounterwäsche heraus und frische Jeans und zog ein Extrashirt unter den Pulli. Sie schnappte sich das Telefon und rief beim Fränkischen Tag an. Es war spät und dauerte eine Weile, bis sie einen Redakteur ans Telefon bekam.

Ja, Dante Wischnewski sei aus den USA zurück, das wüsste man. Nein, er habe keinen Job beim FT bekommen, obwohl er anscheinend darauf gehofft hätte. Nein, bei der Zeitung hätte auch niemand eine Ahnung, weshalb Dante nach wenigen Monaten das Studium in Kalifornien aufgegeben hätte.

»Wo wohnt er jetzt?«, fragte Katinka.

»Keinen Schimmer«, entgegnete der Redakteur.

»Wirklich nicht? Und wenn es wichtig wäre?«

In der Leitung entstand eine Pause.

»Ich weiß zwar nicht, worauf Sie aus sind«, erklärte der Mann, »aber hier in der Redaktion geht das Gerücht, es sei nicht gut, sich mit Katinka Palfy anzulegen.«

Katinka wollte eine ironische Antwort draufsetzen, doch der Typ redete bereits weiter.

»Ich weiß wirklich nicht, wo Wischnewski wohnt. Er ist ganz gut befreundet mit Kathi Wöll aus der Kantine.«

»Nummer?«

»Telefonbuch?«

»Danke.« Katinka legte auf und ließ sich über den Operator mit Kathi Wöll verbinden.

»Wöll?«, kreischte eine helle Stimme in den Hörer.

»Kathinka Palfy.«

»Ach – Gott!«

»Nein. Palfy.«

»Ich habe Sie ja verstanden! Von Ihnen habe ich schon viel gehört, müssen Sie wissen. Die große Katinka Palfy.«

Sie sagte ›Gadinga Balfy‹, woran Katinka nach einem halben Leben in Franken gewöhnt war.

»Sagen Sie, haben Sie eine Ahnung, wo ich Dante Wischnewski finden kann?«

»Ich frage mich auch, wo er steckt!« Kathi Wöll atmete hektisch ins Telefon. »Vorgestern hat er mir versprochen, dass er mit mir ein Sofa kaufen geht. Wir wollten zu Ikea. Gestern schon, weil ich gestern freihatte. Aber er ist nicht gekommen, obwohl es ausgemacht war. Das war ganz doof, weil er nämlich mein Auto hat.«

»Ihr Auto?«

»Er sagte, das war am Mittwochabend, glaub ich, er müsste ganz dringend nach Bayreuth. Und sein Auto hat er im Sommer verkauft!«

»Verstehe ich das richtig? Sie wissen weder, wo Dante steckt, noch wo Ihr Auto ist?«

»Genau.«

Und du Knallerbse bist nicht draufgekommen, nachzuhaken, stöhnte Katinka innerlich. Manche Leute wurden von ihrem eigenen Phlegma vertilgt.

Bereitwillig gab Kathi Wöll ihr Kennzeichen an. Sie fuhr einen VW Lupo. In Grasgrün.

Katinka wählte Petronella Kallweits Nummer. Sie hatte kein gutes Gefühl. Genaugenommen hatte sie ein ganz mieses Gefühl.

»Kallweit?«, kam es heiser.

»Frau Kallweit, Palfy hier. Bitte orten Sie Dante Wischnewskis Handy! Jede Minute zählt.« Sie berichtete von Dantes Verschwinden und gab Kathi Wölls Kennzeichen an.

»Ein grasgrüner Lupo, sagen Sie?« Die Kallweit lachte auf. »Die einzige verwertbare Spur aus der Forsthütte ist ebenfalls grasgrün. Eine Alpakafluse. Wahrscheinlich von einem Pulli. Wir haben sie auf Ritas Kleidung gefunden.«

»Ich bin mir sicher, dass Dante etwas passiert ist. Er ist keiner, der sein Handy für eine Stunde aus der Hand legt. Er ist immer auf Draht.«

Die Kallweit versprach, sich zu kümmern.

»Übrigens, Walli Reichert ist gerade bei mir aufgeschlagen. Wollte das Handy ihres Verflossenen haben. Ich habe es ihr mitgegeben. Wir haben ohnehin die Simkarte ausgewertet.« Sie legte auf.

Katinka hatte keinen Nerv, über Wallis Interesse an Horst Broichers Handy nachzudenken. Was an ihr nagte, war Dantes Verschwinden.

Er musste nach Bayreuth, nach Bayreuth, murmelte Katinka vor sich hin, während sie eine Packung Olmützer Quargel aus dem Kühlschrank nahm und in das Käsestück biss. Obwohl ihr der Magen knurrte, war an eine richtige Mahlzeit nicht zu denken. Eine Scheibe Brot zum Käse musste reichen. Sie rief Hardo an.

»Ich fahre nach Bayreuth. Dante ist abgängig. Irgendwas stimmt da nicht.«

»Sei vorsichtig.«

Die übliche Mahnung. Als sei Vorsicht alles im Leben. Katinka sparte sich eine Erwähnung des Überfalls vorhin im Hof und der verklebten Kameralinsen. Als sie aus der Haustür trat, kniff sie im gleißenden Licht der Baulampen die Augen zu. Sie kehrte ihr Auto ab und fuhr los.

Es war nach zehn. Nichts mehr los auf der Autobahn. Ab und zu überholte Katinka einen LKW.

In Bayreuth kurvte sie zum Stadtfriedhof. In der Straße, in der die Schweigaus wohnten, stand ein parkendes Auto am anderen. Unter ihren dicken Schneehauben sahen sie aus wie Grabhügel. Katinka stieg aus und wischte von den kleineren Modellen den Schnee, bis sie auf grasgrünen Lack stieß: ein Lupo mit Bamberger Kennzeichen. Wie elektrisiert starrte Katinka auf das Nummernschild. Sie kehrte die Windschutzscheibe frei und bemerkte einen Strafzettel unter dem Scheibenwischer. Sie zerrte ihn heraus. Datiert auf den 20.12., elf Uhr vormittags.

»Scheiße!«, sagte Katinka zu sich selbst. »Dante ist seit anderthalb Tagen nicht hierher zurückgekommen. Vielleicht länger. Mist. Verdammter Mist!«

Sie rief die Kallweit an.

»Ich wollte mich gerade bei Ihnen melden. Es ist ein Hin und Her mit den Zuständigkeiten. Wenigstens das Handy haben wir. In der Nähe von Töpen sendet es einsame Signale in die Nacht. Ich habe eine Streife hingeschickt.«

»Kathi Wölls Auto steht in Bayreuth. In der Straße, wo die Schweigaus wohnen.«

»Heidewitzka«, sagte die Kallweit. »Lassen Sie mich einen Moment nachdenken.«

»Wo könnte Dante denn hingewollt haben in Bayreuth? Zu den Schweigaus. Das ist die wahrscheinlichste Lösung.« Katinka spähte zur Wohnung von Susanne und Artur hinüber. »Da scheint alles dunkel zu sein.«

»Sind die Fahrzeuge der Herrschaften zu sehen?«

»Keine Ahnung. Haben Sie die Kennzeichen?«

»Geben Sie mir zwei Minuten.«

Katinka wartete ab. Ihr war wieder kalt, der Hals tat ihr weh. Angespannt starrte sie auf das Display ihres Mobiltelefons. Eine Minute und 45 Sekunden später rief die Kommissarin wieder an und gab zwei Kennzeichen durch.

»Susanne Schweigau fährt einen roten VW Polo, Modell Cross. Und Artur Schweigau einen – halten Sie sich fest – Porsche Cayenne.«

»Spitze.« Katinka notierte alles. »Ich melde mich.«

Sie ging die Umgebung ab. Der Polo war nirgends zu sehen. Doch in einer Seitenstraße stieß sie auf den Porsche. Das bullige Teil stand ein wenig schief, Artur war offensichtlich nicht allzu geschickt im Einparken. Katinka fiel auf, dass die Schneeschicht viel dünner war als auf den umstehenden Autos. Artur konnte also nicht allzu lang zurück sein. Sie wählte die Nummer des Designbüros ohne große Hoffnung, dort um diese Uhrzeit jemanden zu erreichen. Doch Arturs Kollege Junkers ging an den Apparat.

»Sie arbeiten noch so spät?«, sagte Katinka, nachdem sie sich vorgestellt hatte.

»Ein Auftrag, der fertig werden muss.«

»Ich hätte gern mit Artur Schweigau gesprochen.«

»Der hat heute schon mittags Schluss gemacht. Wollte sich um seine Frau kümmern.«

Katinka bedankte sich eilig. Um seine Frau kümmern, dass ich nicht kichere!

Sie warf einen letzten Blick auf das parkende Auto, lief weiter zur Wohnung der Schweigaus und läutete. Nichts tat sich.

Was reime ich mir da eigentlich zusammen?, dachte Katinka. Je länger sie die einzelnen Bruchstücke, derer sie habhaft werden konnte, hin und herschob, desto klarer wurde ihr: Bei den Schweigaus liefen die Fäden zusammen. Dante musste irgendetwas herausgefunden haben, hatte sich nach Bayreuth aufgemacht und – womöglich – Susanne oder Artur mit irgendetwas konfrontiert, woraufhin … was?

Sie rief die Kallweit an.

»Und?«, fragte die.

Katinka berichtete, dass Arturs Wagen gleich um die Ecke stand. »Den Polo kann ich nicht finden.«

»Ich gebe die Nummer raus. Wenn eine Streife den Wagen sieht, wissen wir mehr.«

Eine Weile herrschte Stille in der Leitung.

»Sie wollten etwas hinzufügen?«, sagte die Kommissarin schließlich.

»Ja. Das Ganze stinkt zum Himmel!«

»Da haben Sie recht.«

Wieder Schweigen.

»Dante hat etwas herausgefunden«, sagte Katinka. Ihr schoss ein Gedanke durch den Kopf. Ein rabiater Plan, den sie mit dem Auge des Gesetzes aus Hof lieber nicht teilen wollte.

»Muss wohl so sein.«

»Geben Sie mir Bedenkzeit«, gab Katinka vor. »Ich melde mich wieder.«

»Okay«, sagte die Kallweit.

Katinka durchwühlte ihren Rucksack nach den nötigen Dingen und stapfte dann durch den Schnee zu Kathi Wölls Wagen. Die Verriegelung machte Schwierigkeiten, aber sie kam schließlich mit einem hübschen, von einem Profi angefertigten Werkzeug hinein. Japsend sank sie auf den Fahrersitz.

Als ihr Herz wieder auf normaler Frequenz schlug, durchsuchte sie den Innenraum. Dantes gigantomanische Messenger-Tasche war nicht da. Sie kroch auf den Rücksitz und legte einen der Sitze um, damit sie in den Kofferraum sehen konnte. Da lag nur ein Schal, der mit gehäkelten roten Rosen besetzt war und sicherlich nicht Dante gehörte.

Frustriert ließ Katinka den Kopf hängen. In dicken Wolken stieg ihr Atem vor ihrem Gesicht auf. Im Zwielicht, in einem eingeschneiten Auto unter einer gelbliches Licht verstreuenden Straßenlampe suchten ihre Augen den Fahrzeugboden ab. Und wurden fündig. Ein Taschenkalender lag da, mit dem Emblem einer Bamberger Apotheke. Eines von diesen winzigen Büchlein, die zum Jahresende als Weihnachtsgeschenk an Kunden ausgeteilt wurden.

Katinka hob den Kalender auf. Es stand kein Name darin und kein einziger Termin. Stattdessen in Dantes Schrift ein paar Notizen, die über den ganzen Januar 2013 verteilt waren. Der in elf Tagen beginnen würde.

Dante hatte zu jeder Person, die in den Fall verwickelt war, ein Psychogramm verfasst. Ivos Name war durchgestrichen. Der von Horst auch. Schließlich gab es eine Zeichnung. Ein Name stand in der Mitte: Rita. Und alle anderen Namen rotierten wie Satelliten um sie herum. Auch diese Skizze war mit einem energischen Strich für ungültig erklärt worden. Katinka blätterte um. Dieselbe Zeichnung, nur anders besetzt. Nun stand Susannes Name in der Mitte.

Susanne?

Der Klingelton ihres Handys ging Katinka durch Mark und Bein. Kommissarin Kallweits Nummer leuchtete auf.

»Ja?«, sagte Katinka.

»Haben Sie was in seinem Wagen gefunden?«

In welchem Wagen, wollte Katinka fragen, aber es wäre eine rhetorische Frage, pro forma gestellt, um Zeit zum Rotwerden zu haben.

»Ja. Wo sind Sie jetzt?«

»Zu Hause. Ich wohne mitten in Hof. Gleich an der Michaeliskirche.« Sie nannte die Adresse. »Und weil Sie es sind, setze ich einen starken Kaffee auf!«

41

Petronella Kallweit hatte nicht zu viel versprochen. Ihr Kaffee war schwarz wie die Nacht und so sämig, dass Katinka die doppelte Menge Milch hineingoss, um ihn trinkbar zu machen. Sie saßen im Wohnzimmer der Kallweit, einem minimalistisch eingerichteten Raum ohne Technik. Kein Fernseher, kein Radio, kein PC. Statt dessen ein langer Tisch mit einer Platte voller Kerben und einem Meer roter Kerzen. In der Ecke am Fenster stand ein Weihnachtsbaum. Auch hier rote Kerzen.

»Ich bin hoffnungslos romantisch«, lachte die Kallweit. »Obwohl man mir das nicht ansieht.«

Sie trug wieder ihre Ringelstrumpfhosen, diesmal unter einem Samtrock, einen Zopfpulli und einen Kapuzenschal drüber.

»Doch. Sieht man Ihnen an.«

Die Kallweit lachte geschmeichelt. »Rote Locken – ist ziemlich retro.« Sie wurde ernst. »Wir haben eine Konstellation, die allmählich Konturen annimmt. Habe ich Ihre Aufmerksamkeit?«

Katinka nickte und rührte in ihrem Kaffee. Es war eine knappe Stunde nach Mitternacht. Dantes Handy war zwar geortet worden, doch in der Gegend, aus der das Signal kam, gab es weit und breit kein Zeichen von irgendeinem Menschen. Nicht einmal ein Haus. Er hat das Handy weggeschmissen, dachte Katinka. Oder jemand anderes hat sein Handy dort im Schnee versenkt.

»Wir haben die Telefondaten von Ivo und Horst. Beide haben in den letzten Wochen viel miteinander telefoniert; außerdem mit Artur Schweigau. Seit dem 5. Dezember haben sie einander beinahe täglich angerufen. Manchmal mehrmals täglich. Der Anruf, der an Horsts Arbeitsplatz am Tag vor seinem Tod einging, konnte isoliert werden: Es handelt sich um das einzige Telefonat, das von einer Telefonzelle in der Hofer Innenstadt geführt wurde. Für die fragliche Zeit, 14 Uhr 30, haben wir einen Zeugen aufgetrieben. Glück muss der Mensch haben! Die Anruferin war Rita Weiß. Ein Mann wollte dringend telefonieren und steuerte genau auf die Telefonzelle zu, aus der gerade eine grimmige Rita stapfte.«

»Rita hat Horst an seinem Arbeitsplatz in der Bank angerufen?« Diese Meldung musste erst mal sacken.

»Am 18. Dezember. Und am nächsten Morgen war er tot. Jedoch: Horst selbst hat an diesem Tag mit niemandem mehr telefoniert. Auch nicht mit Artur oder Ivo.«

»Was sagt Artur dazu?«

»Wir haben ihn noch nicht gefunden. Er geht nicht an sein Handy, er ist nicht zu Hause.«

»Sein Angeberauto steht in der Nähe seiner Wohnung!«, widersprach Katinka.

»Er wird gesucht. Sämtliche Streifen haben seine Daten. Er ist ein wichtiger Zeuge. Außerdem: Horst Broicher hat am 18. Dezember, und zwar kurz vor Geschäftsschluss, um halb vier nachmittags, eines seiner Tagesgeldkonten geplündert. 50.000 Euro hat er sich bar auszahlen lassen.«

Die beiden Frauen saßen eine Weile stumm da. Katinkas Blick ruhte auf den flackernden Kerzen. Dantes schrille Ohrenklappenmütze ging ihr nicht aus dem Kopf. Bei aller Anstrengung kam ihr kein Szenario in den Sinn, was mit ihm passiert sein konnte. Nichts Gutes. So viel stand fest.

»Vielleicht hat Horst Ivo umgebracht? Und Rita hat ihn damit erpresst?«

»Wäre möglich.« Die Kallweit wiegte den Kopf. »Sie ruft

auf der Bank an. Horst hebt Geld ab, sie inszeniert einen Unfall – und türmt mit dem Geld. Allerdings steht da ein großes Aber im Raum. Denn Horst hat für den Abend, an dem Ivo ums Leben kam, ein hieb- und stichfestes Alibi. Er war mit Walli und den Schweigaus zusammen, hat sogar mit seinem Handy bei der Polizei angerufen und gemeldet, dass Rita vermisst wird.«

»Wenn die nun samt und sonders zusammenhalten?«, wandte Katinka ein. Sie dachte an Dantes Anspielung auf ›Mord im Orientexpress‹. Da waren alle Passagiere im Waggon miteinander Absprachen eingegangen. Und Dante hatte sich für Absprachen interessiert ... Was übersah sie? Warum hatte Dante den Namen ›Susanne‹ in die Mitte des Kreises gesetzt?

»Wenn wir die Schweigaus erreichen würden ...«, fing sie an.

»Der Wagen, der Ivos Wagen gerammt hat, war nicht der Golf von Horst Broicher. Sondern Ritas Auto.«

»Deswegen hat sie es nach Prag gefahren und dort ein Mietauto genommen?« Katinka trommelte mit den Fingern auf die vernarbte Tischplatte. Das Gefühl, ganz nah an der Lösung zu sein, versetzte sie in einen überwachen Zustand. »Frau Kallweit, wenn sie die 50 Riesen hat mitgehen lassen, wo ist das Geld jetzt? Meinen Sie, sie hatte es in der Forsthütte dabei?«

»Es war keine Spur davon zu finden. Sagen Sie mir lieber, wem ich die Fluse zuordnen soll.«

»Artur!« Das kam wie aus der Pistole geschossen. Weil die Erinnerung an jenen zweiten Besuch bei den Schweigaus Katinka nachgerade übermannte. »Mir fiel sein quietschgrüner Pulli auf. Er stand ihm nicht. Sah teuer aus, machte ihn aber blass.«

Die Kallweit saugte ihre Wangen ein und schob die Lippen vor, ihr Blick verlor sich in dem Kerzenmeer.

»Es ist typisch für Dante, solche Konstellationen aufzudecken, indem er sie durchspielt. Ihm hat wahrscheinlich nur noch ein Schnitzelchen zum Ziel gefehlt. Deswegen ist er nach Bayreuth gefahren.« Katinka warf den Apothekenkalender auf den Tisch. Mit einer schnellen Bewegung griff die Kommissarin danach.

»Susanne?« Sie blickte Katinka fragend an.

»Dante muss dahintergekommen sein, dass Susanne das Zentrum der ganzen Schweinerei ist.«

»Warum ausgerechnet Susanne?«

»Wir haben sie als Opfer betrachtet!«, rief Katinka. »Ihr böser Ehegatte hintergeht sie nach Strich und Faden. Ein Weiberheld und sein armes kleines Frauchen. Dante hat irgendein anderes Rädchen in Bewegung gesehen.«

»Nehmen wir an, Artur war in der Hütte«, sagte die Kallweit. »Bevor Rita starb. Das war am Donnerstag am sehr frühen Morgen. Sagen wir, Artur war die ganze Nacht zwischen Mittwoch und Donnerstag auf Ritas Fersen. Hat sie in der Hütte gestellt.«

»Woher konnte er wissen, dass sie dort war?«, wandte Katinka ein.

»Das lassen wir mal außen vor. Wird sich hoffentlich demnächst klären. Er wollte das Geld haben. Für Sexspielchen jedenfalls ist die Hütte im Winter nicht der richtige Ort.«

Und Rita nicht die richtige Frau. Oder vielleicht doch?, überlegte Katinka. Gerade sie, who knows, die Geheimnisse eines Menschenlebens waren unergründlich. Aber was die Kallweit sagte, hatte Hand und Fuß. Rita musste das Geld, das Horst abgehoben hatte, eingesackt haben. Wo sollte so viel Bargeld sonst stecken? Bei Horst und Walli zu Hause? Katinka schenkte sich Kaffee nach. Er war lauwarm. Sie trank ihn trotzdem. Ihr Gehirn lechzte nach seinem Dope. »Schließlich hat Artur Rita in der Hütte unter Druck gesetzt«, sagte sie laut.

Die Kallweit schüttelte den Kopf. »Wie ich es drehe und wende, ich stoße immer wieder an die eine Auflösung. Es gibt nur eine. Oder?«

»Ich muss zugeben, ich stehe da wie der Ochs vorm Scheunentor«, stammelte Katinka. »Ich weiß nicht, worauf Sie hinauswollen.«

»Heiner Kowalski stirbt mit seiner Familie in seinem Wagen. Der Zündschlüssel wird nie gefunden. Damals, 2009, war Rita noch mit ihm zusammen. Jetzt schauen Sie nicht so perplex, Frau Palfy! Sie selbst haben mich darauf gebracht!«

»Ich?«

»Winterliche Unfälle, mit denen irgendwas nicht stimmt! Heiner, Ivo, Horst. Rita ist im Zusammenhang mit Heiners Tod ein einziges Mal von der Polizei vernommen worden. Eine Arbeitskollegin von Kowalski wusste von der Lebensgefährtin, die immer im Schatten blieb. Es gab keinen gemeinsamen Freundeskreis, keine Partys, nichts. Allerdings besaß Rita ein wasserdichtes Alibi.«

»Wenn das so ist«, Katinka stellte ihre Tasse ab und sah der Kommissarin direkt in ihre Bernsteinaugen, »schwebt Dante in Lebensgefahr.« Wenn er nicht … nein. Den Gedanken wollte sie nicht zu Ende denken.

SAMSTAG, 22.12.

42

0.55 Uhr. Katinka drehte den Zündschlüssel. Sie stöpselte das Handy in den Zigarettenanzünder, um es aufzuladen. Die Kallweit setzte ihren Peugeot schwungvoll vor Katinka. Es konnte losgehen.

Dante war seit mehr als 48 Stunden abgängig. Sie hatten keine Ahnung, was mit ihm passiert war. Die Kallweit war bereit, eine ganze Staffel von mit Hunden ausgerüsteten Polizisten durch das unter Eis und Schnee erstarrte Fichtelgebirge zu jagen. Doch zuerst benötigten sie einen Anhaltspunkt. Ein Bayreuther Kollege war zur Wohnung der Schweigaus geschickt worden. Die Bürokratie der Zuständigkeiten machte es der Kallweit nicht allzu leicht, für diese Aufgaben jemanden mitten in der Nacht abzustellen, insbesondere am Wochenende vor Weihnachten, aber sie schaffte es irgendwie. Leider vermeldete der Kollege, dass die Wohnung der Schweigaus vollkommen leer war und keine Anzeichen eines Verbrechens zu erkennen waren.

Katinkas Handy klingelte.

»Hardo!«, rief sie erfreut.

»Wo steckst du denn«, fragte er. »Das Haus ist leer. Dafür brennen zwei Theaterscheinwerfer im Hof.«

»Das sind Baulampen«, verbesserte Katinka. »Ich bin in Hof. Die Kallweit bringt mich jetzt zu der Forsthütte, du weißt schon.« Schnell fasste sie zusammen. »Die Forsthütte zwischen Saale und Auensee ist im Augenblick der einzige Ort, den wir mit Dantes Nachforschungen in Zusammenhang bringen. Warum Dante meinte, Susanne sei der Dreh-

und Angelpunkt, liegt noch im Dunkeln. Er wird seine Gründe gehabt haben.«

»Bist du bewaffnet?«, fragte Hardo.

»Ja sicher, was denkst du denn.«

»Nur Gutes. Ich mache mich auf die Socken.«

»Lass den Blödsinn.«

»Ich weiß nicht, was ich sonst mit meiner Freizeit anfangen soll!«

Katinka legte auf. Drei Paar Augen sahen mehr als zwei. Konzentriert folgte sie den roten Rücklichtern der Kallweit. Sie verließen Hof und waren bald auf einer der Höhenstraßen, von denen Katinka in den vergangenen Tagen mehrere passiert hatte. Eine schroffe, Wind und Frost ausgesetzte Landschaft, die man lieben musste, um sie zu ertragen. Katinka bevorzugte die Maingegend. Sie war lieblicher, zarter, menschenfreundlicher. Jetzt, in tiefer Nacht, wirkte das Fichtelgebirge so abweisend wie ein fremder Planet.

Bald führte die verschneite Straße in Täler hinab und dann steile Hänge wieder hinauf. Ein Schneepflug war hier seit geraumer Zeit nicht mehr vorbeigekommen. Die Reifen der Kallweit warfen Schneebrocken auf. Katinka hielt Abstand. An einigen Stellen brach ihr Auto leicht aus. Eis. Sie sah ein Schild nach Töpen, dann eines nach Isaar. Die Bäume rechts und links der Fahrbahn streckten ihre schwer beladenen Äste von sich. Einmal sah Katinka am Straßenrand die leuchtenden Augen eines Tieres. Sie schaltete ihr GPS an. Sie mussten fast am Ziel sein. Im Umkreis von Töpen war Dantes Handy geortet worden. Sie schienen sich bereits ganz in der Nähe der Saale und der ehemaligen Zonengrenze zu befinden.

Wie soll ich Dante bloß finden, dachte sie resigniert. Wenn Susanne oder Artur ihm was angetan haben, können sie ihn überall hier ausgesetzt haben. Das kann er nicht überleben. Nicht in diesem Winter. So hart im Nehmen ist selbst ein Dante Wischnewski nicht.

Vor ihr setzte die Kallweit den Blinker und bog kurz darauf links ab. In schneefreien Zeiten war hier vermutlich ein Feldweg. Im Augenblick sah Katinka nur zwei orange-schwarze Schneelatten, von denen gerade noch die obersten 20 cm herausragten. Die Kallweit stieg aus. Katinka ließ ihr Fenster herunter. Eisige Luft umwirbelte sie.

»Wir müssen zu Fuß weiter. Der Pfad zur Hütte liegt 50 m weiter vorn, von der Straße aus in die andere Richtung. Parken Sie so, dass Sie zur Not rasch wegkommen.«

Während Katinka den Beetle wendete und den Schnee unter ihrem Fahrzeug knarren und knirschen hörte, fragte sie sich, ob sie hier überhaupt wieder herauskommen würde. Sie hatte nicht mal eine Schaufel dabei, um den Wagen bei Bedarf auszugraben.

Schnell checkte sie das GPS und gab Hardo per SMS die Daten durch. Entschlossen wickelte sie ihren Schal fest um sich und stülpte ihre Fleecemütze über beide Ohren. Es konnte losgehen.

Der Wind pfiff unbarmherzig von der Seite. Unaufhörlich fiel Schnee. Schon nach wenigen Metern hatte der Wald sie verschluckt. Wenigstens war der Wind hier nicht mehr so schneidend.

Es würde eine weiße Weihnacht. Katinka dachte voller Bitterkeit an die Theissens in der Karibik, während sie, um Kräfte zu sparen, in die Stiefelspuren der Kommissarin trat, die flott vorausschritt. Nach zehn Minuten war ihr eiskalt. Mit Todesverachtung öffnete sie den Reißverschluss ihres Anoraks, nahm die Beretta heraus und schob sie in die Jackentasche. Die Kallweit drehte sich zu ihr um.

»Die Hütte erreichen wir etwa in zehn Minuten«, sagte sie mit gedämpfter Stimme. »Ich kann mir zwar nicht vorstellen, dass wir Glück haben, aber seien Sie vorsichtig. Sobald Ihnen irgendwas seltsam vorkommt …« Sie sah Katinka mit hochgezogenen Brauen an.

»Alles klar!« Katinka nickte. Sie wollte endlich weiter. Sich bewegen, gegen die Angst, gegen die Müdigkeit anlaufen. Irgendetwas tun. Sie stellte ihr Handy auf Vibration und glitt hinter der Kallweit in die immer tiefere Finsternis.

Die Kommissarin schien Augen wie eine Katze zu haben, denn sie orientierte sich ohne Taschenlampe. Sollte Rita wirklich hier in der Eiseskälte und Einsamkeit des Waldes eine Woche lang gehaust haben? Warum? Was hatte sie dazu motiviert? Die Aussicht auf 50.000 Euro?

Rita ist erpresst worden, schoss es Katinka durch den Kopf. Das ist viel logischer als alles andere! Horst kann ihr sogar mit dem Geld freiwillig ausgeholfen haben. Simone hatte von 150.000 Euro gesprochen, die Rita angeblich im letzten Sommer geerbt hatte. Das konnte reichen, um Begehrlichkeiten zu wecken. Aber wozu brauchte sie dann noch Horsts Unterstützung? Katinka wollte der Kommissarin vor sich etwas zurufen, aber ihre Stimme versagte. Sie räusperte sich.

»Was ist?« Die Kallweit drehte sich um.

»*Rita* ist erpresst worden«, wisperte Katinka. »Schauen Sie sich um: Wer verkriecht sich freiwillig und ohne Not in dieser Ödnis?«

»Das meinte ich ja!« Die Kallweit wandte sich wieder um und stapfte weiter.

»Wurde sie von Ivo in die Zange genommen? Sollte es dabei um den Unfall ihres Lebensgefährten gehen? Hatte Rita etwas damit zu tun?«

»Das wissen wir nicht. Wir werden es vermutlich nie herausfinden; die einzigen Menschen, die dazu etwas zu sagen hätten, sind tot.«

»Womit könnte sie Horst schließlich unter Druck gesetzt haben? Was wusste sie, das Horst Angstschweiß auf die Stirn treiben würde?«

»Denken Sie an die Handybewegungen, die ständigen Telefonate zwischen den drei Männern. Das schreit doch zum Himmel. Außerdem: Ich halte Horst Broicher nicht gerade für einen Ausbund an Intelligenz«, knurrte die Kommissarin. »Deshalb schätze ich, dass Rita ihn mit irgendwas in Panik versetzt hat. Er konnte nicht mehr klar denken, hatte nur noch Angst ... wir wissen alle, wie blöd Menschen sind.«

Allerdings! Katinka wälzte hin und her, was sie wussten, und rechnete es auf gegen das, was sie ahnten oder sich zusammenfantasierten. Wer hatte Rita auf dem Gewissen? Und warum hatte jemand ausgerechnet Rita umgebracht? Waren die Morde eine Art Kettenreaktion?

Die Kallweit packte ihren Arm.

»Dort ist die Hütte!«

Ein dunkler Fleck, noch dunkler als der Wald um sie herum, erhob sich vor ihnen. Sie umkreisten die Forsthütte. An einem Baum sah Katinka den Rest eines weiß-roten Plastikbandes baumeln. Die Tür zur Hütte war versiegelt. Die Kallweit brach das Siegel und öffnete die Tür. Sie hielt ihre Dienstwaffe hoch. Katinka sicherte sie von hinten.

Endlich blitzte die Taschenlampe in Petronella Kallweits Hand auf. Der einzige Raum war leer.

Keuchend lehnte Katinka sich gegen die Wand. Die Anspannung löste sich. Der Lichtstrahl von Petronella Kallweits Lampe verharrte einen Moment auf einem dunklen Fleck auf der Tischplatte.

»Lassen Sie uns draußen nachschauen«, ordnete die Kommissarin an.

Spuren? Bei diesem Wetter?, dachte Katinka. Sie hatte wenig Hoffnung, irgendwelche Spuren zu finden, die ihnen einen Hinweis auf Dante geben könnten. Falls Dante hier gewesen war. Verdammt, warum fiel es ihr so schwer, sich ein Szenario vorzustellen, wie es abgelaufen sein konnte? Hatte Dante Susanne mit einem harten Verdacht konfrontiert? Sie zermarterte sich das Hirn, ohne Ergebnis. Was hatte Susanne damit zu tun? Ging es nicht um sie, sondern um Artur? *Er* hatte exzessiv mit Horst und Ivo telefoniert, nicht Susanne.

Während Katinka ihre eigene Taschenlampe anschaltete und den verschneiten Waldboden absuchte, wurde ihr immer klarer: Dante war an Susanne unter einem Vorwand herangetreten. So machte er es normalerweise. So kannte sie ihn. Er dachte sich eine Geschichte aus, die irgendwie mit seiner Tätigkeit als Journalist zusammenhing. Sülzte den Leuten die Ohren voll und bekam die Information, die er wollte.

Er hatte Susanne umgarnt, vermutlich mit einer erfundenen Story. Susanne jedoch musste ihn durchschaut haben.

»Frau Kallweit?«

Die Kommissarin kam zu ihr herüber.

»Sind das Reifenspuren?« Katinka leuchtete auf zwei Furchen an einer Stelle, wo kaum Schnee lag. Die Flocken wurden von den dicht stehenden Bäumen aufgehalten.

»Tatsache!« Aufgeregt griff die Kallweit nach ihrem Handy.

Katinka ging in die Hocke. Eindeutig Reifenspuren. An einigen Stellen erkannte Katinka sogar das Profil.

Jäh packte die Kallweit Katinka am Arm, steckte mit der anderen Hand ihr Telefon weg. Ein Wagen kam den Waldweg entlanggekrochen. Im Schneckentempo.

»Shit!« Katinka sah auf die Fußspuren, die sie und Kommissarin Kallweit gut sichtbar im Schnee hinterlassen hatten.

»Der Winter begünstigt immer die anderen«, brummte die Kallweit. Mit einem kurzen Blick verständigten sich die beiden Frauen. Katinka drückte sich tiefer in die Schatten hinter den Bäumen. Petronella Kallweit fand Zuflucht hinter der Hütte.

An einen Baumstamm gelehnt, fühlte Katinka, wie ihr Handy vibrierte. Sie meldete sich flüsternd.

»Hardo? Wir sind bei der Forsthütte.«

»Ich werde in 20 Minuten dort sein.«

»Beeil dich. Irgendwas passiert hier. Ein Wagen nähert sich. Du siehst unsere Autos an der Straße. Der Weg zur Hütte führt genau in die entgegengesetzte Richtung. Ich muss Schluss machen!«

Katinka schob das Handy in die Hosentasche und zog ihre Beretta.

43

Artur Schweigau stieß die Fahrertür des knallroten Kleinwagens auf. Die Scheinwerfer leuchteten direkt auf die Forsthütte. Er ging um den Wagen herum und öffnete den Kofferraum.

»Mach hinne!«, rief er. »Hilf mir! Glaubst du, ich stemme den Kerl allein?«

Ein heißer Schauer lief Katinka über den Rücken.

Den Kerl?

Die Beifahrertür öffnete sich.

Susanne!, durchfuhr es Katinka. Die Frau stapfte missmutig zu ihrem Mann. Beide beugten sich in den Kofferraum und luden ein in eine Plane gehülltes Paket aus.

Sieht aus wie Frachtgut, dachte Katinka. Verdammt, wo steckt die Kallweit? Wer gibt eigentlich das Kommando für den Zugriff? Sie hatte Angst, dass die Schweigaus ihren Atem hören oder die Dampfwölkchen zwischen den Bäumen aufsteigen sehen könnten. Unrealistisch, schalt sich Katinka. Die sehen nicht mal unsere Fußspuren im Schnee! Sie sind zu beschäftigt mit ihren eigenen Problemen.

Beide schleppten ihre offenkundig schwere Last zur Hütte.

»Verdammte Scheiße!« Artur ließ seine Seite des Pakets fallen. Auch Susanne konnte nicht mehr. Das Paket sank in den Schnee. »Das Siegel ist erbrochen!«

»Na und?«, keifte Susanne. »Wir hätten es ohnehin knacken müssen.«

»Bist du wirklich so blöd?«, schnappte Artur. »Jemand war hier!«

»Und wenn schon! Die Spurensicherung ist mit der Hütte längst durch. Wer weiß, wer sich da unterstellen wollte.«

Ihr Mann ließ sich nicht ablenken. Er starrte auf den Boden rund um die Hütte. Im starken Licht der Autoscheinwerfer fielen ihm nun doch die frischen Fußspuren auf. Er blickte hoch. Mitten in den Wald hinein. Direkt in Katinkas Richtung. Sie entsicherte die Beretta. Das Klicken dröhnte durch den Wald, wie von 1.000 Lautsprechern verstärkt.

Artur Schweigaus Hände glitten seinen Parka entlang.

»Zugriff!«, schrie die Kallweit in diesem Augenblick. Sie fegte um die Ecke der Forsthütte und stieß Artur den Lauf ihrer Waffe in den Rücken. »Hände hinter den Kopf!«

Katinka war mit wenigen Schritten bei Susanne. Die Frau wand sich, warf sich in den Schnee, strampelte und schrie wie am Spieß.

»Halten Sie die Klappe!«, fuhr Katinka sie an. Sie tastete nach den Kabelbindern, die sie üblicherweise in der Tasche hatte. Nur heute nicht. Wieso heute nicht? Sie drückte Susanne Schweigau mit dem Knie in den Schnee und tastete über deren dicke Winterkleidung. Ein scharfer, harter Gegenstand beulte den Mantel aus. Katinka griff danach. Ein Messer.

»Tragen Sie immer ein Messer mit sich herum?« Katinka zog es hervor und zeigte es der Kallweit. Die hatte Artur von sich gestoßen. Er lag an Händen und Füßen gefesselt im Schnee. »Ich habe gleich gewusst, das geht schief«, winselte er. »Aber meine Frau wollte ja nicht auf mich hören.«

»Lügner!«, kreischte Susanne los. »Das war alles dein Plan!« Sie wand sich unter Katinkas Griff. Endlich kam Petronella Kallweit zu Hilfe.

»Kümmern Sie sich um das Postpaket!« Vielsagend wies sie auf das unförmige Gebilde, das die Schweigaus hatten fallen lassen.

Katinka betrachtete einen Moment das Küchenmesser in ihrer Hand, dann schlitzte sie die Plane auf. Darin lag Dante. Totenbleich. Mit einem Knebel zwischen blauen Lippen und hilflos verschnürt.

»Wischnewski!« Katinka schüttelte ihn. »Sagen Sie was!« Sie riss ihm den Knebel aus dem Mund. Seinem Hals entrang sich ein Stöhnen. Er lebte. Er blinzelte sogar.

»Rufen Sie den Notarzt!«, rief Katinka der Kommissarin zu, während sie anfing, die Schnüre aufzuschneiden. »Halten Sie durch, Wischnewski. Wir wärmen Sie gleich auf. Kurz durchhalten! Verstanden?«

Alles, was Dante antworten konnte, kumulierte in einem erneuten Stöhnen, gefolgt von einem Hustenanfall. Katinka musste lächeln und hätte vor Erleichterung beinahe den Tumult hinter sich verpasst. Ein kurzer Aufschrei der Kallweit, ein Keuchen.

»Sie türmt!« Kommissarin Kallweit lehnte an der Hüttenwand, die Hand an ihre Seite gedrückt.

»Alles in Ordnung?«, schrie Katinka, ohne eine Antwort abzuwarten. Petronella Kallweit und Dante würden zurechtkommen. Artur stellte keine Gefahr mehr da.

Susanne preschte durch den Wald. Schnell wie der Wind jagte sie in die Dunkelheit. Katinka nahm die Verfolgung auf. Der starke Strahl ihrer Taschenlampe klebte Susanne an den Fersen. Die Frau stob durch den Schnee, setzte über quer im Weg liegende Baumstämme, wich einem Dornengestrüpp aus. Hardo musste jede Minute hier sein. Bestimmt hatte Petronella Kallweit längst Verstärkung angefordert. Und sie hatten Dante. Alles war gut. Er lebte. Er würde sich erholen. Er musste sich einfach erholen. Alles andere spielte erst einmal nicht die geringste Rolle.

Susanne rannte einen Hang hinunter. Katinka holte auf, stolperte, fing sich. Susanne blieb am Fuß des Hanges unentschlossen stehen. Katinka sah, warum: Vor Susanne lag eine Eisfläche. Ein See!

»Frau Schweigau!«, schrie Katinka aus Leibeskräften. »Geben Sie auf! Sie haben nicht den Hauch einer Chance! Bleiben Sie stehen, oder ich schieße!«

Doch Susanne lief schon über das Eis. Sie war total auf

Flucht getriggert. Eine archaische Kraft trieb sie voran. Katinka gab einen Warnschuss ab. Der Knall hallte durch die Nacht, schickte ein Echo zurück. Es klang, als ritte die Kavallerie über die Hügelkämme. Susanne rannte über das Eis, bis die Finsternis sie verschluckte.

Katinka hielt am Seeufer kurz inne, prüfte mit dem Fuß die Tragkraft des Eises. Es fühlte sich so fest an wie Asphalt. Der Lichtkegel ihrer Taschenlampe geisterte über die gefrorene, von Schnee bedeckte Fläche. Susanne war nicht mehr zu sehen.

»Frau Schweigau?«

Hinter sich hörte sie eine wohlbekannte Stimme, die ihren Namen rief. Hardo war hier!

»Den Hang runter!«, schrie sie zurück. Sie folgte Susannes Fußstapfen. Hoffentlich kümmerte sich die Kallweit derweil um Dante. Verdammt, wie zäh sich Minuten, ja Sekunden in die Länge ziehen konnten. Katinka setzte Fuß vor Fuß, obwohl ein innerer Alarm sie zurückzuhalten versuchte. Susanne würde ohnehin nicht fliehen können. Nicht in der Nacht, zwischen Berg und Tal, bei Schneefall und Frost. Irgendwann würde sie zusammenklappen, erschöpft von der Kälte und der Aussichtslosigkeit. Katinka drehte sich im Kreis, leuchtete mit der Lampe über den See. Keine Susanne.

Nicht aufgeben jetzt! Katinka tappte weiter, orientierte sich an Susannes Fußspuren. Hinter sich vernahm sie knackende Zweige. Hardo. Das Licht ihrer Lampe brach sich an etwas Dunklem. Nicht weit weg. Vielleicht zehn Meter. Katinka hielt inne, ging in die Hocke. Vor ihr tauchte ein weißes Gesicht auf. Wie ein Ballon schien es über der dunklen Stelle zu schweben.

»Frau Schweigau?« Keuchend kam Katinka hoch und

rannte, ließ sich auf das Eis fallen und kroch auf das zu, was sie zuerst als schwarzen Fleck wahrgenommen hatte. Jetzt erkannte sie, was es war. Eine quadratische Öffnung im Eis. Und darin steckte Susanne fest. Nur ihr Kopf ragte aus dem Loch.

»Frau Schweigau, ich ziehe Sie raus!«, rief Katinka. Wenn nur Hardo endlich hier wäre, um sie zu sichern! Bäuchlings kroch Katinka näher an das Loch heran. Sie sah, wie Susannes Mund sich lautlos öffnete und schloss. Katinka legte die Pistole hinter sich auf das Eis und streckte beide Arme aus.

Als Susanne danach griff, wurde Katinka klar, dass sie einen Fehler gemacht hatte. Susanne Schweigau klammerte sich an Katinkas Hände. Sie hatte nichts mehr zu verlieren. Entschlossen, Katinka mit in den Untergang zu reißen, zerrte sie mit aller Kraft.

»Hardo!«, rief Katinka. »Susanne ist eingebrochen! Ich kann sie alleine nicht rausziehen.«

Das schien auch gar nicht in Susannes Sinn zu sein. Katinka wusste, dass Susanne nicht mehr lange durchhalten würde. Nicht bei diesen Temperaturen. Aber der nahende Tod schien ihre Sinne außer Kraft gesetzt zu haben. Sie kämpfte nicht mehr um ihre eigene Rettung, sondern darum, Katinka mit in den eisigen Abgrund zu reißen.

Katinka spürte das Eis unter ihrem Bauch knacken. Unter den Rissen gluckerte das Wasser. Ein gutes Stück der Eiskante, die das Loch umgab, brach ab. Katinkas Arme sanken ins Wasser. Die Kälte war schlimmer, als sie es je für möglich gehalten hatte.

»Ich breche ein!«, schrie sie. Ihre panische Stimme hallte durch die Nacht.

Entweder wir sterben zusammen, oder … oder … Ich

will aber nicht sterben! Nicht jetzt, verdammt, nicht jetzt und schon gar nicht hier! Katinka riss an dem unbarmherzigen Griff, der ihre Handgelenke umklammert hielt. Dabei gab das Eis unter ihr weiter nach. Susanne mussten doch irgendwann die Kräfte verlassen. Wie lange steckte sie jetzt in dem eisigen Wasser fest?

Alles Gefühl wich aus Katinkas Händen. Dann lag Hardo neben ihr.

»Sei vorsichtig! Das Eis kracht durch!«, keuchte sie.

Hardo wälzte sich ein paar Meter zur Seite. Er näherte sich dem Loch von der anderen Seite, packte Susanne unter den Armen. In dem Moment ließ Susanne Katinkas Hände los.

MITTWOCH, 26.12.

44

Eine illustre Runde hatte sich am zweiten Weihnachtsfeiertag in Katinkas Wohnung eingefunden.

Sie selbst, Hardo, Kommissarin Kallweit, Simone Mathieu und Dante. Nun gut, Katinka hatte ihre Auftraggeberin aus Mitleid eingeladen. Denn nach Frankreich war sie immer noch nicht zurückgekehrt, obwohl der Verkehr sich mittlerweile normalisiert hatte. Irgendetwas hielt Simone davon ab, in den Flieger zu steigen und Bamberg für immer den Rücken zu kehren.

Den Heiligabend hatten Katinka und Hardo allein verbracht. Hardo mit dem Hochgefühl, Hinweise gefunden zu haben, die dem brutalen Ehemann, dem er seit Wochen nichts Gutes wünschte, einen Mord nachweisen konnten. Und Katinka mit der Erleichterung, dass es Dante gut ging. Am Tag darauf waren sie und Hardo bei den Studenten zum internationalen Essen eingeladen gewesen. Das Ganze ohne seifiges Weihnachtstamtam.

Jetzt, vier Tage nach den Erlebnissen im Fichtelgebirge, fühlte Katinka sich erholt genug, die Enden der grausamen Geschichte um Rita Weiß zusammenzufügen. Zu vieles schwebte haltlos im Raum. Sie brannte darauf, von der Hofer Kommissarin zu hören, was Artur in den Verhören bislang ausgepackt hatte. Auf dem Küchentisch stand der Nachtisch: Parmesanwürfel, Cracker, Rotwein für die Kallweit und Simone, Bier für Hardo, Dante und Katinka. Schmutzige Teller türmten sich in der Spüle.

»Wir alle«, setzte Katinka an, »fanden es eigenartig, dass Rita in derselben Nacht verschwand wie Ivo. Nachdem die Beweise für ein geplantes Verbrechen fehlten, konnten wir nur darüber rätseln, ob sie es war, die Ivos Wagen gerammt und ihm damit sprichwörtlich den Todesstoß versetzt hat.«

»Hat sie definitiv«, bestätigte Petronella Kallweit. »Die tschechischen Kollegen haben uns zuerst bestätigt, dass der Wagen mit ihrem Kennzeichen in Prag auf einem öffentlichen Parkplatz steht. Von Schrammen haben sie nichts gesagt. Bis wir draufkamen, nachzufragen. Inzwischen hat sich die KT mit ein bisschen Feiertagsarbeit bei mir beliebt gemacht.«

Dantes Augen blitzten, während seine Hand mit dem Stift über das Papier jagte. Katinka ahnte, dass er sich mit dieser Story journalistisch wieder ins Gespräch bringen würde.

»Es ist also zweifelsohne nachgewiesen, dass Ritas Wagen Ivo gerammt hat?«, fragte er. Seine Stimme klang heiser. Bis auf eine leichte Unterkühlung hatte er die 48stündige Gefangenschaft in Susannes Wagen gut überstanden.

Die Kallweit nickte. »Ist es. Aber dass Rita höchstselbst am Steuer saß …«

»Es spricht zumindest nichts dafür, dass sie *nicht* gefahren ist«, warf Hardo ein.

»Da haben Sie recht«, nickte die Kallweit. »Bloß beweisen wird es sich schlecht lassen. Jedenfalls: Artur hat ausgepackt. Susannes Zustand ist noch immer kritisch, wir konnten sie noch nicht verhören. Was wir bisher wissen: Ivo war der Drahtzieher. Von ihm ging die Erpressung aus. Er hatte Horst und Artur in eine düstere Geschichte eingeweiht. Bei einem weinseligen Treffen im Oktober, als die drei Männer sich von der Gruppe absentierten und den Rest der Belegschaft über Literatur diskutieren ließen. Es ging um den rätselhaften Tod von Ritas Lebensgefährten, seiner Mutter und seiner Schwester.«

»Ivo hat einen extremen Hass auf Rita entwickelt«, fügte Katinka hinzu. »Dass sie ihn als Mann ablehnte, machte ihn fertig.«

»Von Susanne weiß ich, dass Heiner nur für seine Mutter und seine Schwester gelebt hat«, erklärte Dante. Susanne Schweigau hatte dem Reporter, bevor sie ihn festsetzte, einen Großteil der Geschichte brühwarm aufgetischt. »Rita kam für ihn unter ferner liefen. Seltsam, wie sie sich in einen solchen Knallkopf verliebt hat. Wie allerdings Ivo zu seinem explosiven Wissen um den Unfall damals kam – das weiß Susanne auch nicht.«

»Das finden wir womöglich nie heraus«, klagte die Kallweit. »Wahrscheinlich hat Ivo aus verletztem Stolz heraus nach einer Leiche in Ritas Keller gesucht. Oder der Zufall hat ihm in die Hände gespielt. Für Artur Schweigau ist es leicht, den Unwissenden zu spielen und alles auf seine Kompagnons zu schieben. Schließlich sind sie tot.«

»Hat Rita wirklich ihren Freund und seine Familie in dem Auto eingeschlossen? Damit sie alle zusammen vom Schneepflug zermalmt werden?« Simone sah ungläubig und geschockt drein.

Dürfte schlimm sein für Simone, überlegte Katinka. Sie muss sich damit auseinandersetzen, dass sie ihre Freundin Rita eigentlich gar nicht kannte.

»Na ja, das Problem ist, es gibt keine Beweise«, sagte die Kallweit. »Klar ist eines: Heiner Kowalski, seine Mutter und seine Schwester hatten keinen Zündschlüssel bei sich im Wagen. Also muss jemand den Funkklappschlüssel vor dem Zusammenprall mit dem Schneepflug entfernt haben.

Vermutlich jemand, der gefahren ist. Und das könnte Rita gewesen sein.«

»Wenn wir nichts haben, können wir keine Schlussfolgerungen ziehen!«, schimpfte Hardo, als befände er sich in der Morgenbesprechung unter seinen Dezernatskollegen.

»Ohne Schlüssel haben die drei Opfer sich bestimmt nicht selbst festgesetzt. Es gab damals eine Reihe von Befragungen unter den Freunden und Bekannten der Kowalskis. Eine Arbeitskollegin wusste von Rita. Doch die machte geltend, zur fraglichen Zeit in einer Ausstellung im Germanischen Nationalmuseum in Nürnberg gewesen zu sein. Sie konnte sogar ein Eintrittsticket vorweisen.«

»Dann kann sie nichts mit Heiners Tod zu tun haben«, sagte Simone erleichtert.

»Womöglich doch!«, wandte Katinka ein. »Rita könnte sich das Eintrittsticket irgendwie anders beschafft haben. Vielleicht ist sie nach Nürnberg gefahren und hat ein Ticket in einem Mülleimer oder auf der Straße vor dem Museum gefunden. Alles ist möglich.«

»Da sie tot ist, wird es kein Verfahren geben. Es tut mir leid«, endete die Kallweit mit einem Blick auf Simone.

Simone wird darüber hinwegkommen, dachte Katinka. Sie hat es sicher geahnt. Irgendwie hat sie längst Lunte gerochen.

»Schlimm für den Schneepflugfahrer«, ließ sich Dante vernehmen. »Er musste die Drecksarbeit machen.«

»Arturs Aussagen zeichnen folgendes Bild«, schaltete die Kallweit sich wieder ein. »Ivo konfrontierte Rita beim ersten Treffen nach den Sommerferien im September mit der damaligen Geschichte; sie stand mit dem Rücken zur Wand. Den Wortlaut des Schlagabtausches kennen wir nicht. Vermutlich hat Ivo deutlich zu erkennen gegeben, dass er nicht an einen Unfall glaubt. Dass der Tod von Heiner und seiner ganzen Familie der frustrierten Rita sehr zupass gekommen ist. Rita ging alarmiert nach Hause.«

»In Ivos Kopf hingegen hat sich die Idee zusammengebraut, man könnte mit dem Wissen um den Unfall im winterlichen Frankenwald ein wenig Geld machen«, warf Hardo ein. »Du hast doch gesagt, dass Rita im Sommer geerbt hat. Irgendwie hat er das rausgekriegt und seine Chance gesehen. Dabei hätte er wissen müssen, dass Erpresser gefährlich leben!«

»Vor allem, wenn man sich mit einem Kaliber wie Rita einlässt!« Dante nickte ekstatisch. »Sie war zielstrebig, rücksichtslos bis zur Grausamkeit und zu klug für einen wie Ivo.«

»Vermutlich spielte da die verletzte Ehre eine Rolle.« Die Kallweit steckte sich einen Parmesanwürfel in den Mund. »Die Herren am Tisch werden mir meine Direktheit verzeihen: Von einer Frau zurückgewiesen zu werden, ertragen Y-Chromosom-Träger nicht.«

»Also war Ivo, gelinde gesagt, stinksauer auf Rita«, nickte Katinka. »Weil er allein gegen sie nicht ankam, brauchte er Verbündete. Nach außen mimte er den Büchercrack, aber das Lesen ging ihm spätestens im Frühherbst am Arsch vorbei. Ihn interessierte nur eins: Rita kleinzukriegen.«

»Nicht das Geld?«, fragte Hardo mit hochgezogenen Augenbrauen.

»Das Geld wäre nur ein netter Nebeneffekt gewesen«, erwiderte die Kallweit. »So schilderte es Artur. Wir werden an dieser Stelle nachhaken. Fest steht: Ivo hat Rita erpresst, mit Horst und Artur als Spießgesellen. Er ist erstmal allein an Rita herangetreten, und zwar bei dem Treffen am 5. Dezember in Forchheim. Die beiden anderen sollten nach und nach den Druck erhöhen, zunächst jedoch im Hintergrund bleiben. Simone Mathieu hat Frau Palfy von einem angeregten Gespräch zwischen Rita und Ivo berichtet. Sie dachte, es ging dabei um ein Buch. Von wegen! Der detailliertere Hinweis kam von Margot Scheinfelder. Sie hat uns verheimlicht, dass sie einen Teil der hitzigen Konversation zwischen Ivo und Rita mitbekommen hat.« Die Kallweit sah entschuldigend zu Simone.

»Also gibt es neben Artur eine weitere Quelle«, grinste Dante, ohne die Zeilen in seinem Schreibheft aus den Augen zu lassen. »Perfekt. Margot wusste also, dass etwas Sonderbares, um nicht zu sagen: Schauerliches lief. Sie konnte sich zusammenreimen, dass Rita Dreck am Stecken hatte, wollte es aber nicht wahrhaben.«

»Artur und Susanne waren an jenem Abend nicht dabei!« Hardo nahm eine Flasche Bier aus dem Kühlschrank. »Wie kommt also Susanne ins Spiel?«

»Susanne und Margot verstanden sich bis zu diesem Zeitpunkt außerordentlich gut«, erläuterte Katinka. »Sie waren prima Freundinnen. Margot rief Susanne an und erzählte von dem Gespräch, das sie belauscht hatte. Daraufhin berichtete Susanne ihrem Mann von der Geschichte. Artur wollte auf keinen Fall seine Frau in die Sache reinziehen. Bis zu diesem Zeitpunkt hielt er es für ausgeschlossen, dass Susanne etwas von der gemeinsamen Erpressungsstrategie mit Horst und Ivo ahnte.«

»Wobei Margot die Freundinnenrolle erst übernahm, nachdem Rita ihre Beziehung zu Susanne, sofern sie über den Literaturkreis hinausging, gekappt hatte«, sagte die Kallweit. »Susanne wusste daher von Ritas Verzweiflung, was deren hoffnungslose Beziehung zu Heiner Kowalski anging. In einer schwachen Stunde vertraute Rita sich Susanne an.

Susanne besitzt einen starken Helferinstinkt. Sie begann, sich intensiv um Rita zu kümmern. Der wurde das irgendwann zu eng und sie machte dicht.«

»Mir wird einiges klar«, stöhnte Simone. »Typisch für Rita. Sie konnte niemanden an sich heranlassen.«

»Susanne hatte also die nötigen Hintergrundinformationen, die ihr später noch nützlich werden sollten. Genauer gesagt in jener Nacht, als Artur mit Rita zusammentraf, um abzusahnen.« Dante schüttelte sich.

»Rita wollte keine unnötige Zeit verstreichen lassen, bis sie etwas unternahm. Ihr Plan bestand darin, das scheußliche Wetter auszunutzen. Schließlich hatte sie das schon einmal getan! Der Winter übernahm die Rolle des Ausputzers. Zuvor tippte sie noch ihre messerscharfen Psychogramme und kopierte sie in den Online-Ordner, um die Büchercracks so richtig ins Schwitzen zu bringen. Vielleicht ahnte sie auch, dass sie die Geschichte nicht überleben würde und wollte noch einmal auf den Putz hauen.« Katinka holte sich ebenfalls ein Bier. Sie lehnte sich an den Kühlschrank und nahm einen Schluck aus der Flasche. »Alle Mitglieder des Zirkels haben behauptet, Ivo hätte zu dem Treffen überhaupt nicht kommen wollen. Wer's glaubt ...«

»Warum sollten sie in dem Punkt lügen?« Hardo zuckte die Achseln. »Ich nehme an, Ivo sagte offiziell ab, wollte sich aber mit Rita treffen.«

Simone hob die Hand: »Die zwei Hintergrund-Erpresser wollen sich keine Sorgen gemacht haben? Horst und Artur? Das ergibt keinen Sinn.«

»Sie haben sich Sorgen gemacht«, differenzierte Katinka. »Obwohl sie das schön für sich behalten haben.«

Petronella Kallweit griff den Faden auf: »In der Nacht lauerte Rita auf Ivos Wagen. Sie wusste, dass er die Autobahnen meidet und lieber über Landstraßen fährt. Sie erkundete zuvor die Tour, die er aufgrund der Witterung voraussichtlich nehmen würde. Schätzungsweise haben sie sich sogar irgendwo an einer Straße verabredet. Deswegen fuhr sie so früh aus Bamberg los, was Sie, Frau Mathieu, nicht weiter hinterfragten.«

»Ich dachte, es hätte mit dem Zerwürfnis zwischen mir und Rita zu tun.« Niedergeschlagen schüttelte Simone den Kopf.

»Rita fand eine passende Stelle, drängte Ivos Wagen von der Straße. Dabei rammte sie ihn. Das war nicht geplant. Ivo war zwar erledigt, aber nun musste sie ihr Auto mit den verräterischen Schrammen loswerden. Das ging am besten, indem sie selbst untertauchte.« Katinka kam zurück an den Tisch. »Nach dem Unfall hielt sie an der Straße an und schnappte sich Ivos Kreditkarte und Führerschein.«

»Rita war ein genialer Kopf, der seine Cleverness für die falschen Dinge verschwendete«, warf Dante ein. »Die Idee, mit den Psychogrammen die Stimmung zum Kochen zu bringen, hat ja auch nur bedingt funktioniert, weil die lieben Bücherwürmer nicht wie geplant regelmäßig in den gemeinsamen Ordner reingeschaut haben.«

»Rita stand nun vor drei Aufgaben«, Katinka zählte mit den Fingern mit. »Sie musste unsichtbar werden. Sie musste ihre Spuren effektiv verwischen, den Wagen loswerden. Und sie musste schnell handeln, wobei ihr der Winter half.«

Hardo räusperte sich: »Manche Menschen sind so unverfroren, dass ihnen das Glück ständig ein paar Schritte voraus ist. Sie brach in die Forsthütte ein und hauste dort in der Eiseskälte.«

»Genau. Sie war hart im Nehmen!« Dante unterstrich

seine Aussage mit ein paar entschiedenen Strichen auf dem Papier. »Wahrscheinlich schürte sie kein Feuer im Holzofen, um niemanden auf sich aufmerksam zu machen. Horst und Artur konnten sich natürlich ausrechnen, dass Ivos plötzlicher Tod mit dem Erpressungsplan zu tun hatte. Sie kriegten Schiss, taten aber so, als wären sie höchst erstaunt und erschüttert, dass ein Typ aus dem Buchzirkel tot und seine Leiterin verschwunden war.«

»Rita hatte ein paar Tage Zeit, um alles akribisch vorzubereiten. Seltsam, dass ihr in ihrem frostigen Domizil nicht das Hirn eingefroren ist«, überlegte Katinka. »Zuerst teilte sie die Rattenkadaver aus und startete ihre Drohanrufe bei Walli und Susanne. Die Botschaft sollte offenbar lauten: Seht euch vor!«

»Wenn ich es nicht besser wüsste, würde ich sagen, das war kontraproduktiv«, sagte Hardo.

»Es war der Subtext!«, jubelte Dante.

Katinka sah, wie Hardo die Augen verdrehte. Sie verkniff sich ein Grinsen. Dantes Theorie von Text und Subtext war so dumm nicht. Sie selbst hatte mit Horst und Artur immer in Anwesenheit ihrer Frauen gesprochen. Das hatte sich natürlich auf deren Aussagen unmittelbar ausgewirkt. Die Frauen sollten nichts wissen von Ritas damaliger Untat und noch weniger von Ivos aktuellen Plänen. Doch Susanne zumindest wurde von Artur notorisch unterschätzt.

Die Kallweit fuhr unbeirrt fort: »Rita wollte Walli und Susanne schockieren, sodass die beiden ihre Männer nervös machen würden, welche schneller bereit wären, auf die Bühne zu treten und den Kampf offen auszufechten.«

»Wusste Rita, dass außer Ivo auch andere über den Tod ihres früheren Lebensgefährten informiert waren?« Simone sah von einem zu anderen.

»Sie kann es rausgefunden haben!« Dante zuckte die Schultern. »Vielleicht hat Ivo was durchblicken lassen. Sicher war er sehr stolz auf seinen verwerflichen Plan. Stolz sorgt dafür, dass die Leute mehr quasseln, als gut für sie ist. Dann würden auch die Psychotexte in dem Online-Ordner mehr Sinn ergeben.«

»Bei Artur ist Ritas Rattenrechnung aufgegangen«, bestätigte die Kallweit. »Er wurde zappelig. Ahnte, dass Rita die Männer des Zirkels im Auge hatte. Sie war auf Tauchstation, Ivo tot – wenn man kurz vorher ein Komplott geschmiedet hat, fühlt man sich in der Schusslinie.«

»Ob Rita von Arturs Affären wusste?«, rätselte Dante.

»Ich bitte Sie, den Playboy sieht man ihm auf 20 Meter an!«, gab sich die Kallweit empört.

»Zurück zu Rita«, zog Katinka die Aufmerksamkeit der anderen wieder auf sich. »Sie rief Horst in der Sparkasse an. Er sollte Geld beschaffen. Sie kehrte alles um: Nun war sie die Erpresserin! Horst hatte nicht die Nerven, zu widerstehen. Wäre Rita tatsächlich zur Polizei gegangen, hätte er behaupten können, die ganze Erpressungsgeschichte habe sie sich aus den Fingern gesaugt. Schließlich würde alles zu Ritas Untat vor drei Jahren zurückführen, was kaum in ihrem Interesse sein konnte.«

»Offensichtlich hat sie ihm ziemlich effektiv gedroht«, mutmaßte die Kallweit. »Horst hat von seinen Ersparnissen 50.000 Euro abgezweigt. Die Kohle wollte er in der Nacht zwischen dem 17. und 18. Dezember an Rita weiterreichen. Er krabbelte aus dem Bett und kam nie wieder.«

»Lässt sich das beweisen?«, wollte Hardo wissen.

»Wir haben die Aussage eines Mannes, der Ritas Wagen in Joditz passierte. Er konnte den Wagen identifizieren, weil ihm auffiel, dass der vordere rechte Kotflügel eingedrückt war.« Kommissarin Kallweit nickte befriedigt. »Rita war zur fraglichen Zeit also an dieser Straße.«

Wie ich es mir vorgestellt habe, dachte Katinka. Sie kam Horst entgegen, schnitt ihn, er verriss das Steuer und rauschte in die Schneewehe. Er war zu verdattert, um sich zu wehren, ließ sogar das Fenster herunter und bekam prompt eins übergebraten.

»Wo ist die Tatwaffe?«, fragte Hardo.

»Hat sich in Luft aufgelöst«, seufzte die Kallweit. »Wir müssen warten, bis der Schnee schmilzt. Mit Spuren wird dann allerdings nicht mehr viel sein.«

»Rita hatte jedenfalls eine berauschende Menge Bargeld, um abzuhauen!« Dante schien sich darüber richtig zu freuen. »Sie fuhr nach Tschechien.«

»Dort hat sie ihren Wagen abgestellt, Ivos Karte verwendet, um ein anderes Auto zu mieten, und ist zurück nach Deutschland gerauscht.«

Hardo starrte Katinka verblüfft an. »Sie hat auf Ivos Kreditkarte ein Auto gemietet?«

»Frechheit siegt. Rita war ein sehr männlicher Typ, oder, Frau Mathieu?«

Simone nickte schwach. »Sie hatte eine tiefe, raue Stimme und bewegte sich ziemlich eckig. Der typische Mann eigentlich.«

Hardo lachte laut auf. »Sieh einer an.«

Katinka warf ihm einen warnenden Blick zu.

»Ivo ist ein Name, der einem Tschechen nichts sagt«, fügte Dante hinzu. »Ist altdeutscher Herkunft und bedeutet ›Eibe‹.«

»Gut, dass das jetzt auch geklärt ist«, brummte Hardo.

»Während Rita im Mietauto zurück nach Deutschland fegte«, ergänzte Petronella Kallweit, »trat Artur in Aktion.

Er kann in Sachen Durchtriebenheit Rita durchaus das Wasser reichen.«

»Dass Horsts und Ivos Tod kein Zufall war, dass Rita dahinterstecken musste«, Dante schrieb mit seinem Stift runde Zeichen in die Luft, »das ist ihm sofort klargewesen. Am 19. Dezember trieb Artur sich in der Concordiastraße in Bamberg herum, um rauszufinden, was Privatdetektivin Palfy im Schilde führte.«

Katinka sah ihn verblüfft an. »Von Artur stammt die Ratte?«

»Genau. Er hat schnell gelernt. Ratten erschüttern Menschen. Vor allem, wenn die Viecher tot sind. Artur wusste natürlich nicht, dass wir beide über Rattenkadaver und Möglichkeiten gesprochen hatten, welche aufzutreiben. Das war sein Glück, denn Sie dachten zuerst, das Tierchen sei von mir.«

Er wollte mich vom Ermitteln abhalten, dachte Katinka. Ihm war klar, dass ich früher oder später dahinterkommen würde, worum es wirklich ging.

Dante sprach längst weiter. »Einen Tag vor ihrem Tod, am Dienstag, kugelte Rita in Bamberg herum. Die Strecke von Prag zurück nach Franken ist nicht weit. Allerhöchstens vier Stunden, selbst im Winter. Sie hoffte eigentlich, dass Simone mittlerweile das Weite gesucht hätte. Nehme ich an, fragen können wir sie nicht mehr. Jedenfalls traf Artur Rita. In der Augustenstraße, wo sie in ihrem tschechischen Mietwagen, der übrigens immer noch nicht gefunden ist, hockte und ihre eigene Fensterfront beobachtete, um herauszufinden, ob Simone noch dort wohnte.«

»Blöd gelaufen für Rita«, nickte die Kallweit. »Artur reimte sich das Meiste richtig zusammen. Ivo und Horst konnten nicht rein zufällig im Winterwetter ums Leben gekommen sein. Er pokerte hoch. Tatsächlich hatte Rita die 50.000 von Horst. Einmal mehr jedoch zeigte sich ihre Klasse. Sie gab an, das Geld nicht bei sich zu haben. Sie wollte sich am nächsten Tag mit Artur treffen.«

»Sie unterschätzte den Mann!« Katinka nahm ein Stück Parmesan. »Er folgte Rita, als sie ihren Beobachtungsposten entnervt aufgab.«

»Genau. Simone kam vom Flughafen zurück und betrat das Haus. Rita konnte es vergessen, ihre Wohnung von innen zu sehen«, grinste Dante. »Wenn sie das wirklich vorgehabt hat.«

»Eigenartig, dass sie nicht mitbekam, wie Artur sich an ihre Fersen heftete, sobald sie sich auf den Weg zur Forsthütte machte. Das Schneetreiben half ihm wohl, unsichtbar zu bleiben«, mutmaßte Kommissarin Kallweit. »Auf diese Weise fand Artur heraus, wo Rita untergekrochen war. Er marschierte in der Forsthütte auf. Hoffte, sie hätte das Geld dort gebunkert.«

»Hatte sie nie im Leben, oder?«, fragte Katinka.

»Das Geld haben wir bis jetzt nicht sichergestellt.«

»Bankschließfach.« Dante nickte bedeutungsschwer.

»Wie – wissen Sie es oder denken Sie es?« Katinka sah zu Hardo, der den Reporter sehr aufmerksam musterte.

»Es ist die einzig logische Lösung«, sagte Dante locker. »Irgendwie haben sich die Schweigaus erstmal geeinigt. Sie halten beide dicht und behaupten, nichts von 50.000 Talern zu wissen. Auf ein reguläres Konto können sie so eine Summe nicht eingezahlt haben. Wäre viel zu auffällig.«

»Man wird sehen«, schaltete die Kallweit sich ein. »Jedenfalls behauptet Artur, er und Rita seien in der Forsthütte in einen heftigen Streit geraten. Er wäre freilich gegangen, ohne ihr ein Haar zu krümmen.«

»Was wir nicht glauben«, sagte Katinka sofort. »Dagegen spricht die grüne Fluse von Arturs Pulli auf Ritas Klamotten.«

»Und außerdem«, Dante reckte die Handflächen nach oben wie ein italienischer Fußballstürmer, der nicht glauben konnte, dass er gerade die gelbe Karte bekam, »hat Susanne alles beobachtet. Sie hat nämlich dieselbe Reise unternommen wie ihr Mann. Auf dessen Spuren.«

»Autsch«, sagte Hardo.

»Genau. Sie rechnete gar nicht damit, dass Artur seiner gewohnten erotischen Freizeitbeschäftigung nachgehen würde. Irgendwas anderes war im Schwange. Susanne ist gewieft. Sie mimt die graue Maus, aber im Observieren ist sie erste Sahne. Artur kriegte nichts davon mit, dass seine Frau an seinem Auspuff klebte. Sie tappte ihm sogar nach zur Forsthütte und beobachtete, wie Artur Rita einen Stoß versetzte, und sie auf die Tischkante krachte.«

»Dort fing sie sich diese Erkältung ein!« Katinka griff nach einem Cracker. Das passte wie die Faust aufs Auge. »Sie hatte die Kaltschnäuzigkeit, mich am Mittwoch anzurufen und rumzuheulen, dass ihr Göttergatte abgängig ist!«

»Auf Susanne war ich schon die ganze Zeit aus«, gab Dante zu. »Ich hielt sie für die schwächste Figur in dem ganzen Karussell. Deshalb wollte ich mit ihr anfangen. Ich dachte, sie hätte es bestimmt mitgekriegt, falls was Schräges in dem Leseklub lief. Gleichzeitig hat ihr als schwächstem Glied keiner was gesagt, was sie vermutlich frustrierte. Eine ideale Mischung. Solche Leute kotzen sich gern aus.«

»In dem Fall hatten Sie die schlechten Karten!« Katinka

schüttelte sich bei dem Gedanken daran, dass Dante in solcher Gefahr geschwebt hatte. »Denn Susanne kann man wohl kaum als das schwächste Glied bezeichnen.«

»Meine super duper Winterkleidung hat mich gerettet«, erklärte der Reporter würdevoll.

Hardo warf ihm einen zweifelnden Blick zu. Er kann einfach nicht anerkennen, dass Dante ein Crack ist, ging es Katinka durch den Kopf. Der Gedanke betrübte sie. Wird man bitter, wenn man älter wird? Missgönnt man den Jüngeren ihre Genialität, obwohl man selbst Cream of the Crop ist? Geschieht das automatisch mit uns? Muss man es hinnehmen? Oder neidet man ihnen, dass für sie noch mehr offen steht, als für einen selbst?

»Ein bisschen blöd haben Sie sich aber angestellt«, kritisierte Petronella Kallweit. »Saublöd sogar. Warten in Bayreuth vor der Wohnung der Schweigaus, ohne irgendjemanden zu informieren, wo sie sich aufhalten. Lassen sich von Susanne zu ihrem Auto lotsen, steigen ein. Fahren mit ihr in die Botanik.«

»Sie sagte, sie würde mich zu Rita bringen.«

»Das hatte sie logischerweise nicht vor; sie musste ja ahnen, dass Ritas Leiche früher oder später gefunden wird. So eine Forsthütte liegt zwar fernab aller Zivilisation, aber so menschenleer wie Kanada ist das Fichtelgebirge bei aller Wildheit nicht.« Die Kommissarin schenkte sich Wein nach. »Also mussten die Hütte und ihre Umgebung irgendwann vor Polizei wimmeln.«

»Deshalb wählte sie einen anderen einsamen Ort.« Dante sah betrübt auf seine Hände. »Ich habe ihr nicht zugetraut, dass sie mir eins über die Rübe geben und mich in den Kofferraum ihres komischen Polo stopfen würde. Von diesen Faltschachteln aus Blech habe ich ein für alle Mal genug.

Und dass sie mein Handy irgendwo in die Pampa geworfen hat …«

Hardo murmelte etwas von Menschenkenntnis. Katinka warf ihm einen strengen Blick zu. Er verzog die Mundwinkel zu einem entschuldigenden Lächeln. Dante hatte zwei volle Tage und Nächte verschnürt in dem Kofferraum gelegen. Ein Wunder, dass er ohne größere Blessuren davongekommen war.

»Damit war der Mann mit den lästigen Fragen ausgeschaltet. Susanne ließ den Wagen, wo er war. Sie trampte zurück nach Hause.« Die Kallweit sah in die Runde. »Ihre ›Ich-bin-ja-so-dumm-bitte-helfen-Sie-mir-über-die-Straße‹-Rolle spielte sie professionell weiter. Susanne Schweigau hat eine komplexe Persönlichkeitsstruktur. Sogar Rita hat sie völlig falsch eingeschätzt, während sie bei den anderen Literaturfreunden mit ihren Charakterstudien ja recht hatte. Wir werden, wie gesagt, mit einer Vernehmung warten müssen, bis es ihr besser geht. Mit dem Gesundwerden hat sie es nicht eilig. Tja. Wie es aussieht, können wir ihr keine unterlassene Hilfeleistung in Sachen Rita Weiß anhängen. Was vielleicht fahrlässige Tötung werden könnte. Der Winter hat alle Spuren bei der Hütte beseitigt. Zwischen dem 19. und dem 21. morgens kam genug Schnee runter, um das ganze Fichtelgebirge von der Außenwelt abzuschneiden.«

»Warum hat sie nicht abgestritten, ihrem Mann zu der Forsthütte gefolgt zu sein?« Simones Stimme klang dünn und müde.

»Das hat sie bestimmt nur mir gestanden. Als sie mich in ihrem Auto versenkte«, seufzte Dante. »Sie musste wohl einfach alles loswerden. Der Polizei wird sie diese Tatsache hübsch verschweigen, sobald sie ihre fünf Sinne wieder beisammenhat.«

»In der Hütte haben Sie keine Spuren von Susanne gefunden?« Hardo blickte seine Kollegin fragend an.

»Nein. Nur diese eine Fluse von Artur Schweigaus Pullover.« Petronella Kallweit hielt sich die Seite. »Susanne verfügt über eine Kraft, die ihr keiner zutrauen würde. Als ich sie in jener Nacht bei der Hütte festhielt, kämpfte sie sich glatt frei und versetzte mir mit ihrer Taschenlampe einen solchen Schlag in die Seite, dass die Rippe angeknackst ist.«

Katinka puzzelte sich den Rest der Geschichte zurecht. Susanne hatte beobachtet, wie Rita in Arturs Anwesenheit mit dem Hinterkopf auf die Tischkante schlug und zusammenbrach. Dann musste sie auch gesehen haben, wie Artur das Geld an sich nahm, das Rita in der Forsthütte aufbewahrte.

Für eine Weile senkte sich Schweigen auf die fünf Menschen, die in Katinkas Küche Käsewürfel knabberten.

»Wer hat die Security in meinem Innenhof sabotiert?«, fragte Katinka. »Auch Artur?«

»Vermutlich. Ich nehme ihn in die Zange, bis er quietscht, soviel steht fest.« Die Kommissarin rieb sich die Hände. »Wir haben immerhin das Foto, das Sie von den Stiefelabdrücken geschossen haben.«

»War er derjenige, der mich angegriffen hat?«

»Scheint so.« Hardo betrachtete sein Bierglas. »Ich war's nicht. Und die Frau, die bei dir einbrechen wollte und es womöglich sogar bewerkstelligt hat, kann nur Rita gewesen sein.«

»Artur jedenfalls hat das Loch in das Eis gesägt«, machte die Kallweit weiter. »Wir haben die passende Motorsäge bei den Schweigaus im Keller gefunden. Er sah sich vermutlich gezwungen, seiner Frau zu helfen. Sie wollten Herrn Wischnewski auf diese Weise im See entsorgen.«

Verstohlen sah Katinka zu Dante hinüber. Er wirkte ganz cool. Wie es in ihm aussah, stand auf einem anderen Blatt.

»Sehr kooperativ ist Artur Schweigau nicht«, ließ sich Hardo vernehmen.

»Das wird sich ändern«, bemerkte die Kallweit und fletschte die Zähne.

Als Simone sich verabschiedet hatte, verfielen Hardo und Petronella Kallweit in einen Meinungsaustausch zu dem Fall, an dem Hardo in den letzten Wochen gearbeitet hatte. Katinka nahm Dante beiseite.

»Eine Frage zum Abschluss.«

»Aber bitte, gern.«

»Warum sind Sie zurückgekommen?«

Dante runzelte die Stirn.

»Aus den USA, meine ich!« Katinka blickte ihn prüfend an.

»Subtext.« Dante nickte lässig.

»Subtext?«

Der Reporter beugte sich vor. »Nee. Heimweh. Aber ich habe nichts gesagt, klar?«

EPILOG

Am 21. Januar rief ein Mann namens Ewald Tscherner bei Katinka Palfy an.

»Ich vertrete Susanne Schweigau anwaltlich«, begann er das Gespräch. »Sie hat mich beauftragt, Ihnen etwas auszuhändigen. Könnten Sie bei mir in der Kanzlei in Bayreuth vorbeikommen?«

»Okay.« Katinka machte einen Termin für den folgenden Tag aus.

Neugierig fuhr sie nach Bayreuth. Ewald Tscherner war ein schwergewichtiger Mann mit einer Brille, die seine Augen riesig wirken ließen. Eine Art Eulenkopf auf einem Menschenkörper. Er begrüßte Katinka geschäftsmäßig-distanziert.

»Wie ich Ihnen schon am Telefon gesagt habe, vertrete ich Susanne Schweigau in dieser Entführungsgeschichte. Die Anklage lautet unter anderem auf Freiheitsberaubung und Aussetzung, aber es kommt noch mehr hinzu.« Er wies auf den Besuchersessel vor seinem Schreibtisch und sackte selbst auf einen Drehstuhl, der unter seinem Gewicht ächzte. »Wir halten es für das Beste, dass Susanne keine Aussage macht. Ich arbeite eng mit dem Anwalt ihres Mannes zusammen. Man wird sehen. Allerdings habe ich die Aufgabe, Ihnen dies hier zu übergeben.« Er reichte ein Kuvert über seinen Schreibtisch. Katinka griff danach.

»Darin befindet sich die Adresse einer Bank und ein Schlüssel zu einem Schließfach. Susanne bittet Sie, den Inhalt des Schließfaches an sich zu nehmen und einer gewissen Walli zu übergeben.« Der Anwalt sah Katinka prüfend an.

»In Ordnung«, sagte Katinka nur. Sie machte keine Anstalten, das Kuvert zu öffnen.

»Ja, dann.« Tscherner erhob sich und Katinka tat es ihm nach.

»Würden Sie mir einen Gefallen tun?«, fragte sie.

»Welchen?«

»Fragen Sie Susanne, warum sie das tut. Und wenn sie antwortet, teilen Sie mir die Antwort mit?«

Er nickte. »Ich kann es versuchen.«

Zurück im Auto schlitzte sie den Umschlag auf. Eine Bank in Cheb, Tschechien! Katinka fuhr sofort los und war nach knapp zwei Stunden an Ort und Stelle. Während sie tankte, ließ sie sich vom Tankwart den Weg zur Bank beschreiben. Als sie den Motor startete, spürte sie seinen Blick in ihrem Rücken.

Vereinzelt sah man noch Reste von Weihnachtsschmuck und ausgebrannte Silvesterfeuerwerkskörper im Ort. Cheb lag unter einer dünnen Schneedecke. Aus den Kaminen trieben lange Rauchschnüre und standen senkrecht in der eisigen Luft.

Sie parkte direkt vor der Bank und ließ sich zu den Schließfächern führen.

Das Kuvert, das in Nummer 2.03 lag, trug das Emblem der Hofer Sparkasse. Sie öffnete es und zählte die Scheine.

Katinka überschlug ihre Chancen. Sie konnte den Umschlag wegpacken und der Kallweit Bescheid geben. Allerdings würden die 50.000 das Kraut nicht fett machen, jedenfalls nicht, was Susannes oder Arturs Strafmaß anging. Stattdessen würden die 50.000 irgendwann bei Horst Broichers Mutter landen. Der Alleinerbin.

Sie steckte den Umschlag ein.

Anschließend fuhr sie direkt nach Hof. Es wurde dunkel. Winzige Eiskristalle glitzerten auf ihrer Windschutzscheibe.

Katinka klingelte bei Walli. Nur noch ein einziger Name zierte das Namensschild: ›Reichert‹.

In Wallis Wohnung türmten sich Kartons. »Sie ziehen um?«, fragte Katinka, als Walli sie mit einem verblüfften Lächeln hereinbat. Erstaunt stellte sie fest, dass Walli eine neue Frisur hatte. Anstelle der langen, ausgedünnten Strähnen trug sie nun einen kinnlangen, frechen Fransenschnitt.

»Ja. Ich musste mir was Billigeres suchen. Aber aller Wahrscheinlichkeit nach kann ich im zweiten Schulhalbjahr zu arbeiten anfangen.«

»Wow!«

»Ja!« Walli lachte.

Katinka fiel auf, dass sie die dünne Frau noch nie hatte lachen sehen. Aber sehr viel zu lachen hatte Walli in den letzten Wochen auch nicht gehabt.

»Sie bekommen eine Stelle?«

»Erst mal eine Drittelstelle. Mein früherer Schulleiter hat sich für mich verwendet.«

»Werden Sie mit den Schülern zurechtkommen?«

»Ich glaube schon.« Walli straffte die Schultern. Sie sah sehr entschlossen aus. »Ich bekomme eine zweite Chance, und die werde ich nicht wegwerfen. Außerdem kann ich meinen VHS-Kurs auch noch geben und dann sehe ich mich um, was auf dem freien Kunstpädagogenmarkt zusätzlich möglich ist.«

Katinka legte den Umschlag auf den Tisch.

»Mit vielen Grüßen von Susanne.«

»Susanne?« Entgeistert nahm Walli das Kuvert in die Hand.

»Sie sollten aber mit niemandem darüber sprechen«, fügte Katinka hinzu. »Dieses Geld stammt von Ihrem Lebensgefährten. Er hat es Rita übergeben, aber als Artur Rita umgebracht hatte, nahm er es an sich. Irgendwie kam Susanne an den Umschlag. Ich bin mir sicher, dass Artur und sie im Prozess darüber schweigen werden.«

Walli ließ den Umschlag fallen. »Das kann ich nicht.«

»Wenn Sie es sich anders überlegen, wenden Sie sich an Susannes Anwalt. Er heißt Ewald Tscherner. Seine Kanzlei befindet sich in Bayreuth. Aber ich versichere Ihnen, dass es rechtmäßig Horsts Geld ist.«

»Dann würde also …« Walli starrte Katinka mit offenem Mund an.

»Viel Glück!« Katinka ging zur Wohnungstür. »War nett, Sie kennen zu lernen.«

ENDE

ANGELIKA GODAU
Vier Morde
und ein Weihnachtsbraten

978-3-8392-2118-1 (Paperback)
978-3-8392-5479-0 (pdf)
978-3-8392-5478-3 (epub)

ZEITLOS Kaum hat Sabrina ihrem ahnungslosen Freund gebeichtet, dass sie neben zwei Kindern und zwei Katzen auch noch eine zeitreisende Ur-Ur-Großmutter besitzt, wird diese entführt. An ihrer Stelle sitzt nun Grannys Verlobter Heinrich im gemeinsamen Schlafzimmer und bittet verzweifelt um Hilfe. Eine bis zur Unkenntlichkeit verbrannte Frauenleiche und ein im Schlossgraben treibender Entführer machen ausgerechnet ihn zum Verdächtigen, doch Sabrina ist von seiner Unschuld überzeugt. Kann Sabrina ihre Granny retten und Heinrich aus dem Hausarrest befreien?

Bitte beachten Sie auch die Leseprobe auf den folgenden Seiten.

Jetzt hör schon auf mit dem Unsinn, Granny, wenn du kommen willst, dann komm, aber verschone mich bitte mit diesen Alpträumen.

Ich zwinge mich, die Augen zu öffnen und richtig wach zu werden, streiche mir die verschwitzten Haare aus dem Gesicht und werfe einen Blick auf meinen Sessel. Der ist nicht da, und mir fällt ein, dass ich gestern umgezogen bin. Umzugskartons stapeln sich als sichtbare Zeichen die Wände hoch, und ich weiß, dass eine Menge Arbeit auf mich wartet.

Ich schüttele den letzten Rest Schlaf ab und versuche mich an meinen Traum zu erinnern: Granny mit angstgeweiteten Augen, wirren Haaren und ausgestreckten Händen. Merkwürdig, warum kommt sie denn nicht einfach, wenn sie etwas von mir will? Es ist ohnehin viel zu lange her, dass mir meine Ururgroßmutter einen Besuch abgestattet hat. Das letzte Mal im Juli 1897, also vor fast eineinhalb Jahren ihrer Zeit. Seither habe ich nichts mehr von ihr gehört oder gesehen. Gilt auch hier: ›Keine Nachrichten sind gute Nachrichten‹? Keine Ahnung, aber ich habe ein ungutes Gefühl, das ich einfach nicht loswerde. Wer jetzt vielleicht glaubt, ich sei etwas wunderlich, weit gefehlt! Ich habe tatsächlich eine Ururgroßmutter, die es schafft, die Gesetze von Raum und Zeit außer Kraft zu setzen, um sich von mir Hilfe bei der Aufklärung ungesühnter Verbrechen zu holen, die sich im vorletzten Jahrhundert ereignet haben. Also, genauer gesagt, vor 118 Jahren. Sie halten mich nicht nur für wunderlich, sondern für total übergeschnappt? Kann ich Ihnen nicht verdenken, denn das war auch mein Verdacht, als Granny das erste Mal bei mir auftauchte und ernsthaft versicherte, 1868 geboren worden zu sein. Der einzige Grund, warum ich sie damals nicht umgehend einweisen ließ, war mein Beruf. Ich bin Journalistin bei einer Tageszeitung und träume, seit ich denken kann, von DER Geschichte, die mich mit einem Schlag aus der Tristesse der Briefmarkensammler und Feuerwehrfeste befreit, über die ich in einer Endlosschleife berichten muss. Mit Granny wollte ich den Olymp der schreibenden Zunft erklimmen, Interviews mit Brad Pitt oder George Clooney ergattern, aber am Ende habe ich einsehen müssen, dass man mich eher für verrückt als für genial halten würde, und es vorgezogen zu schweigen.

Immerhin, etwas hat sich in der Zwischenzeit Positives getan, ich bin nicht mehr Single. Ich habe eines dieser raren Exemplare Mann ergattert, das weder schwul, verheiratet noch bei Mama wohnend ist. Nein, Karsten ist geradezu unheimlich normal, gesetzlich geschieden und beruflich erfolgreich. Was aber noch viel besser ist, er ist ebenso schwer in mich verliebt wie ich in ihn und weitet dieses wundervolle Gefühl auch auf meinen Nachwuchs aus, auf die achtjährige Luise und den sechsjährigen Lasse. Selbst meine beiden Jungkater, Mogli und Balou, behandelt er mit großer Zuneigung, im wahrsten Sinne des Wortes, denn er ist Tierarzt. Nun bin ich also vor nicht einmal 24 Stunden mit Mann und Maus in seine Wohnung eingezogen und habe die herrschende Ordnung in Chaos verwandelt.

Ich gehe langsam durch die Räume, genieße einen Augenblick die wunderbare Aussicht auf den Neckar, streichele einem der Kater über den Kopf und überlege, womit ich anfangen könnte. Die Kids sind noch ein paar Tage bei meinen Eltern, Karsten ist bereits in der Praxis, und mein Chef hat mir großzügig Umzugsurlaub gewährt, so kann ich den Tag in aller Ruhe angehen. Dann also erst einmal Kaffee und eine Zigarette. Ich mache das Radio an – und natürlich ertönt sofort »Last Christmas«. Gibt es eigentlich noch andere Lieder, mit denen man unausgeschlafenen Menschen den Tag verderben kann? Okay, wir hatten gestern den ersten Advent, aber ist das wirklich Grund genug, nun die nächsten 23 Tage mindestens dreimal täglich dieses Grauen ertragen zu müssen? Wie überlebt eigentlich Verkaufspersonal diese ach so besinnliche Zeit? Eine CD in einer Endlosschleife, die müssten meiner Meinung nach Schmerzensgeld bekommen.

»Kind, wo bist du denn nur, und was tust du hier?«

Ich habe es gewusst, Träume lügen nicht, Granny ist da!

»Hier bin ich, Granny, hier im Wohnzimmer, warte, ich komme.«

Ich stoße mit dem kleinen Zeh gegen eine Kiste – und das tut gemein weh, so sehr, dass mir die Tränen in die Augen schießen. »Gottverdammte Scheiße!«, fluche ich und hüpfe auf einem Bein zum Sofa.

»Schäme dich, Kind! Wie kann eine Dame nur so schlimme Dinge aussprechen? Außerdem steht doch geschrieben, dass du den Namen des Herrn …«

»Dann hätte der Herr mir diese Scheißkiste eben nicht in den Weg stellen sollen. Guck dir das mal an, ganz blau, der ist bestimmt gebrochen.«

Ich halte meinen Fuß in die Höhe und schaue Granny an, die gerade den Raum betritt. Sofort vergesse ich meinen Zeh, denn sie sieht furchtbar aus. Leichenblass, tiefe, schwarze Ringe unter den Augen, die Haare wirr, die Kleidung zerdrückt und fleckig. Außerdem trägt sie keinen Hut, und die nackten Füße stecken in karierten Pantoffeln. Sehr ungewöhnlich für meine penible Ururgroßmutter. Ich bin alarmiert.

»Granny, um Himmels willen, was ist passiert? Bist du krank, ist was mit Heinz, mit Heinrich? So rede doch endlich.«

»Mein Heinz liegt im Sterben«, sagt sie, mit einer Stimme, die heiser ist von vielen Tränen. »Der ›Würgeengel der Kinder‹ sitzt an seinem Bett und lässt ihm keine Luft zum Atmen. Der Doktor sagt, er kann nichts mehr für ihn tun, wir müssten mit dem Schlimmsten rechnen. Du musst mir helfen, Sabrina, bitte, hilf mir schnell, bevor es zu spät ist.«

Sie fällt auf das Sofa neben mich und verbirgt das Gesicht in den Händen.

Ich lege einen Arm um ihre zuckenden Schultern und streichele mit einer Hand über ihre Haare.

»Granny«, sage ich energisch, »Granny, hör mir zu! Was immer dein Heinz auch für eine Krankheit haben mag, er wird daran nicht sterben! Ganz sicher nicht. Ich muss es schließlich wissen, er war doch mein Urgroßvater, der Vater meiner Großmutter, stimmt's?«

Granny lässt die Hände sinken und schaut mich fragend an. »Na, überleg doch mal. Würde er jetzt sterben, wie könnte er dann in etwas über 20 Jahren ein Kind zeugen? Also, beruhige dich und erzähl mir genau, was er hat. Den Würgeengel kenne ich nämlich nicht.«

Granny greift nach meinen Händen und drückt sie sanft. »Kind, du hast recht, daran habe ich in meiner Angst überhaupt nicht gedacht, aber er ist so krank und leidet schrecklich. Er hat die Bräune, genau wie damals der kleine Franz von Kohlenhändler Blancke, und der ist daran gestorben, wie du dich erinnern wirst. Doktor Pohlmann sagt, diese Krankheit wird auch ›Würgeengel der Kinder‹ genannt, weil sie ihnen die Luft abdrückt, so sehr ist der Hals zugeschwollen. Sie husten Tag und Nacht, behalten überhaupt nichts bei sich, und nur der Herrgott kann sie schließlich von ihrem Leiden erlösen.«

»Komm, lass den Herrgott aus dem Spiel, ich verlasse mich lieber auf Antibiotika.«

Ich greife mir mein Smartphone vom Tisch und gebe ›Bräune‹ ein.

»Aha, hier steht's ja … Diphtherie! Au wei, das muss wirklich übel gewesen sein. Die Krankheit hat viele Opfer gefordert, überwiegend Kinder. In deiner Zeit war dagegen noch kein Kraut gewachsen, Flemming mit der Erfindung des Penicillins noch nicht so weit, darum konnte man nicht viel tun außer abwarten und beten.

Heutzutage spielt die Diphtherie kaum eine Rolle, weil bereits sehr früh dagegen geimpft wird, und sollte trotzdem mal ein Fall auftreten, nun ja, dafür wurde das Penicillin erfunden.

Bleibt allerdings die Frage, woher ich das kriegen soll?

Ist verschreibungspflichtig, das heißt, ein Arzt muss es mir rezeptieren.«

»Dann geh schnell hin und lass es dir geben, wir dürfen keine Zeit verlieren.«

»Leider geht das nicht so einfach, Granny, ich bin schließlich nicht krank, schon gar nicht so krank, dass ich ein Antibiotikum brauchen würde.«

»Aber du bist doch mit einem Arzt befreundet, der gibt es dir sicher, wenn du ihn darum bittest.«

»Karsten ist Tierarzt, und auch er würde wissen wollen, wozu ich es brauche.«

»Dann sag ihm, dass mein Heinz so krank ist, aber mach schnell jetzt!«

»Granny, das Problem ist, dass ich noch keine Gelegenheit gefunden habe, ihm von dir zu erzählen«, sage ich und spüre, dass ich ein bisschen rot werde.